21

世纪文学之星

丛书 2020年卷

散文集

尘 与 光

刘星元⊙著

作家出版社

作者简介：

刘星元，1987 年生，山东兰陵人，中国作家协会会员。先后在《花城》《天涯》《钟山》《散文》等刊发表作品，多次被《散文选刊》《散文海外版》及文学选本转载。获孙犁散文奖、长安散文奖、山东文学奖、万松浦文学奖等奖项。

目录

第二辑：秘密正被器物泄露

第三辑：这场戏短暂又漫长

总　序

袁　鹰

　　中国现代文学发轫于本世纪初叶，同我们多灾多难的民族共命运，在内忧外患，雷电风霜，刀兵血火中写下完全不同于过去的崭新篇章。现代文学继承了具有五千年文明的民族悠长丰厚的文学遗产，顺乎20世纪的历史潮流和时代需要，以全新的生命，全新的内涵和全新的文体（无论是小说、散文、诗歌、剧本以至评论）建立起全新的文学。将近一百年来，经由几代作家挥洒心血，胼手胝足，前赴后继，披荆斩棘，以艰难的实践辛勤浇灌、耕耘、开拓、奉献，文学的万里苍穹中繁星熠熠，云蒸霞蔚，名家辈出，佳作如潮，构成前所未有的世纪辉煌，并且跻身于世界文学之林。80年代以来，以改革开放为主要标志的历史新时期，推动文学又一次春潮汹涌，骏马奔腾。一大批中青年作家以自己色彩斑斓的新作，为20世纪的中国文学画廊最后增添了浓笔重彩的画卷。当此即将告别本世纪跨入新世纪之时，回首百年，不免五味杂陈，万感交集，却也从内心涌起一阵阵欣喜和自豪。我们的文学事业在历经风雨坎坷之后，终于进入呈露无限生机、无穷希望的天地，尽管它的前途未必全是铺满鲜花的康庄大道。

　　绿茵茵的新苗破土而出，带着满身朝露的新人崭露头角，自然是我们希冀而且高兴的景象。然而，我们也看到，由于种种未曾预料而且主要并非来自作者本身的因由，还有为数不少的年轻作者不一定都有顺利地脱颖而出的机缘。其中一个重要的原因，乃是为出书艰难所阻滞。出版渠道不顺，文化市场不善，使他们失去许多机遇。尽管他们发表过引人注目的作品，有的还获了奖，显示了自己的文学才能和创作潜力，却仍然无缘出第一本书。也许这是市场经济发展和体制转换期中不可避免的暂时缺陷，却也不能不对文学事业的健康发展产生一定程度的消极影响，因而也不能不使许多关怀文学的有志之士为之扼腕叹息，焦虑不安。固然，出第一本书时间的迟早，对一位青年作家的成长不会也不应该成为关键的或决定性的一步，大器晚成的现象也屡见不鲜，但是我们为什么不在力所能及的范围内尽力及早地跨过这一步呢？

于是，遂有这套"21世纪文学之星丛书"的设想和举措。

中华文学基金会有志于发展文学事业、为青年作者服务，已有多时。如今幸有热心人士赞助，得以圆了这个梦。瞻望21世纪，漫漫长途，上下求索，路还得一步一步地走。"21世纪文学之星丛书"，也许可以看作是文学上的"希望工程"。但它与教育方面的"希望工程"有所不同，它不是扶贫济困，也并非照顾"老少边穷"地区，而是着眼于为取得优异成绩的青年文学作者搭桥铺路，有助于他们顺利前行，在未来的岁月中写出更多的好作品，我们想起本世纪20年代和30年代期间，鲁迅先生先后编印《未名丛刊》和"奴隶丛书"，扶携一些青年小说家和翻译家登上文坛；巴金先生主持的《文学丛刊》，更是不间断地连续出了一百余本，其中相当一部分是当时青年作家的处女作，而他们在其后数十年中都成为文学大军中的中坚人物；茅盾、叶圣陶等先生，都曾为青年作者的出现和成长花费心血，不遗余力。前辈们关怀培育文坛新人为促进现代文学的繁荣所作出的业绩，是永远不能抹煞的。当年得到过他们雨露恩泽的后辈作家，直到鬓发苍苍，还深深铭记着难忘的隆情厚谊。六十年后，我们今天依然以他们为光辉的楷模，努力遵循他们的脚印往前走去。

开始为丛书定名的时候，我们再三斟酌过。我们明确地认识到这项文学事业的"希望工程"是属于未来世纪的。它也许还显稚嫩，却是前程无限。但是不是称之为"文学之星"，且是"21世纪文学之星"？不免有些踌躇。近些年来，明星太多太滥，影星、歌星、舞星、球星、棋星……无一不可称。星光闪烁，五彩缤纷，变幻莫测，目不暇接。星空中自然不乏真星，任凭风翻云卷，光芒依旧；但也有为时不久，便黯然失色，一闪即逝，或许原本就不是星，硬是被捧起来、炒出来的。在人们心目中，明星渐渐跌价，以至成为嘲讽调侃的对象。我们这项严肃认真的事业是否还要挤进繁杂的星空去占一席之地？或者，这一批青年作家，他们真能成为名副其实的星吗？

当我们陆续读完一大批由各地作协及其他方面推荐的新人作品，反复阅读、酝酿、评议、争论，最后从中慎重遴选出丛书入选作品之后，忐忑的心终于为欣喜慰藉之情所取代，油然浮起轻快愉悦之感。"他们真能成为名副其实的星吗？"能的！我们可以肯定地、并不夸张地回答：这些作者，尽管有的目前还处在走向成熟的阶段，但他们完全可以接受文学之星的称号而无愧色。他们有的来自市井，有的来自乡村，有的来自边陲山野，有的来自城市底层。他们的笔下，荡漾着多姿多彩、云谲波诡的现实浪潮，涌动着新时期芸芸众生的喜怒哀伤，也流淌着作者自己的心灵悸动、幻梦、烦恼和憧憬。他们都不曾出过书，但是他们的生活底蕴、文学才华和写作功力，可以媲美当年"奴隶丛书"的年轻小说家和《文学丛刊》的不少青年作者，更未必在当今某些已经出书成名甚至出了不止一本两本的作者以下。

是的，他们是文学之星。这一批青年作家，同当代不少杰出的青年作家一样，都可能成为 21 世纪文学的启明星，升起在世纪之初。启明星，也就是金星，黎明之前在东方天空出现时，人们称它为启明星，黄昏时候在西方天空出现时，人们称它为长庚星。两者都是好名字。世人对遥远的天体赋予美好的传说，寄托绮思遐想，但对现实中的星，却是完全可以预期洞见的。本丛书将一年一套地出下去，十年二十年三十年五十年之后，一批又一批、一代又一代作家如长江潮涌，奔流不息。其中出现赶上并且超过前人的文学巨星，不也是必然的吗？

岁月悠悠，银河灿灿。仰望星空，心绪难平！

1994 年初秋

序　言

李一鸣

　　刘星元是一位生于上世纪八十年代末的青年作家，在近几年崛起的青年散文家中，他的散文意蕴的深度、叙事的精度、语言的美度，使他成为具有鲜明辨识度的一位领军性作家。翻开他的这部名为《尘与光》的散文集，鲁南腹地乡与野的气息便晕润开来，小人物的喜怒哀欢便凸显出来。刘星元的乡党、散文家王鼎钧曾评价他的散文："语言平易中有清新，一洗遗风，挥洒自然，康庄大道，足以致远。延长中国文学吊古伤今的传统，小中见大，含蓄中有深沉，将来人生经验有了厚度和高度，有书写出大作品的可能。"鼎公的评价不乏溢美之词，但刘星元选题用心，择材独树一帜，为文总有真性情，不是专靠辞藻掩映，说明他在自己的写作之初就有着与写作恶趣味保持区隔的自觉，这殊为不易。

　　刘星元根植于鲁南腹地，一座名唤"兰陵"的县城，一个名为"北邱庄"的小村庄，这种境况也决定了他的视野所及、选材取向及作品的质地。令人欣喜的是，刘星元的写作并未迁就这些传统的题材，他在作品选材、语言架构以及思想指向上，皆有自己独立的思考。他咀嚼并辨识着自己的书写对象，以期完成对某些事物或环境的拆解与重塑。

在题材择取方面，刘星元散文多取材乡野，但始终是纳入到县城背景之下的，他并非一意低吟乡土行将消逝的挽歌，而更多是考量在均质逻辑的城市化进程之下，县城作为连接乡村与都市的缓冲地带，对于大多数国人的乡土回忆与都市想象到底提供了什么，又如何塑造自我的身份意识。刘星元关注的焦点是那些在潮流一样的奔跑中的停滞者和逆行者，他着意于选取那些被人废弃不用的"边角料"，常常以"物"破题，以思维的运转延伸语言的触角，意在从那些细微之物上触摸人性的善与恶、命运的喜与悲，以被俗常生活、散漫时光忽略或抛弃的小事物、小片段、小情节入手，揭开一类事物、一类情怀的隐秘，并在这隐秘中尝试构建独特的更为私人化的"一"。从某种层面上讲，他似乎是在把自己的创作用"一＋全＋一"或"小＋大＋小"概括，但是，最终的"一"和最终的"小"并非最初的"一"和最初的"小"的重复，它是沿着思维和内心攀爬的审视人性、物性的"虫"，在这个过程中，羸弱的它曾尝试吞噬，最终又用这吞噬集聚起的力量完成了"瘦身"。诚如银雀文学奖给予他的授奖词所言：刘星元的作品很好地汲取了非虚构的叙事精髓，将尘封记忆渐次打开，普通抒情状物体系里的不假思索便会黏着而来的修辞，刘星元则做了细致审视与剔除，所以，虽然所述皆是大时代里的卑微小事，但他却赋予这些小事不寻常的光芒。

在语言架构方面，刘星元的作品紧扣生活的脉搏，用思维与叙述的开合，探索散文文本更多的可能性。刘星元致力于文体互援的尝试，这种尝试与他的写作经历不可分割。他之前曾涵泳沉浸于诗的河流，数年后，他发觉单一的文体不是万能的，有些事物以及事物衍生出的思想，单一文体往往不能准确或合理地表达，于是尝试用散文来记录，并尝试将诗的属性融入其中。然

尘与光

而，一味追求诗性的表达，往往会让作品陷入"单薄"的境地，为了能够更为沉稳地接近事物、深入内质，他又开始向小说这一文体求援。对于他的这种借力之法，评论家马兵曾评价："虚构和非虚构的运用产生的张力构建了刘星元散文内在的世界，而叙事性元素的加强，使他要传达的那底层的艰困更具震撼人心的力量；刘星元散文中的诗性元素也历历可见，他在两种文体间建立起一种互援性的关系，使语言更具弹性和美感。我有时甚至觉得，就像木心评《红楼梦》的诗歌，那些诗歌与小说是水与水草的关系，星元的很多诗歌也是嵌在他的散文中才更能体现其味道。"另外，我在阅读刘星元作品时发觉，他一直在尝试为每一篇文章量身定做一种独特的气氛，使这气氛能与这篇文章匹配。这种气氛来源于作品所叙述的内容，更来源于作者与内容进行思想的交流和碰撞之后切身的体会。这种宽泛的构思，为整篇文章保留下"留白"的创作机会。这种"机会"具有一定的危险性，既有机可乘，但也可能会坐失良机。刘星元亦认可我的这个发现，他认为，这种"留白"的设置偶尔会让他抓住一些时机，在早已营造好了的气氛的推动下，一些完全超出自我预料的词语、段落乃至章节就会旁逸斜出地流淌出来，这些本不在构思之内的语言，往往会打乱整篇文章的结构，但唯有这样才能保持它的野性。

　　在思想指向方面，必须再一次说到"故乡"这个词。"散文的精神写作是贴着大地，贴着物质的写作，散文写作首先是及物写作……那种非伦理的写作是凌空蹈虚，在玄想中进行不及物的狂欢，只是沉迷于精致的文字，这种所谓的探索，与物质世界和个体的精神世界疏离，看不到人间的苦痛，背离生活的真实、精神的真实。"（耿立语）。在刘星元的作品中，"故乡"始终是重要的及物书写对象，正是因为生于斯长于斯，他将自己的写作视线投向了自己熟稔的本乡本土，他沿着自己的血脉向故乡深处回溯，于草木之间巡行，在文字深处抵达。刘星元在逆时光的寻访中发现了故乡隐匿的影踪，在文字的追溯和重塑中，那些身影生动起来，那些面孔生动起来，一个人甚至一群人生动起来……源自对乡村生活的深切感受和虔敬之爱，在刘星元的散文中，人事代谢应时顺势，且生生不息。乡村变迁、家族历史、个人经历，刘星元不写沧桑巨变，只写在岁月的风侵雨蚀中，渐渐远了的那个乡村，逐渐旧了的那些事物，并与当下进行触碰，在时间与时间的对峙或拉锯中，不断返回自己、寻找自己，不断返回故乡、寻找故乡。散文这一文体，只有精神的丰沛，才能改变过去那种小摆设、体量单薄的困境。天上地下，散文的物理空间十分广大，我们更应该关注的是精神空间，实际文本所呈现的精神含量和丰富性是否足够，尤其在描述深刻的心灵事件、人性的深度挖掘、关注当代中国人的现实生态、揭示普遍信仰危机、承担良知和批判功能方面，散文往往是缺席的——这并非艺术本身的天然安排，而是一种人为的弃权和出让。所喜的是，刘星元的散文，一直是在精神的维度掘进的，他的眼睛是悲悯的、向下的，或者是平视的、反思的，他把自己摆了进去，像蛇一般自噬。总而言之，星元的散文从真相入手，让事物的各个面向显露，而后则经过体悟，经过省思，最后抵达精神的高度。

刘星元年纪尚轻，对他来说，一切皆有可能。相信这位青年才俊一定能继续以亲历者、旁观者乃至拾遗者的身份，去触摸事物，解读它们传递给人类的贴切或隔膜的感受，记录下那些于喧哗中看似无足轻重的人和物，留存下那些于喧哗中看似无足轻重的细微之声——这些"无足轻重"里，正蕴含着铮铮质地。

第一辑

只看到了一些背影

散落乡间的诗人

一

这是一座古镇。古镇里来过几位赫赫有名的人物。两千多年前，有个被后世尊称为荀子的老先生在此为吏，并终老于此。他的坟上荒草离离，游人听信当地人的说辞，临去之时，必要在老先生的房子上取一点儿土，据说，圣人栖身之处的黄土，可佑护学子金榜题名。镇子自古有酿造美酒的传统，吸引了众多酒徒循香而来，一千多年前，一个名叫李白的酒徒听闻此处有佳酿，竟也跋山涉水地赶来了。他遍饮了此处的美酒之后还意犹未尽，提笔在酒肆的墙壁之上写下：

> 兰陵美酒郁金香，玉碗盛来琥珀光。
> 但使主人能醉客，不知何处是他乡。

诗仙的名头响亮，诗仙的广告也打得漂亮。这首题为《客中行》的绝句一出，小镇的美酒便如中了举的范进，竟也风光了起来，千百年来盛名不衰。

上面提到的这两位古人，都是文学史上有头有脸的人物，他们的一举一动、一文一诗，往往就能让一个人遗臭万年、一座城名扬四海。他们执时代的牛耳，足以傲视天下文人。实话说，我们这个小地方之所以还有点儿文气儿，几乎全仰仗着他们两位。

尽管荀子和李白是我们这儿绕不过去的两个人，但我要讲述的并非他们，而是我们这座镇子上寂寂无名的文人。许是因为圣人和谪仙的名头太过响亮了，本地的骚人墨客倒是少见于史志之中。在小地方，纸上的铅墨向来只留给那些拥有官宦名位的人，似乎也只有如此，才能彰显一个地方的人杰地灵。而那些布衣，他们文不能冠天下，权不能耀宗族，在修志者看来，实在没有什么可取之处。他们就像此地漫山的野兰一般，散落在乡间田野、茅庐瓦舍，生时无名，死后便被人遗忘了。

二

我要提到的第一个人是个疯子。姑且称他为"疯先生"吧。

最开始，我接触到的是"疯先生"的父亲。他的父亲是前清进士，做过几年京官，能写一手好字，辛亥之变后，作为前清遗老，他再不过问世事，专心在家设塾，教授族中的儿孙之辈读书。民国二十六年，我乡被东洋人的铁骑践踏，东洋人欲挟进士而令我乡，进士铁骨铮铮，愤而将身躯挂在了房梁之上。老进士有功名、有气节，作为正面的典型，他的故事至今仍为本地人津津乐道。但他的儿子却不同，他的儿子不但身份尴尬，连境遇也十分尴尬，本地往往在宣传老进士和进士文化时，极力遮掩他那不成器的儿子的身影，以至于很长一段时间里，都很少有人知晓他还有个疯疯癫癫的后人。

我是从老进士的书帖中获悉"疯先生"的存在的。那些师法苏黄的书帖，至今还散落于我乡，被乡人奉为至宝。我好友祖上与进士家世代联姻，他的父亲珍藏着一封老进士的书信，泛黄的纸张之上，蝇头行楷颗颗清晰又彼此勾连，颇有一气呵成之势。就是在这封私人信笺上，他提到了自己的"疯儿子"。

该怎么说呢？虽然老进士在我们这一片无疑是圣人的化身，但面对他那个不成器的儿子，他却全然没有父亲的慈爱了。不稂不莠、疯癫成性、辱没祖宗……老进士在信中讨伐着这不肖之子，言辞激烈。透过泛黄的纸张，我似乎能看到，衰老的进士伏在案前，豆灯昏暗，将他消瘦、干枯的身子映在墙壁之上。他一边写一边咳嗽，房梁上的灰尘在他的咳嗽声中纷纷下落，他的脸因咳嗽而变形，扭曲。

正如他的父亲所言，"疯先生"的确是个不肖之子。也许他在还未生下来时，就已被命运钳牢了。查阅史料得知，老进士的夫人不曾生养过一儿半女，也就是说，这位"疯先生"极有可能是老进士的侍妾所生。庶生的儿子，地位往往是尴尬的，说他是这府邸的主人，倒不如说是这里的高等奴仆。他带着庶生的身份长大，又带着父亲望子成龙的期望俯首诗书之中。但在本地，父亲和父亲背后的家族是一座高山，他跨不过去。越是严苛的教育，越是森严的规矩，往往越会受到受教者的抵触。这种抵触有时候是藏在心里的，有时候是如火山般爆发出来的，受教人与秩序斗争的结果，要不然是服服帖帖做个规矩的应声虫，要不然就做个离经叛道的忤逆之辈。

让我感到好奇的是，"疯先生"既未彻底臣服，也未完全冲破樊笼。他时而规矩如常人，时而疯癫如痴汉。他一边在府邸中将自己安安静静地埋进古籍经书中，一边又置进士之子的身份而不顾，穿行于镇子上的酒肆烟房、戏台瓦巷，向镇子上的人展现着自己的疯癫。

我喜欢他疯癫起来的样子。他疯癫起来，常常使酒骂座，无论那座中的人物是正人君子还是纨绔子弟；他疯癫起来，常常歌哭无常，进士府墙高遮月，他独立中庭，慷慨而歌，悲戚而吟；他疯癫起来，勿论戏台之上锣点声声，一跃上台便歌《桃花扇》，诵《哀江南》。这样一个人物，恐怕不仅是他的父亲说他疯，就连镇子上所有的人都会说他疯吧。但是，他"疯"得可真有几分可爱、可敬。

若说"疯先生"只是一个疯疯癫癫的废物，那你就大错特错了。在本乡一位民间历史收集者那里，我拜读了"疯先生"的一首七律：

> 倒把金鞭下酒楼，知心以外更无求。
>
> 浪游落似长安少，豪放疑猜轵里尤。
>
> 菩萨心肠侠士胆，霸王魄力屈子愁。
>
> 平生未解作么解，万劫千年忆赵州。

明眼人看得出，诗的首句擅改了唐人薛逢绝句《侠少年》的尾句：倒把金鞭上酒楼。这个"疯先生"生在诗书传家的世家大族，他为何总想以侠客自居呢？历史只要一旦成为历史，绝不是被后人编著在竹册与白纸上那么简单，时至今日，面对远去的"疯先生"，我们大概也只能"平生未解作么解"了。

虽然不必再去深思，但反复吟诵这首律诗，心中依旧浮想联翩。我似乎看到，一个被长年累月困在深宅大院中的书生，生就了一颗快意恩仇、笑傲江湖的侠客之心。他被古老的规矩和森严的秩序挤压得太久了，以至于变了形。侠客是做不了了，他只能在这浓烈的酒中，放纵自己的身躯。他以最潦倒不堪的身躯，反抗着这强加给他的命数。心中悲苦之时，恰逢好酒当头，于是他仰起脖颈，将自己的身躯埋入这消愁的酒中。

我大抵能想象得到醉酒后的"疯先生"的样子。无数个午夜，他扶着城墙或进士府的红墙摇摇晃晃地回家，看似是在往前走，其实总是三步两退，身如烂泥。更多的时候，他醉卧在酒肆，醉卧在街巷，醉卧在勾栏，醉卧在自己的侠客梦里。

他的进士父亲死后，他终于有机会当了一回侠客。只是，侠客的味道并不像诗文中说的"银鞍照白马，飒沓如流星"那么洒脱。他心中的不平之事尚未了结，就不得不拂衣而去；他尚未扬名，就不得不选择"深藏身与名"。

我在本乡收集资料时发现，针对同一件事情，不同的利益方往往持有截然不同的判断，而这些看似风马牛不相及的判断，往往能把一个人抬到天上，也能将一个人深埋土中。自认为自己是一名侠客的"疯先生"，在不同阵营的人看来，却都是邪恶的，没有道德的。在一份东洋人的文件中，将他视为"贼寇首领"，而在当时被东洋人视为贼寇的游击队眼中，"疯先生"是他们常常印刷在宣传纸张上的"汉奸领袖"。在当时，因为这两种说法来自针锋相对的阵营，依附于这不同阵营的人大多没有异议。倘若换成是我乡任意一个人物，他恐怕早被这两方击毙多次了，他之所以没死在东洋人或游击队枪下，大家心知肚明：他是本地最具名望的老进士唯一的继承人，是一个大家族的核心，这个家族虽偏居一隅，却在百年间播下了众多的恩泽，即便是在乱世，这种恩泽仍能左右着半个县的民心向背。说到底，任何一方都不想因一个鸡肋似的人物，在残酷的斗争中孤立自己。

我在本乡一位与他同时代的老人嘴里，却听到了与游击队和东洋人都不同的故事版本。按照族中行辈，民歌老人应是"疯先生"的儿侄辈，老人是部民歌活字典，九十多岁了，竟然还能记得百十支本地盛极一时的民歌。我随一位民俗专家去采访老人，因他与老进士家同支，便随口问起了"疯先生"，我当时提到的是"疯先生"的大名，民歌老人愣了愣，摇摇头。我说，他是老

只看到了一些背影 7

进士的儿子，民歌老人这才恍然大悟，向我讲述了"疯先生"的故事，这其中，有一些是我之前闻所未闻的故事。比方说他在任何一种政治势力中都被视为异己这件事。

民歌老人的说法是，东洋人占据镇子的第一年，要把公路两边尚未成熟的高粱全部砍掉。那些高粱太高太密，地方势力往往隐藏其中伺机而动，对他们危害不小。但在缺衣少穿的时代，粮食无异于乡人的命根子，本地的农民经由其他乡绅引荐，跪请"疯先生"出面为他们说情。农人们也知道，此地若还有一个令东洋人顾及的人物，必定非进士府的当家人"疯先生"莫属。"疯先生"一来是推辞不过，二来是他的侠客情结作祟，竟然答应了下来。他到东洋人的驻地陈说了一番，东洋人同意不再砍伐高粱，但却要求"疯先生"承担起护路的任务。无奈之下，"疯先生"只得应允。他拐弯抹角、费尽心思地找齐了活动于本县地面上扛举着各色旗帜的游击队，恳请他们待高粱收获之后，再去骚扰东洋人。据说，那些鱼龙混杂的游击队同意了。此后不久，"疯先生"被一家游击队劫了票。当时我们这地面上，借着打东洋人的名义，少说也拉起了五六支队伍。绑架"疯先生"的这一支队伍，是刚从山上走下来的土匪，没酒喝没肉吃的时候，他们打起了进士府的主意。后来"疯先生"的家人送来赎资为他赎了身，不过，因为这件事，"疯先生"两头游说的事情也暴露了。从此，各家游击队将他拒之门外，东洋人也开始对他敬而远之。东洋人败走之后，他成了国民政府口中的"汉奸"。这个版本并未流传下来，大抵是因为它只在乡间传播，并不为当政者所认同。而且，大凡大战之后，总要有几个小人物为历史埋单，而这场买卖真正的策划者，早已摇身一变，成为百废待兴的领袖人物。

经历此事之后，"疯先生"彻底断了他的侠客情怀，他退回到自己继承自父亲的进士府里，再不过问世事。有时候，他也会效法荀子老先生和自己的进士父亲，在府中设坛讲诗。他本身就是个落魄诗人，讲起诗来得心应手。那些随他学诗的少年，多是族中子弟，受他教诲，所获往往加持自己一生。

故事戛然而止，此后，进士府就再无消息了。无论我查阅了多少本地书籍，走访了多少历史人物的后代，始终再难寻到"疯先生"的蛛丝马迹。他凭空消失了，他消失了还不算，他还要将人们留在脑中的关于他的记忆——擦掉。关于"疯先生"最后仅有的两条传闻依然来自那位民歌老人口中。一条是，国共内战中，"疯先生"在亲属的恳求下卖掉了进士府，带着家眷南下奔逃，在长江北岸徘徊多日，誓不过江，向着北地跪拜之后，纵身跳入滚滚江流之中。另一条是，"疯先生"强遣亲属南下逃亡，自己却选择留在了进士府，最终不知所终。无论哪一条是"疯先生"最终的归宿，现在看起来都不重要了。在兵荒马乱的时代，人命何其微贱，每个人都是一种身不由己的存在，每个人的最后，都无非是一抔黄土。

进士府早已轰然倒塌。再过些年，或许仍有人记得这里曾出过一位功成名就的进士，却再无人记得，此处也曾收容过一位散落乡间的诗人。

三

我要提到的第二个人是个郎中，他是我本族别支的祖先。把他写入文中，颇有一番举贤不避亲的意思。但我相信，纵然他不是我的祖先，我还是会写下他。

我是听着他的故事长大的。我们这个穷乡僻壤的小家族，向来没见过什么大世面，百年间能出现一位被我乡集体认同的人物，也足以让我们一辈辈津津乐道了。

我们这个家族并不是诗书之家，但是向往诗书之家那种内在的荣耀。作为地道的农人，他们拿不出钱粮请私塾先生，只能选择去蹭课。一旦手中有些积蓄，他们先去孝敬世家大族的私塾先生，先生点了头，他们再带着孩子向本地大族央求能入他们家的私塾。他们往往是被拒绝的，但也有大族的主人布下恩典的时候，每当此时，他们必会带着孩子千恩万谢地跪倒在那华丽的大院内。郎中早年受蒙入学，便是受到了此地大户的恩惠。后来恩准郎中入学的老爷患了腿疾，那时郎中的医术早已名冠州县，几服药下去，病痛全无，郎中算是报答了入蒙就读之恩。这件事一直被本乡传为美谈。

郎中所处的年代还是个"万般皆下品，唯有读书高"的年代，他既入了私塾、拜了圣人、跪了先生、学了诗书，必然不想再如父辈那般"面朝黄土背朝天"了。他书读得越多，啃得越精，"朝为田舍郎，暮登天子堂"的心就越迫不及待。命运向来都喜欢和一意孤行的人开玩笑，似乎不把那个人玩得心力交瘁，就不够过瘾。郎中越是想折桂科场，越是铩羽而归。读书三十年，已近不惑，身上的功名竟还只是一个轻飘飘的"秀才"。

其实那时他已经是一个极负名望的人了。他顺手写下的游山玩水、评古论今的诗文，往往引得本地的读书人争相吟诵。仰慕他的人不少，闲暇时候，那些饱读诗书的仰慕者就围在他的周边，请他指点自己的作品。座中有个不起眼的少年，以他为师，对他甚是恭敬，颇有几分程门立雪的味道。面对诗文，郎中自有一股傲气，俯视那些双手呈过来的诗文，郎中往往不置可否，唯有那少年呈上自己最近的诗作，郎中才身体前倾，将纸张拿于手中，时而击节，时而捻须，时而颔首。多年之后，少年文名已经声冠齐鲁，他刊刻了自己的诗集，诗集的名字叫作《立雪杂诗》。苍老的少年在序文中道出了诗集名称的内涵：立雪是他少年时诚心向学的态度，他是要以此纪念一位曾经提携过自己的乡间诗人。诗名远播的少年在文中深情回忆起和老师交往的旧事。他提到了文峰积雪，提到了君山待日，提到和老师一起在古镇上畅饮美酒的时光，提到老师曾带着他泛舟于洳河沿途赏柳的日子，他记得摇橹的老汉向老师讨要赏钱，老师拿不出，便脱下自己的长衫交与老汉。他甚至还提到了老师漂亮的女儿，提到她微微笑起来的柔软，那是他的初恋。少年的那部诗集中，有两首是写给那少女的。他最感激老师的是，老师后来将自己的女儿嫁给了他。令少年念念不忘其恩其泽的那位乡间诗人，便是郎中，而那时候，郎中早已作古多年。

　　称郎中为乡间诗人，应该没有什么异议。这辈子，郎中只离开本乡五年。科考频频失利之后，他接受朋友的聘请，出任幕僚。朋友出身当地的名门望族，金榜题名之后，外放江南某县任知事，此县以产盐闻名，商铺林立，向来是富庶之地，但富庶之地往往争利更甚，新任知事需要一个知根知底的助手帮他处理政务。郎中本不愿从事这屈身仰人鼻息的活计，但他家境渐而捉襟见肘，总不能无所事事，暗忖之下答应了。后来，郎中回忆说，那几年是他活得最窝囊的几年。朝廷的刀剑战不过洋人的鸟枪，洋人在南方各地开商立铺，他需一遍遍向着洋人点头哈腰示好，又要向着州府派下的官吏俯首请安。他从小学的是圣人教诲、道德文章，干不了那样的事，决定与好友道别回乡。恰在此时，他患了眼疾。县衙对过开药店的落第举人是他新结交的好友，举人医术世代相承，是当地首屈一指的良医，他给郎中治病，不过一周，竟然痊愈。郎中自此爱上这医人隐疾的行当。他一有闲暇，就开始跟着举人学医。他读过书，悟性又高，几年下来，竟然小有所成。恰当此时，郎中的县令朋友因为一桩案子得罪了洋人，朝廷将其免职。于是郎中与举人作别，和革职的县令相伴回乡。

只看到了一些背影

寓居他乡的那五年，让郎中领略了洋人的横行和官场的腐败。回乡之后，他自忖即便连中三元、位列三公，也无法左右时代的颓势，于是把圣人文章束之高阁，开始在家中悬壶济世，拯救苍生。不为良相，便为良医。一旦他踏踏实实放下身段，反而抬高了自己的身躯。刚开始，乡人并不信任这位半路出家的郎中，他们患了头疼脑热的小病，才去郎中那里求医问药。没承想，郎中竟都一一治好了。后来身患顽疾的乡党也都由他一一治好，郎中的名头这才大起来，一时间，附近州县的病人都云集到了我乡。

　　郎中医治的最传奇的患者当属盘踞在抱犊崮上的土匪头子江四玖了。江四玖绰号"野猴子"，他长得短小瘦弱，一副猴相。据说，他在山中老林里穿行，并不走路，只以脚蹬树，以手扳枝，一跃而起便是十步之遥。他的传奇太多，乡人们又喜欢在他的故事中添油加醋，如此一来，他的本名倒是少有人知了。一年的春天，郎中为最后一名病人抓完药，一个苍髯大汉急匆匆跑进来，扑身跪倒，言是家中忽有人身患恶疾，命在旦夕，请郎中去搭救。医者父母心，郎中想都没想，背起药箱，随着大汉就往外走。一路向西，行至十里之外，未见人烟，郎中有些疑惑，停滞不前。大汉见郎中如是，便言他来自山上，特为江四玖请医。大汉抬头向前看了看，对郎中说，快至山前，先生要受些委屈，说完便从怀中拿出几尺灰布，蒙在了郎中眼睛上。一路上鸟鸣虫喧，也不知过了多长时间，走了多少路程，大汉带他站定，为他解下脸上的灰布。郎中睁开眼，看见面前立着一个五短身材愁眉苦脸的小人儿，他知道，这就是"野猴子"了。

　　"野猴子"有结石的老毛病，最近愈加厉害，腰腹之间，似刀削斧砍，请了许多医师上山，始终不能根治。前几日有喽啰下山，听闻郎中医术高超，回山禀告了"野猴子"，"野猴子"这才请郎中上山。郎中为"野猴子"把完脉，心中已经了然，于是以玉米须为君药，佐之以鱼腥草、猫须草等诸药，日日熬煎饮服，半月之后，"野猴子"生龙活虎，欲以金银细软相送，郎中摆手拒绝。"野猴子"过意不去，强要郎中收下，郎中则纵目此山说，可愿送我这满山的药材？

此山是我们这儿首屈一指的高山，相传葛洪真人曾在此炼丹。山高药材好，只是占山为王的土匪皆不认识。郎中将采来的几味药材拿给众匪看，众匪看清之后，各自挖掘药草去了。数日后，郎中坐着装满药材的马车回到了家。

悬壶济世之余，郎中依然还在写诗。我的二爷爷从小给他当学徒，曾珍藏着他的几首诗作。纸张遭受了虫蛀，字迹已经无法识别。据二爷爷说，那都是些吟咏我们乡间风光的诗。族中的老人愿意给我们讲述郎中的传奇，但我对他怎样写诗更感兴趣。有时候回老家，站在田野之上，目及我乡风光，我会想到，郎中一定曾在百十年前站在我站着的地方。如果我是郎中，我会干些什么呢？

没错，我会将眼前之景、心中所叹，一一写下。面对春风野草，我会写下：轻风似轻云，野草胜野民；面对夏雷滚滚，我会写下：天公徒恃惊雷嗓，我自悠然山中行；面对秋高云阔，我会写下：愿乘云马九万里，休与尘世论短长；面对冬日劲雪，我会写下：须知人间尽缟素，皆是冥王送我眠。如果郎中的诗作能流传下来的话，他刊刻的集子上肯定印着这些句子。站在旷野之上，他必然会把自己的诗读给风听，读给雨听，读给云听，读给草听，读给树听，读给禾听，读给落日听，也读给流水听；立于药铺之中，他必然会把自己的诗读给草药听，读给舂罐听，读给戥子听，读给银针听，读给砂锅听，读给药秤听，读给药箱听，也读给桌几上的一豆灯光听。

遗憾的是，我的这位郎中祖先，作为诗人确实没有留下什么诗文来。之前听族中老人说，郎中倒是留下了一部自己书写的医书，那里面尽是他毕生所学。前几年回乡，见到郎中的嫡传后人，随口问了问医书下落。答曰：早已没有了，说来也怪，搬了几次家，家中的东西越搬越少了。结果也正如我所料。试看现在的我乡，祖先传下的东西还有几样完好无损地留在世上呢？

四

我要提到的第三个人是个教师。他姓关，是我的语文老师，也是我们这里的小学校长。和前两位人物相比，他实在没有什么可以圈点之处，但他却是我童年时光里见过的唯一一位真真切切活着的诗人。

学校的教师都是清一色本乡本土的农人，闲时教书，忙时兼顾农活，关校长却是我们这所小学唯一的外来人。有一年秋天，老校长身患恶疾，再难理事，镇上便从他处调来关校长担任校长。我们这里的人不欺生，各村都听说新来了一位校长，见到生人，一猜必然就是他了，无论是在学校还是村里，认识的不认识的人遇见关校长，都与他亲亲热热地打招呼，关校长来到我们学校没几日，俨然已成了此间的老人。

关校长来我们这儿干校长那年，我恰好上一年级。我们的小学校坐落在七八个村子中间的开阔地上，学校里的学生就是这附近几个村子的孩子。学校门前是一条小河，后面也是一条小河，两条小河，一条往东流，一条往南流，在距学校不足一里之处汇流到一起，转而滚滚流向东南。学校四周是一些杂乱的榆树、杨树和槐树，它们一律高过我们教室的屋顶。单凭这些，就足以让我爱上这所小学了。

关校长显然也爱上了这里。他顶替因病退休的老校长，担任我们的语文老师。第一节课，他并不讲授书本上的内容，而是带着我们参观校园。我们像一个个威武的士兵，在关校长的带领下，仰着头、挺着胸，把整个校园一处不落地走了一遍。操场、厕所、办公室、教室门前的小花园……每行至一处，他就蹲下身子平视我们，向我们交代这个地方应该注意一些什么。学校里有十多个教师呢，从没有一个人像他这么干过，我觉得他真了不起。

让我觉得关校长更为了不起的地方是，他还能写一手好字。某个周末，恰逢本村老教师的儿子结婚，母亲拉着我的手去吃喜席。先去封礼，礼桌乌压压围了一圈人，时而传出叫好声。小孩子淘气，好奇心重，从大人们的身体间挤进脑袋向里看，只见那礼桌后面端坐着关校长。关校长在写喜联，喜联上写的是什么，不认识。只见关校长提笔运力，一个个汉字就跑到了喜庆的红纸上面。那些字端端正正的，行距、尺寸、字体，都那么有条不紊，仿佛它们本来就躺在那个位置，关校长只是用笔一点，就都蹦了出来。那些蹦出的字，似乎比躲在课本田字格里的字要好看，也似乎比在课堂上他写在黑板上的板书要好看。每写一个字，围在四周的人就叫上一阵好。关校长微微笑了笑，并不说话，继续写字。显然，我比关校长更为兴奋，一听谁再叫好，我就赶忙补一句，他是我们的校长，他是我们的老师。那些大人看着我笑了笑，我似乎感觉他们是在赞赏我呢。

那时候，我们乡把教书的先生放在高高的位置上，谁家不过年不过节就布置下一桌好菜，必定是请学校的老师去家中做客。关校长家在别镇，向来都吃住在学校里，一个月回一次家，每次都带些粮食、煎饼和咸菜回来。我们乡日子过得苦，却见不得教书的先生过得苦，于是总有人家按照旧例，请关校长去家中做客，但似乎没有一家请得动关校长。我们家也请过关校长。从我们村到学校，两里路，往返就是四里。父亲派我去请关校长，往返三次，每一次关校长都有理由拒绝。直到饭菜凉了，父亲才决定放弃。父亲感慨地说，真是个好先生。请不来关校长，我觉得很委屈。

我们当时的学制是五年，关校长教了我们五年语文。在他那里，我知道了"床前明月光"，知道了"春眠不觉晓"，知道了"二月春风似剪刀"，知道了"映日荷花别样红"。我懂得了表达喜悦不必非用"喜悦"这个词，也可以是一朵盛开的花，一树摇曳的叶，一曲动人的歌；我懂得了描写时间不只非用"光阴似箭"，还可以是学校斑驳的旧墙，去年脱掉的衣裳，家中悬挂的照片，爷爷脸上的皱纹。我于无意之中得到一位高明的老师在文学上的点拨，这种点拨让我受用一生。

你看，说到我对关校长的回忆，其实也就是这么几件小事。这几件小事，似乎并不足以让我上升到感激的程度来回忆他，可是每当想起他，我的心中确是感激无疑。我很感激他，至于为何感激，我说不上来。

时间真是个坏东西，它不分青红皂白，将人世间的爱恨情仇一味消磨。我猜想，或许那些让我觉得值得感激关校长一生的旧事，早已经被时光悄悄擦掉了，只留下我要感激他的情愫。白云苍狗，白驹过隙，二十年，足以磨损掉许多看似坚若磐石的东西。二十年前，我从母校毕业后，就再未见过关校长。只是听别人说他不久之后就另调他乡，后来在另一所乡村小学退了休，跟随儿女去了遥远的地方。

有一次，我在县城的旧书摊上淘到一本诗歌集。那是三十多年前本地的几个文学爱好者编印的一本手写蜡刻小书，已经泛黄得有些发黑。在目录的后半部分，我惊奇地发现了关校长的名

　　　　　　　　　　　　　尘与光　|

字。我的手哆哆嗦嗦地打开印有他名字和作品的那一页，看到了他的简介和诗作。简介简单得不能再简单了，上面印着：关未山，笔名微草，小学教师，视诗歌如命，视学生为歌。下面是一首小诗，题目叫《乡间的孩子》。他说，每一缕风只围着孩子绕。他说，每一朵花只迎着孩子开。他说，每一只鸟只向着孩子唱。这么多年，我从不知道他竟然还是一位散落乡间的诗人，也从未把他视为园丁或者蜡烛。没错，他注定不是园丁或蜡烛，正如他在诗中吟唱的那般，他是一缕风、一朵花、一只鸟，除此之外，我想不出更为贴切的词语表达。

有一年，在充斥着仿古建筑的曲阜，我去拜访古代最伟大的教育家，沿着走廊漫无目的地走着，涉足之处，处处可见诸如"仁者爱人""有教无类""逝者如斯"之类的汉字，那些汉字凑在一起，就像一张巨大的网，把我擒了进去，仿佛我就是老夫子那三千弟子中的一个，即便逃离了三千年之久，还是要规规矩矩地回来，聆听自上而下的教诲。我还想起了关校长，想起在乡间小学，他曾手把手教我在田字格上写下横竖撇捺，教授我那些绝妙诗文，他走路时的步伐，他诵读时的声调，似乎就在眼前耳畔。于混沌中，我发现，不期而至的关校长的影像，竟与三千年前的先师重合到了一起。

我无意拿古代最伟大的教育家与关校长作比较，我只是想说，无论我们去往何方，遇见怎样卓越的人物，我们内心深处与之产生共鸣的，往往来源于故乡所赐。也就是说，乡间的关校长，才是我对于教师和教育的终极理解。

即便如此，作为一位散落乡间的诗人，他视之如歌、视之如命的学生又能对他了解多少呢？

五

在本地，散落在乡间的诗人还有很多。以上提到的几位，并非最具代表性的人物，之所以把他们拿出来，只因为我对他们的生平相对还有些了解，而更多散落乡间的诗人，我只知其名，却不知其一生所遇，一世所想。

他们是：王家大院的私塾先生张一鸣、李家沟的算命先生赵半仙、石龙庄的落第秀才韩赵魏、三清观的邋遢道人李德云、谢家庄的没落族长谢世林、三里坡的唢呐艺人齐大磊、曲家馆的复员军人孙爱国、马下滩的近视银匠铁文敏、常乐村的糊涂会计常三礼……除了他们，一定还有更多我从未知晓的名字散落在乡间，他们中有货郎、猎人、戏子、衙役，有裁缝、画师、和尚、娼妓，甚至还有护林员、酿酒师、剃头匠、泥瓦匠……他们的职业几乎涵盖了我们乡所有的职业。他们忙时为生计，投身吃喝拉撒之苦；闲时就写诗，纵享风花雪月之乐。

大地若如倒扣的夜幕，那么，这些诗人就是散落在其间的星辰，光耀着我乡。他们的光芒如此微弱，眼见着就要被风吹熄，被黑吞噬。确实，有些的确是熄灭了。然而，大地之上，又总会有新的灯盏亮起来。这些我寂寂无名的乡党，他们在一个小得不能再小的乡间写诗，诗歌像一门手艺，让他们代代不息地传承了百年之久。

这些寂寂无名的诗人，他们生在乡间、死在乡间。无论是生是死，他们都一直以一个诗人的名义，散落在乡间。

原载《天涯》(2018 年第 1 期)

入选《北京文学》2018 年度

中国当代文学最新作品排行榜

尘与光　|

关键词里的父亲

寄 居

父亲从摩托车上摔下来的消息翻山越岭传到我们面前时，我们正在院子里抠棉绒。

到了秋天，无论多么坚硬的棉壳，都已无法藏匿它内心的白了。从农历三月到农历八月，整整五个月的漫长时光里，那些白在种子里在叶芽上在花朵中在棉壳内不断衍生，蜕变，终于在秋风的蛊惑下集体用力，把棉壳撑裂成四瓣。这个季节，站在棉花地里，就如站在两面天空之间：头顶之上的天空以云朵的名义呈现着棉花的软，而腰身之下的天空则以棉花的名义诠释着白云的白。

那时候的我们是羞于抒情的。或者说，那时候的我们尚未掌握抒情的本领，我们只是顺从地接受上天给予我们或多或少或厚或薄的馈赠。就这样，母亲带着大姐、二姐和我，将那些盛满棉绒的棉壳揪下来，运回到家中。早在棉花还未成熟的那些日子里，母亲已经为它们选好了即将要走的道路——大部分卖出去贴补家用，留下一小部分翻新已好几年没有弹过的旧被子，如果还能剩下一些的话，母亲就会给我和姐姐们每人做一件新棉袄。虽然只是口头说说，但因为母亲的设想关照到了我们每一个人，所以我们干起来格外卖力。不久之后，我们面前就堆起了两座小山：一座是棉壳，另一座是棉绒。

我曾无数次回味那个下午的时光。那个下午，我们的小院里安静、闲适，偶尔有风将几片卸落的树叶送进院里，那送进院子里的树叶便不再与风纠缠，似乎它们之前之所以漂泊，就是为了借助风的力量到达一处如此安逸的所在，现在它们目标已达，便从风的背上跳下来，任风去往别处。唉，都是一些琐碎的事物，但当琐碎与琐碎恰当地搭配在一起，它便美好无比。可是，那时候的我们绝对想不到，就在那么美好的时刻，父亲受伤的消息已经开始翻山越岭，挟裹着沿途的尘埃，急迫地逼近了我们；也绝对想不到，这个消息毁掉的不只是我们梦想中的新棉被、新衣服以及虽紧巴却安适的日子，还有父亲用十多年的时间小心翼翼地守护着的承诺。

时隔多年，即便此刻我旧事重提，依然不敢把记忆的闸门完全打开。我于细微之处浮光掠影，点到为止，只为了避免与刚刚得到消息的母亲、姐姐们以及我自己相遇——多年以前的那个下午，当我们一齐愣在小院里时，当我们在小院里因慌乱而手足无措时，当我们醒悟过来急匆匆抛下已经抠出的棉绒和尚未抠出的棉绒跑出院门时，我们这一家人渺小得或许能让天地间的任何一种微小之物心生怜悯。

那一年秋天，在卫生院，我的父亲正躺在病房里，昏迷着。液体的药物透过窄小的针孔不断攻进他瘦弱的躯体，他的胸部和臂上缠满了绷带，呼吸的起伏却并未因紧束而减缓。他还活着——当我们接受了他从飞驰的摩托车上摔下的事实后，这是唯一值得庆幸的事。医生告诉我们，父亲折断了左手手臂和两根肋骨，而我们现在急迫要做的，便是要用等量的纸币来换取父亲的康复。根本没有选择或妥协的余地——那一年，我们家将辛辛苦苦挣了两年多的血汗钱全都砸在了卫生院里。也就是说，就在父亲对母亲和我们的承诺眼看就要触手可及的时候，却被命运撞了一下腰，我们全家的希望再次落空了。

现在，我或许该说说父亲的承诺了。那是早些年的承诺。有多早呢？大概早到父亲刚刚与母亲结婚的时候吧。他们是在三间茅草屋里结的婚，这样的居住条件在当时不可谓优，也不可谓劣，但父亲却总觉得亏欠了母亲。那时候，父亲二十出头，毛头小子一个，却对自己心爱的女人说，他要给她垒起三间前出厦的瓦房。他说这话的时候，眼神清澈，清澈的眼神里点缀着光芒，如果真给那种光芒起一个名字，我还是愿意沿用母亲后来给我们复述这件事时的评价：真诚。母亲是没有什么理由拒绝的。不是说母亲贪图这三间房子，而是说，面对那自信和真诚的承诺，无论是谁，都不忍心拒绝领受。

父亲说这话的时候，应该是底气十足的。那时候他很能干，在村西的石塘里放炮采石，用了数年，积累了一点儿积蓄，买了一辆自行车。骑着这辆自行车，他去贩地瓜秧卖，临沂、邳州、徐州、济宁、日照……他几乎走遍了附近几个市县的任意一条马路与阡陌，逛遍了任意一个乡村集市。天气转寒，他就与别人合伙拉着排车去枣庄贩煤，拉到本地售卖。如此折腾了几年，手中刚有了一点儿积蓄，我们几个便相继出生，成为消费的无底洞。但即便困于生活的泥沼，父亲也从未放弃他的承诺。并且，这承诺随着时间的推移更为紧迫：它已不单单是父亲对母亲的私人承诺，而是衍化为父亲对我们全家的承诺，成为他为人父、为人夫的地基，这块巨石常压得他直不起腰来；它也不单单只是承诺了，而是一个切实地影响到我们的生活从而需要尽快解决的问题——我们的房子越来越旧，墙上的裂缝也越来越宽，为此，我们甚至不得不用木头给稍微有些倾斜的墙面做了加固。

因为父亲的承诺，我们似乎从来都没有将那三间茅草房视为"家"。从一开始，我们努力的目的之一就是拆除它或离开它，因为我们的"家"活在父亲的承诺里，我们要做的，就是走向它或者把它迎过来。时光真是个坏东西，仿佛一夜之间，村子里的其他人家就把崭新的房子盖起来了。尤其是在我们家附近，前边是新盖的瓦房，后边是新盖的瓦房，左边是新盖的瓦房，右边也是新盖的瓦房。我们心心念念想要达到却始终不得的目标，别人家轻易之间便实现了，这不免让我们感到嫉妒，再由嫉妒感到羞耻进而自卑。父亲显然也从我们家的老房子与别人家的新瓦房的对比中感受到了压力，我常看见他从前后左右不同的方位回来时或从家中走向前后左右不同方位时，每当路过那些新房子，他便明显加快了脚步，急急如丧家之犬，只想尽快逃离。或许正是因为这种压力的存在，他才决定跟着我一位远房大伯的建筑队干了建筑工。建筑队骑着摩托车早出晚归，奔驰于附近的几个乡镇，我们家无力买摩托车，父亲便搭乘同为建筑工的三叔的车，油钱由父亲承担。

　　我曾无数次联想到这段时期里的父亲，联想到他的欢愉和失落。没错，肯定会有欢愉：当他亲手将一砖一瓦垒起来的时候，当一面墙在他眼前渐次升高的时候，当他看着自己亲手垒出的房屋已初具规模的时候，他一定是自豪的，自豪如他垒砌的是自己承诺里那栋始终未能兑现的房屋。没错，肯定也会有失落：当房子已经建好却惊觉自己不是它的主人的时候，当他就要转身离开这栋新建成的房子的时候，当他又想起自己尚未兑现的承诺的时候，他一定是悲伤的，悲伤似与自己失散多年的孩子于不能相认中再度诀别。欢愉也好，失落也罢，作为一个相对的局外人，我或许永远也无法精准地触摸到和描述出父亲当时的矛盾心理。但是我知道，整体而言，那时候父亲的承诺正在向着好的方向发展，因为在那两年里我们家终于渐渐有了一点儿积蓄。然而谁都没想到，正是在这个时候，父亲却从摩托车上摔下来了。

出院之后，父亲在家里躺了三个多月。那段时间，我第一次体会到顶梁柱塌了是一种什么样的感受。父亲病愈之后想重操旧业，没有资质的建筑队却恰好在此时解散了。没有办法，他只好跟着别人去装"皮子"。所谓"皮子"，就是用机器将一段粗壮的木材割成一张张薄薄的木板而遗留下来的边角料。那些细碎、轻薄的边角料从木材身上脱落下来，完全改变了秉性，它们不再如整条木材那样敦实，而是锋利如刀。父亲怀抱着那些皮子，如怀抱着我们整个家庭的希望，一次次将它们装上可以承载二十吨重量的货车。

给父亲搓背的时候，我看到了他的身体。就像被刀无数次地切割过一样，他的胸前、腹部、腰间、后背、手臂、大腿……几乎所有的区域里，旧疤的白色线条和新伤的暗红色线条相互交错，杂乱无章，就如缠绕在一小块水域里的渔网，每一条线都曾深深地刺入他的躯体，划过他的皮肤，甚至与骨头相撞。或许每个父亲都会在儿女的面前维护着自己长久以来的威严，即便他已渐次衰老，譬如他身上这累累的疤痕，在我亲眼所见之前，他从未对我提起过。我只是偶尔听母亲说，他被这些新伤和旧痕折磨得睡不着觉，有时即便睡着了，也常会被这么多伤疤中的其中一个唤醒。

那几年，突然而至的衰老迅速地爬上了他的身体。除了伤疤，疾病也开始寄身于他，腰肌劳损、骨质增生、肩周炎、低血压……那么多可恶的疾病，篡夺着他对生活的热爱，似乎他存在的意义就是让那些疾病活着。我实在无法想象，每日每夜，他是怎么在与那些疾病纠缠，反抗，乃至讲和。但我看到的却是，拖着病体，他仍然每日每日地辛勤工作着。说实话，这么多年都过去了，我们——大姐、二姐和我，都已不再对他的承诺保持哪怕一丝的热情了，甚至，我们都快忘了他的承诺了。可就在此时，就在某一年的冬天，全家人聚在一起吃饭时，他突然就捧出了一个红色塑料袋，探手从塑料袋里取出一块用报纸包裹着的东西，报纸一共好几层，他一页一页地掀开，几沓码得整整齐齐的纸币就呈现在了我们面前。看着我们惊疑的表情，他显然很受用，或许，这么多年来他一直在等待我们用这种表情重树他身为父亲的威仪。那天，眼角湿润脸上却微笑着的他终于说出了在肚子里养了二十多年的一句话：过了年，咱们就把房子盖起来吧。

不知为什么，当一直被我们视为寄身之所而不是家的旧居被拆除的那一刻，我心里竟然隐隐有些失落、有些悲伤，还有些说不上来的如黄昏般灰暗的情愫，只想跑到无人登临的山峰上或无人涉足的河流畔，痛痛快快地大哭一场。

房子终于盖起来了。新居落成，最高兴的当数父亲，尽管手中已无多少余钱，父亲还是慷慨地带着我们全家去镇子上聚了一次餐，以此庆祝全家人多年夙愿的达成。原本是打算到那家新开的庆祥酒店里去的，但我们却在途中被一只小小的气球修改了路线——那只粉红色的气球，来自于镇子上另一家快餐店的赠送，它的价格微不足道，却成功吸引了外甥小宇的注意，以至于让我们临时改变了午餐的地点。快餐店里，气球被小宇一次次抛向空中，又一次次落在了地上。在我们这些成年人看来，这是一个无比乏味的游戏，然而他却乐此不疲，以至于连手中的汉堡都只是咬了一口，以至于那咬下的一口汉堡还长时间地卧在他的口中，丝毫没有呈现顺着口腔下滑的趋势。然而，就在他玩得起劲儿的时候，他手中的不锈钢叉子的尖端却不小心碰到了气球。嘭的一声，他惊得哆嗦了一下，愣了几秒，接着就号啕大哭起来。我不知道他是为在没防备的时候受到惊吓而哭，还是为美好事物的破碎而哭，但我却由此及彼，想起那年父亲从摩托车上摔下来的消息传到我们面前时，我们的震惊、我们的慌乱、我们的手足无措。

又过了些年，我也已成家立业，在县城里买了一套三居室。我尝试把父母接过来，父亲一口就回绝了。我曾私底下揣测过他拒绝我的理由：他口中所谓的"不方便"当然可算其一，但以我对他的了解，他可能更为在意的是自己的房子——他用几乎半辈子的时光终于重拾回作为丈夫和父亲的荣光，他已心满意足，不愿再寄人篱下，哪怕面对的是自己的儿子。

如今，我们都已成了父母堂前客，偶尔回去，吃饱喝足之后就四散离去，无论父亲的房子如何精美，都已不再吸引我们了。如果非要从中找出一点尚能吸引我们的事物的话，大概也只能是住在房子里的那个人了——这么多年的时光里，我们失落过，我们悲伤过，我们手足无措过，当我们所有的人都背弃了他和他的承诺的时候，只有他还在倔强地坚持着，并让我们在最终的一刻看到，希望一直都在。

旧　衣

我一直渴望能有一身校服。

就是那种蓝与白相互拼接的校服。蓝是天空蓝，甚至，比天空的蓝更蓝一些，不需要层次，不必要过渡，就只是以一种静止状态的颜色，舒舒服服地套在我身上；白是雪地白，甚至，比雪地的白还要白一些，白得醒目，让我时时收敛着与"脏"这个字相关的动作、思维、习惯。

在我所就读的那所乡间小学里，校服绝对是奢侈品，它代表着一种地位、一种身份，如我这样的贫困家庭的孩子，是无法借助家庭之力来完成这样简单、微小的梦想的。看着我的同学身穿着洁净的校服，我心中就会不由自主地生出羡慕，羡慕被依次放大，就会变为嫉妒，嫉妒得寸进尺，嫉恨便油然而生。和我一般心理的孩子一定不在少数，我就曾亲眼看见张磊磊趁着殷芳芳不注意，用蓝色钢笔墨汁往她身上溅洒，虽然只是溅出了一点儿墨汁，但那溅出的墨汁却沿着白色的纤维迅速奔跑，不断扩散，直至像个醒目的伤疤，牢牢地扒住了每一条细密的织线。这伤疤，平贴在校服的白色区域内，就像是校服上的蓝色不小心跑到了不属于自己的区域，要怎么碍眼就怎么碍眼。或许是因为这伤疤的存在，从此之后，只要见到身穿校服的殷芳芳，我便条件反射似的往她身上的某个部位寻找。尽管如此，我仍然羡慕殷芳芳她们，羡慕她们身上标示着自己的殷实家境和活力青春的蓝和白——即便那校服是有瑕疵的，上面被涂了一处醒目的标记；即便那校服是脏兮兮的，上面沾满了鼻涕、口水、泥巴。

多少次，我在梦中也穿上了好看的校服，我挤进他们中间，就像我本来就是他们中的一员，与他们一起笑，一起叫，一起奔跑，一起追逐，甚至一起仰着头从某个身穿皱巴巴脏兮兮的土布衣服的穷孩子面前高傲地走过，无视他因羞愧而涨红的脸。可我每次都在这一刻被惊醒，因为我看到，那张脸正是我照镜子时，镜子投射给我的影像。

事实上，我连穿一身从集市上买来的廉价衣服的机会都不多。我们的衣服大多是母亲给做的，每逢入夏或入冬的季节，母亲就会从集市上扯几尺土花布，给大姐做一身新衣服，大姐原本穿旧穿小了的衣服就会淘汰给二姐，以此类推，二姐的旧衣服又都转给了我。到了我手上，衣服已经磨损，破旧，皱皱巴巴，甚至已经与最初布料的颜色相去甚远，那些衣服如经历九死一生跋涉归来的疲惫的士兵，他身体上的疤痕就是他的荣誉所在，也是他的悲哀所在。这还不是最难为情最无法让我接受的，最无法让我接受的是，姐姐们淘汰给我的衣服上点缀着女孩儿喜欢的各种花纹，这样的花纹穿在我身上，难免会受到同学们的嘲笑。

等到上了初中，男孩和女孩的身体差异越来越大，但我却仍未改变穿淘汰下来的衣服的命运。只不过，这次不是接手姐姐们的衣服，而是父亲的衣服。父亲的衣服太过宽大，有时候，母亲会为我改小尺寸，更多的时候，母亲不管不顾，待我再没有衣服可穿的时候，就直接把父亲的衣服扔过来。我穿着父亲的衣服，就如用几把草料捆成的瘦弱的稻草人撑着宽大的布匹，不但滑稽，而且搞笑。那时候，我时常感到，只要有一小股风轻轻一吹，我可能就要飘起来。

父亲最常穿的衣服款式是中山装。说是中山装，其实只是看着相像而已，因为除了这个名称，我找不出其他更合适的名词来为它命名。衣服的颜色是灰的，但又不是那种纯粹的灰，一看就知道是土作坊用劣质涂料染制的，无论洗涤多少遍，布料还是会掉色，每掉一次色，那颜色便会更浅更杂一些，一件衣服上按照颜色的深浅，居然能划分出十几个不同的区域，就如战乱时代的纷争小国一般杂乱分布着。那些中山装上，不但长着一排黑色塑料纽扣，还醒目地缝制着四个丑陋的大口袋，而我喜欢的则是好看而又方便的拉锁，是藏在内侧的小口袋。作为一个正当青春期的少年，穿着这样的衣服，我需要随时接受同学的嘲笑。如果说其他同学的嘲笑我还能忍受，张小雨的嘲笑却让我万分难过。那时候，有些情愫都是像烟雾一样轻轻袅袅缓慢蔓延的，它是一种我们不明所以的羞耻，也是一种暗藏于心的渴望，我们在羞耻与渴望之间摇摆不定，暗暗保持着其间的平衡。然而，张小雨与别人毫无二致的对我的嘲笑、对我身上衣服的嘲笑，打破了这种平衡。我不再羞耻，不再渴望，取之而来，却是诸如烈火焚烧后灰烬一般的悲伤。

和其他人不同，青春期里，我对父亲的抵触或许不是来自于对父权的质疑，而是来源于对他的衣服的厌恶。一件新衣服，在它还未沾染某个人的独特气味之前，它是干净的，纯粹的，不依附于任何人而存在的。但当这件衣服一旦与某个人产生了表与里的接触，随着时间的推移，便不可避免地吸纳了这个人的习性、气质，很难再去改变。以此类推，这种狭隘的思想可以延伸为更多的具体事例，比方说一个人之于一张固定的床的微妙联系，比方说存在于许多男性内心深处的处女情结。在我看来，父亲正是以这种衣物继承的方式行使着他作为父亲的威权。或者说，把淘汰下来的旧衣留给我穿，恰好是他强势统治的一种延伸。并且，与其他表现形式相比，衣服所呈现出的父权更细碎，更严密，就像是一双眼睛，时时刻刻盯紧你的一举一动。

整个漫长的青春期，我身上的衣服时刻都在提醒着父亲的存在。其中，最为明显也让我最不能忍受的是衣服上所散发出的气味。除了固定的农民身份之外，为了生活，父亲曾从事过很多种职业，比方说小商贩，比方说建筑工，比方说装卸工，但无论从事的是哪种职业，都是出力型的。或许也正因为如此，他的衣服上才散发出一种独特的气味。那种气味说是臭，不尽然；说是酸，不尽然；说是馊，不尽然；说是霉，也不尽然。总之，那是一种复杂的气味，这气味中混合了父亲的汗水、呼吸出的气体、灰尘以及与他做摩擦运动的任何物体所产生的化学反应的味道，这些味道牢牢地吸附于布料上，融化在纤维中，怎么洗都洗不净。从某种意义上讲，父亲的衣服如酵母一般，催化了我的自卑心理。

我也曾尝试过反抗——把父亲留给我的衣服恶狠狠地扔到地上，扬言不给我买新衣服就不再去学校读书了。父亲二话不说，一把揪住我，脱下脚上的胶皮底布鞋，啪啪啪地就抽到了我的屁股上。这时候，倘若我能及时识趣认错的话，这种教训很快就会停止。可是，我或许深受父亲基因的影响，宁死不屈，于是，父亲的布鞋便不间断地抽到了我的屁股上。我的屁股在开花，开花的过程是一下一下的，火辣辣的；我的屁股在落花，落花的过程也是一下一下的，火辣辣的。我想，他在抽打我的时候，一定想到了生活，想到了人世间的心酸和苦楚，想到了自己的无能和委屈，于是，他只能把情绪释放于比他弱小的我的身上。想到这，我竟隐隐有了一丝复仇的快感。是的，很长一段时间里，我都觉得他是无能的，不能给我订校服的钱，不能给我买零食的钱，不能给我买随身录音机的钱……就连他亲口向我们说出的要盖三间前出厦瓦房的承诺，他多少年都没有兑现。终于，父亲打累了，气喘吁吁的他将鞋子往地下一摔，再将脚粗鲁地探进去，趿拉着鞋子，摔门出去了。第二天，我依然还是要穿着父亲的衣服去上学去割草去放羊，依然还是要接受同学的嘲笑。

成年之后，深受父亲的旧衣戕害的我，终于以时间的名义，逃脱了父亲的围剿。

是的，在与父亲的较量中，时光是我最有力的杀手锏。在某个时间节段内，我会因时间的加持而不断强大，父亲则会因时间的累积而越来越弱小。这是一种无法逆转的宿命，可惜，当它成为一种既定的事实之前，我一直未能参透其中的奥妙。我想，父亲可能也没有参透。虽然无法掐定一个确切的时间点，但无论从哪方面来说，十九岁就是我人生的分水岭。十九岁，我高中毕业，离开父亲所能辐射到的最大范围，去了另一座城市求学，开始独立面对生活的种种未知。我一年回来两次，明显感觉到父亲突然对我客气了起来。事先我并不适应这种改变，后来竟也就渐渐习惯了。

某年冬天，我把一些穿旧的衣服收拾出来扔给母亲，让她顺便扔掉。母亲说：就放在那里吧。在我的理解里，母亲无非是因忙于其他事情而腾不出手，过后，肯定会把这些旧衣丢掉，然而，当我再次回到家，却发现原本让母亲扔掉的衣服，竟然穿在了父亲身上。我的那些旧衣服虽然廉价，但颜色亮丽，款式前卫，无时无刻不在彰显着阳光，诠释着青春，舞动着活力，它们套在父亲衰老的躯体上，感官上形成了巨大的反差，显得那么的不伦不类。父亲见我盯着他看，竟好似害羞了一般，低着头，红着脸，抠着手，像个孩子无措地定在原地。

　　一切都是那么的自然，没有人再去提醒什么，我淘汰下来的摺在家中的衣服，父亲就穿了起来，甚至，那些在外边被我穿旧了的衣服，我也会把它们洗干净收起来，等下一次回家带给父亲。或许是因为审美眼光的改变，也或许是想到我身上衣服的下一站归宿，我买新衣服的时候不再追求叛逆、醒目，而是选择稍微朴素一点的款式。我也曾想象过父亲穿着我的旧衣穿行于田里、穿行于阡陌、穿行于集市、穿行于乡间的任意一处所在的景象——画面"太美"，我不忍多想，怕自己会笑出声来。

　　唉，这个曾经那么要强的男人，和我们这里的其他男人一般，终究还是无法抵御时间对他的凌迟。他变得越来越谦卑，越来越胆怯，我不知道这样的变化是否与我有关。有时候，当我将着这条时光之线回顾我的青春岁月以及那些岁月里我的反抗和逃脱的时候，我会猜测多年之后恰好与我互换身份的父亲他心里的想法——穿着我的旧衣的父亲，他是否也能从这些衣服上嗅到我无法淡化的气息？如果答案是肯定的，那么他是否也会像青春期的我一般，在排拒着这种无处不在的控制呢？或许是我想多了，因为我眼中现在的父亲，至少在眼神和行动上并未流露出对我的旧衣的厌恶。不但没流露出厌恶，他甚至还会在别人提及他身上

尘与光　|

不伦不类的装束时，颇为自豪地回答：这是我儿子给买的。

此刻，当在老家写下以上的文字后，我走出院外，恰好看见父亲正蹲坐在大门外的石板上抽着烟袋锅，晒着太阳。被对面高大、干枯的杨树枝条切割碎了的阳光铺在他的脸上，打在他的身上，他却如石化了一般，一动不动。我去年淘汰下来的一件蓝缎红领的羽绒旧衣，就像是另一层阳光裹在他的身上，依然是那么的不伦不类。爷——我用方言五味杂陈地喊了一声，他就慌张地站了起来，没答应，脸上却笑呵呵的。那一刻时光流转，我好像成了他的父亲，而他则成了我的儿子。

远　行

那时候，全家人都正在地里割麦子，父亲却自行离开了。

小满时节，风从远方刮过来，原本懒散的麦子像是收到了什么命令，数日之间，便一鼓作气由青转黄了。这是一种成熟的标志，一旦发现了这种转变，农民们就要抓紧时间磨镰备车，准备收割了。不然，如果恰好遭遇一场作祟的大雨，成熟的麦子就会全部霉变，直至烂在地里。

你一定领略过麦子成熟后的景象，如果没能给你留下深刻的记忆，我愿重复我的所见：天空空旷，空旷的天空中，只有几片闲云在漫步，闲云之下，麦田随着大地起伏，沿着山岭和河流的走向奔跑，一直从眼前跑到地平线以外。近处的麦子株株清晰可辨，它们怀揣着饱满的籽，头顶着尖利的芒，在清风的摇摆中练习着攻伐之术，一次次将内心的锋芒刺向天空。远处的麦子是以集体的面目呈现的，麦子与麦子那么密集地站在一起，组成一个庞大的个体，根本就无法从这些颜色相同形态一致的同类中择出任意一株特殊的个体。这时候，且不要把所有的关注点都聚焦于麦子身上，它们固然是当之无愧的主角，应当享有比其他事物更为尊贵的目光，然而这并不意味着配角就不重要。譬如那些夹杂于黄色麦田里蓝色的小花，譬如那些在麦田里蹁跹起舞的蝴蝶，譬如那些此起彼伏的虫鸣，它们一起构成了生机勃勃的景象。

你一定体会过收割麦子时的心情，如果也没能给你留下深刻的记忆，我愿重复我的所感：从麦田的一头开始，一人包揽一段横面，左手前探并握住麦秸的中上部位，右手持镰向着右后方斜拉，防止镰刀划伤腿脚。虽然不时有小股的清风来往穿梭，但汗水还是沿着身体的弧线不断地滑了下来，滑到没有足够承接它们重量的某个点时，它们便重重地砸向了地面，砸进了残余的麦秸里。我不喜欢看着他们越割越远的那种场景，我喜欢的是远远地坐在麦田的另一头，等待着他们缓慢地割过来，等待着他们与我迎面相撞，彼此一笑。隔着整块麦田，我看见他们——祖父、祖母、父亲、母亲以及叔叔和婶婶，一会儿毫无预兆地抬起了头出现在空旷的大地上，一会儿又毫无预兆地弯下了腰消失于神秘的麦田里。有时候，他们之中的哪个人如果长时间没能出现在我的视野里，我就会莫名地紧张起来，大声呼喊着我对他或她的称谓，直到那个人听到喊声直起身来，面目模糊地对我笑一笑，我悬着的心才会放下来。

父亲就是在那时候离开的。那时候，祖父、祖母、母亲以及叔叔和婶婶都在忙着割麦，天气预报说，最近几日，本地将会迎来一场降雨，雨虽不大，但它之于已经成熟的麦子的影响却不可小觑，因此，每个人都如上紧了发条一般，迅速而机械地完成割麦的每一个动作。然而，我父亲却在别人都忙得无暇他顾时，抬起了头，直起了腰。他站在已经割完的空地和尚未收割的麦田之间的分界点上，风恰当其时地吹过了他。风吹过他时，他脸上的汗水因为这番搅动，纷纷摔落下来。父亲一句话都没有说，掉头

尘与光　|

就走向了与我们家的麦子相反的方向，绕过别人家的麦田，向着那条干涸的河沟一跳，就不见了踪迹。

直到麦子割完，父亲还是没有回来；直到我们拉着收获的麦子回到村庄，父亲还是没有回来；直到我们都吃过了晚饭，父亲还是没有回来。其间，大家也曾分头去找，甚至动用了村里的大喇叭来广播，结果依然一无所获。父亲就像是一滴从天而降的水珠，砸入一条汹涌的大河之后，便无影无踪了。母亲难免有些焦急和担心，祖父却以不容置疑的威权安慰说：这么大的人了，能出什么事？你们都安心在家等着，说不准他正在往家里赶呢！

父亲是在凌晨时分回来的。和他一起降临的，是天气预报里的那场雨，不知它从哪里汲取了更多的储量，由预报中的小雨突变为一场瓢泼大雨。浑身如落汤鸡冻得瑟瑟发抖的父亲，一言不发地推开门，一言不发地从柜子里找出一床被子，一言不发地躺上床躲进被子里，就睡了过去，其间，连看都没有看我们一眼，连湿透的衣服都没有换下来。第二天，祖父质问父亲去了哪里，父亲说，他去解了个手，结果因为太困太累睡熟了。显然，他在撒谎。他撒谎的时候，喜欢用手捋一下额前的头发，这一次也不例外。我知道你们肯定会说父亲去偷懒了，若是你们了解我父亲，你们就会因这种看似合理的猜测而感到羞耻。事实上，父亲一直是任劳任怨的，此一生，他从未让"懒惰"这个词爬上自己的身体。面对父亲的谎言，作为唯一的目击者，我并未站出来揭穿他。

这只是一段小插曲，但正是这段小插曲让我认定父亲心中一定藏着一头野兽。是一种无可名状的野兽，或许以"气"的形式存在，或许以"音"的形式存活。这头看不见摸不着的野兽，肯定动用了无数的心思来诱惑他。白日里，它升腾起来，遮住父亲的眼睛，用温柔的声音喊着——远方、远方；黑夜里，它蹦跳起

只看到了一些背影　　　　　　　　　　　　　　　　33

来，敲击着父亲的肚皮，用急促的声音喊着——远方、远方。

当然，这些臆想都是我二十多年后重新回顾这件事情时作出的肤浅的判断。这种判断来自于我的阅读体验。是阎连科先生的《朝着东南走》泄露了父亲的秘密：这篇小说里的父亲，听信了一位大人物的话，为了享尽人间的太平快活，不断地朝着东南走，即便他在行走的途中因一个女人和肥沃的土壤而停下，娶妻生子，享用到了太平和快活之后，却仍然不能湮灭"东南"这个方位对内心的挑拨，相权之下，父亲最终再一次迈开了去往东南陌生世界的脚步。是若昂·吉马朗埃斯·罗萨的《河的第三条岸》指向了父亲的行踪：这篇小说里的父亲某天忽然异想天开，为自己打造了一条结实的小船，走向离家不远的一条大河，独自一人驾舟在河流上漂荡，家人千方百计引诱他重返故土，但他依然故我，终究也没有再踏上陆地。

和小说里的两位父亲相比，我父亲可能不具备太典型太高深的向心意义。是的，和他们相比，我父亲是浅薄的，他对于远方的渴望，只是来自于生活对他的亏欠。父亲年轻的时候，和其他同龄人一样，怀揣着离开故土去向远方的梦想，这梦想或许来源于一本禁书里的某个场景，或许来源于白色幕布上的某个电影镜头，也或许来源于某个同伴身上穿着的远方亲戚寄来的绿军装。那时候，想要逃离土地对一个农民之子终身的拘禁，无非两条路：一条是做工人，另一条是当兵。当工人需要有说得上话的人物引荐，遍观二舅三爷七姑八姨，都是庄户人，父亲的这条路是条死路，只好自断了心思。然而柳暗花明，馅饼从天而降，当兵这件事却幸运地砸到了父亲头上。父亲十八岁那年，本家的一位爷爷做了生产队长，招兵令下来，自己家的儿孙年龄不足，于是揣着肥水不流外人田的心思在族中子弟中扒拉，最终只扒拉到我父亲这个远得不能再远的侄子身上。

　　　　　　　　　　　　　　　尘与光　|

听闻这事，包括我父亲在内，全家人满心欢喜，只有我的曾祖母忧心忡忡。曾祖母生于晚清年间，自打降临这世间开始，生活就从未对她宽容、怜悯过，她的父亲因收容一位抗日士兵死于东洋人的刺刀，她的兄弟被国军抓了壮丁生死不明，她自己的人生也随着各种变乱跌宕起伏。因为深受战争之苦，所以对于战争她或许更具备朴素和利己的思维。闻听长孙要去参军，她开始不吃不喝，她开始撒泼打滚，她开始苦口婆心地劝告我父亲，她甚至以自己行将就木的时光来要胁或感化父亲。父亲这个人有很多毛病，有一段时间，因为这些毛病，我曾一度反感他的任何所作所为，但他也有几个屈指可数的优点，孝敬便是其一。在是否参军这件事上，因为"孝敬"一词作祟，父亲在远方和自己的祖母之间做了极其艰难的选择：留下来。这个抉择是痛苦的，我曾尽量把自己置换为父亲，站在父亲的角度重述或想象这件事，结果发现，我的感受浅尝辄止，根本就无法深入体会父亲矛盾的内心。

　　此后，曾祖母终于如愿以偿，握着她长孙的手含笑逝去；此后，父亲结婚生子，陷入了家庭的泥沼。然而，即便如此，父亲心中的远方仍时隐时现，不时诱惑着他的内心，左右着他的举动。曾祖母去世后，他曾想与别人一起到南方打工，没承想招工的外地工头在席卷了本地五十多人的押金后，找了个借口一去不返。这五十多个受骗者当中，父亲便是其中一个。这件事让祖父和祖母气愤异常，他们据此判定外面是坑蒙拐骗的世界，便不容许父亲再寻离去的出路。后来，大姐、二姐和我相继出生。我的出生在家族里可谓意义重大——这个家族终于有了长孙，作为承前启后的标志人物，我不但让生了两胎女孩的母亲扬眉吐气，也让祖父祖母变得笑声朗朗。母亲曾给我说起过那时候的父亲——和其他人的父亲相比，他似乎并不在意我，甚至都懒得抱抱我。许多年后，多年父子成兄弟，父亲回顾往事对我说，他那时正陷在另一种和喜庆格格不入的气氛中：他终于完成了繁衍大业，把自己活成了家族的边缘人物，他内心深处那头不安分的小兽又开始兴风作浪，在他耳畔、在他心里不断地呼喊着：远方、远方、远方……

那时候，父亲已经三十多岁了。这个年纪是一道梁，梁那边堆积的是逝去的时光，梁这边展览的是渐次的衰老。他左思右想，他急躁不安，他亟须一股勇气带着他冲破土地的围裹和家庭的束缚。但是之前失败的经验也与此同时跟上了他，以心里那头小兽同等的力量拉扯着他，让他摇摆不定，左右为难。

数年之后，在麦田里，一只蝴蝶给了他神迹一般的暗示。那时候，他正低着头收割麦子，一只不知从哪里飞来的彩蝴蝶在他面前蹁跹了片刻，就落到了他的镰刀上。他直起身抬起镰刀，打算仔细观看，不承想刚把镰刀移到眼前，彩蝴蝶就再次蹁跹了起来。彩蝴蝶从我们家的麦地上空飞过，飞到了邻近的一块麦田里，它没有稍停片刻，就又向着下一块麦田飞去。父亲的目光黏在了这只五彩斑斓的蝴蝶的翅膀上，随着它向着远方蹁跹，蝴蝶越飞越远，越飞越小，最终飞出了父亲的视线，父亲的目光却没有因蝴蝶的消失停顿下来，它继续穿行，绕过一棵柿子树，越过那条干涸的河沟，翻山越岭，最后抵达一片神秘的虚空之中。就在那时候，他心中的声音再次响起，调动魅惑的声音喊着：远方、远方、远方……于是，他的脚步不由自主地复述着蝴蝶和自己目光走了一遍的道路，一个人背离我们，向着远方走去。至于他离去之后为何又选择再次回来，是什么触动了他返回的念头，这些他没有说，我也没有问。

多年后，父亲已经渐渐衰老。以旅游的名义，衰老的父亲被我带出家门，来到了更为具象的远方——北京的大街上，高楼林立，车流密集，人流穿梭，他突然就拉紧了我的手。我就像领着个孩子一样穿行于帝都，而他就这样乖巧地跟着我，跟着我在这座陌生的城市穿针引线，不问去向。我不禁开始怜悯起这个衰老的男人——这里恐怕也不是他心心念念的远方吧。至于他的远方在哪里，我猜测，也许他自己都说不清吧。

原载《天涯》（2020 年第 6 期）

香　火

一

黄泥巴糊成的墙壁上，留下一个四四方方的橱洞，橱洞里安放着一尊一尺把高的白瓷菩萨。菩萨站在莲花座上，莲花是白的，菩萨是白的，菩萨怀里的婴儿也是白的。菩萨双眼微闭，似乎是在躲避人间的香火。

菩萨的座下，香火在燃。一支纤细的佛香已经燃了一半，未燃的部分托举着已经燃过的部分，看起来摇摇欲坠。它在等风卸下自己的疲惫，而风却始终未来。没有风，那些从香木中抽身而出的烟，就在这一方斗室里游走，它们一会儿流到地面，一会儿爬上梁头，偶尔也会在菩萨面前稍留片刻。

菩萨的对面，跪着我的祖母，跪着我们这个小地方最后一位接生婆。

祖母的嘴里念念有词，随着念词，她将自己的额头一次次触向地面。她的面孔上，有时充盈着愉悦，有时笼罩着悲伤。愉悦和悲伤存在的方式都是一层层的，似乎那愉悦源源不断，似乎那悲伤无始无终。香火在菩萨和祖母之间不断汇聚，又不断散开。聚，总也聚不齐；散，总也散不开。隔着这时而薄时而厚的烟雾，祖母看不清菩萨，菩萨也看不清祖母。

月光照在小屋里。月光照在烟雾上，把烟雾织成了软绵绵、滑溜溜的素锦。那些泛着柔和光亮的素锦，一定是怕深夜的寒气惊扰了菩萨和祖母，就悄悄把自己分成两条，一条披在了菩萨身上，一条披在了祖母身上。菩萨的身体是白瓷做的，天气越寒，越能擦出她的光芒。祖母却不。祖母的身子是草药做的，虽然有一服服偏方托着她的身体，她还是在不断地咳嗽。祖母咳嗽起时，全身颤抖，弯曲，像一条濒死的虫子，想要把自己最后的力气藏进自己的身体。

香火燃尽，烟雾消散，菩萨已经睡去。跪了好久的祖母这才坐在蒲团上，揉揉自己的膝盖，然后站起来，退出去。在此之前，我应像祖母豢养的那只小黑猫，蹑手蹑脚地从窥视之处返回到另一间屋子的老床上，假装已睡着多时。另一间屋子里，祖母将会为我轻轻地塞严被子，整理好我的陶人、木刀和陀螺，这才和衣睡去。

祖母一合上眼睛，村庄里的最后一盏灯就灭了。

二

如果一生只能写一篇文章，那我誓必会写到祖母，写到我生命的双重来源。我将会写下她赐予我的血脉，我将会写下她是如何站在人间的入口，第一个迎接我的到来。

作为本地唯一的接生婆，令祖母引以为豪的是，她这一辈子，曾像菩萨一般将二百七十多条生命带到人间。而我只是这其中的一个。令祖母自责一生的是，她这一辈子，曾像魔鬼一样将十多条生命拦回地狱。而我的小姑姑也只是其中的一个。

祖母是从什么时候干上接生婆这一行当的？极少人说得清。说得清的人大多都已经入土。但能够说得清的是，接生婆是一种自然而然的传承，上一代的接生婆，忽然有一天，老了，不能动了，新的接生婆就应运而生了。虽说传承，却并无师承。她们往往是因为一场巧合，从事了这一行当。譬如我的祖母。那一日，年轻的祖母回五里外的娘家小住，身怀六甲的嫂子忽然腹痛难耐，孩子眼看就要降生，村里的接生婆却一大早就被人接到了别处接生，始终没有回还。外曾祖母、外曾祖父和我舅爷围着疼得打滚的舅奶奶手足无措。生死之际，祖母被尚在娘胎中的孩子的召唤推到了前台，她想起曾在我们村照料孕妇的旧事，想起那颤颤巍巍的老接生婆是如何将孩子带到了人间。凭着那些破碎的记忆，她忐忑不安地拼凑着那个孩子的降临。那孩子的头露了出来——那孩子的脚露了出来——那孩子哭了起来——那孩子的脐带与母亲分割出来……就这样，那个孩子从祖母的手中开始了人世的历程。余后的日子里，那孩子开始给她叫姑姑，她第一个接生出来的孩子，成了她的侄子。

我们村里的接生婆死了。就像一截草头香，无声无息地燃到了最后，被弃之大地。村子里少了接生婆，大家难免有些恐慌。后来有人提醒大家，祖母曾在娘家为嫂子接生，他们觉得这是天意的安排，上天已经为他们选好了新的接生婆。于是，祖母就这样稀里糊涂地做了接生婆。各行各业，新手总是难被人接受的，一开始，是有人家于慌乱之中来不及到别村接有经验的老接生婆的时候，才请来祖母，结果祖母不负所望，孩子安全降生。之后数次屡试不爽的接生为祖母扬了名、立了万儿，再往后，本村和临近几个村子的人家再有孩子降生，就必定要求助祖母了。

越来越多的孩子在祖母的手中降生，这些人家新添了人口，将无限的感激呈送给祖母，他们给我们家送来用颜料涂染或蘸点的鸡蛋和馒头。世代单传的人家新添了男丁，他们甚至会给祖母跪下，祖母想拦都拦不住。也有一些孩子在祖母的手中死去了，这些人家并未因此怨恨祖母，他们觉得，这是上天的安排——天要赐予他们这场美梦，现在天反悔了，要收回他们的孩子。

生死向来都是人世间最大的事。见证了那么多的生生死死，祖母还是不能做到心如止水，不喜不悲。正是在那时候，祖母请人在左厢房的墙壁上掏出了一个壁洞，将那尊白瓷送子菩萨像请了进来，向她跪下，让她听她的喜和悲。每次接生已毕，深夜，她就会跪在菩萨面前。孩子顺利出生的人家，会送来香火，祖母就将这些香火点燃，毫无保留地供给菩萨。孩子夭折的人家没有香火可送，祖母就用自备的香火来供奉。

她在向菩萨表达心中的欢喜。她已经很老了，但她的眉目却还会像年轻人一样招摇、跳动。她在说那个新降生的孩子：那个孩子的皮肤黑黝黝泛着油光，那孩子的第一声哭喊像响雷一样在房间里炸了开来，那孩子睡着的样子就像是菩萨怀里抱着的那个婴儿……

她在向菩萨倾诉心中的不安。她已经很老了，但此刻的她看上去更老。她的面孔上堆积着那么多的悲戚。她的腰弯得那么弓，她的头低得那么深，她多像一个负罪的人在忏悔。她在说那个刚夭折的孩子：他的那两条红萝卜一样的小腿儿先来到人世，他来到人世后连看都没有看一眼就已经睡着了，他有一只小而挺的好看的鼻子，他的嘴微微向上翘着，泛出一种柔软而神秘的笑……

祖母说着说着就流下泪来——为那些降生的孩子，也为那些夭折的孩子。

面对信徒的喜与悲，站在她面前的菩萨，像世间所有的神一样，始终不言不语。

三

该怎样去界定我的祖母呢？

我曾在书中看到过一幅古埃及壁画，壁画的中央站立着手执权杖的阿努比斯。数千年前古老而斑驳的壁画之上，阿努比斯正在引领亡灵前行。作为古埃及亡灵的引导者和守护者，狼首人身的冥界之神阿努比斯高大、英武、肃穆，他目视前方，眼神平静中折射出胡狼的凶狠和坚毅。在生死途中，他正护送灵魂通向另一个世界。我也曾在他处的城隍庙里看到过送子娘娘。金身朱粉的娘娘高高在上，俯视着前来参拜的众生，她的身边，集拢着四五个嬉戏的陶塑顽童。求子的香客摆上香果供品，拈香跪拜祷告，请求娘娘赐子。就连庙宇外的千年老槐也未能幸免：香客们从庙宇里请来的红丝带，在它的枝丫间飘动，丝带浓密，就像老槐的破衣烂衫。从那些香客的动作上，你看到的是一丝不苟；从那些香客的眼神里，你看到的是近乎沉迷的虔诚。香客那么多，香客还会越来越多，这众多的香客之中，有几人最终能得偿所愿、享用天伦？

相比之下，我的祖母要复杂得多。祖母的职责是将生命安全地护送到人间，这是她与阿努比斯的相左之处。作为神灵，阿努比斯将驱赶亡灵到达生命之外的所在。作为接生婆，祖母却要接迎新的生命来到人间。然而，那些夭折在祖母手中的生命又该如何解释呢？祖母的职责是将生命安全地护送到人间，这是她与送子娘娘的相同之处。作为接生婆，祖母以一位母亲的姿态去安抚那些在母胎中闹腾的孩子，将他们安安稳稳地接到蓝天白云之下，让这世间赐予他姓氏，让这尘世的风一遍遍吹过他。作为神灵，送子娘娘菩萨心肠、有求必应。然而，面对世间那么多的绝嗣人家，她又该如何解释呢？

我想起了官地，想起了那些早夭的孩子。所谓官地，其实就是旧年月里附近的几个村子商量着辟出的一块极为偏僻的土地，用来安葬或丢弃附近村庄早夭的孩子。这里面不种庄稼，只长野草：杂乱的野草、疯狂的野草、随风摇摆的野草。野草之下，安睡着从祖母手中死去的孩子们。我是祖母最后接生的那一批孩子中的一个，接完我们这批孩子，她就失业了。孩子得落户口，落户口得有出生证明，乡里的卫生院可以给孩子开出生证明，但祖母不能。卫生院接管了祖母的职责之后，婴儿的成活率高了起来，官地已无存在的必要。村人们开始在官地上除草、翻耕，播下种子。那片地里，年年都能打出别的土地打不出的粮食。

　　有时候我会忍不住胡思乱想，自从种了庄稼后，那些死去的孩子究竟到了哪里，他们会不会就躲藏在庄稼们之中，以天真、好奇的眼睛打量着途经此地的我们。或者，那些庄稼会不会就是他们的化身，死去的他们就是想以庄稼的方式，活过来；就是想用结成粮食的方式，回到出生时的家？我在想，在他们眼中，祖母是一种怎样的存在呢？作为从祖母手中经过的孩子，没有谁能比我和他们更有资格去定义祖母。我的答案已经想好，而他们却迟迟没有回音。

四

　　小时候爱听故事。听的最多的是"包龙图案"，印象最深的是"狸猫换太子"。故事里也有一个接生婆。她就是尤氏，胆小怕事又爱财如命。

　　说的是，宋真宗赵恒年长无子，江山后继乏人，恰在此时，他的两个妃子刘妃和李妃相继有了身孕，真宗将她们一起召见，各给信物，言明谁生下太子就立谁为皇后。狡诈阴险的刘妃生怕李妃早生太子，夺取后位，便勾结死党太监郭槐，买通接生婆尤氏，用剥去皮的狸猫，换取了李妃所生的太子……后来跟随长辈们去邻村观看草台班子的地方戏，唱的依然是这个故事。戏台上的接生婆尤氏身着灰不溜丢的衣衫，在隐秘处左瞧瞧右看看，贼眉鼠眼的；戏台上的接生婆尤氏紧紧抱着高高在上的郭槐扔过来的金元宝、夜明珠，低眉顺眼的。她初听阴谋时是那样的惊惧，她实施阴谋时又是那样的狠毒。她怀抱着剥了皮的狸猫，在光线阴暗处紧张地小跑着，她慌乱的脚步像两柄鼓槌，敲得我们同样紧张的心脏咚咚响。

多少次，我都把尤氏当成了祖母。

那时候，祖母已经不再做接生婆了。每日每夜，寒来暑往，祖母只安心养她的猫。那只猫通体黝黑，眼神里泛着时而柔软时而犀利的光亮。祖母将它抱在怀中，像抱着一个初生的婴儿。晴好的日子，小院里，祖母时常抱着那黑猫儿晒太阳。阳光很和缓，它们流在祖母和那懒猫儿身上，有些痒。祖母坐在藤椅上，悄悄打了盹。懒猫儿看见祖母睡着了，也随之眯起了眼。但只要一有风吹草动，那小懒猫就立刻扬起头来，用那双警觉中带着神秘的眼睛直视声音的来源。更多的时候，那猫儿会趁着祖母瞌睡的空隙，爬墙上瓦、追鸡逐鸭地溜达一圈儿，并在祖母醒来之前，重又奔回到祖母怀里。

都是接生婆，都有一只猫。在一个无知而多疑的孩子心里，尤氏和祖母就这样被悄悄地置换了身份。这种置换的影响不大也不小，但足以让我对祖母和她的小黑猫儿隐隐生出一种恐惧了。

某一年秋天，祖母忽然生了一场大病。她卧在床上不能起身，咳嗽一声接着一声，没白天没黑夜地侵蚀着她本就羸弱的身体。家里支起了药锅，一服服偏方驱使着那些我叫得上名字和叫不上名字的草药在砂锅中翻身。草药的香气弥漫在小院里，潜

尘与光　|

藏进祖母的身体里，让我没来由地想起祖母供奉给那尊白瓷送子菩萨的香火。其实，因为疾病，祖母对菩萨的礼拜仪式早已停废了。那尊菩萨像上，尘埃一层层地落了下来，白色的胎体泛着微黄，像是一种预示。

父亲和叔叔们终于还是聊起了祖母的身后之事。他们皆提到一件我闻所未闻的事。他们说，本地的传统中，接生婆的双手沾染了太多的阴血，这些阴晦污浊的血会在另一个空间里使她们的身份暴露。到了那边，因为身负污血，免不了有刽子手的嫌疑，势必会遭受剁手的酷刑。他们还说到解脱的方法：只需在入殓之时戴上一副红手套，表示双手已断，就再无鬼神追究了。庆幸的是，祖母熬过了那场大病，暂时免去了红手套的厄运。大病初愈，祖母又开始坐在小院里的藤椅上等阳光洒下来了。她豢养的那只小懒猫儿趴在她的脚边，和她不离不弃。一切似乎和以前没有什么不同，唯一不同的是，她再也没有力气把它抱在怀里了。

又一日，一位算命先生打此经过，村里的很多人找他算命，屡试不爽。"活神仙"的风声也将祖母惊动了，她让我母亲搀着，来到算命先生面前。算命先生端起祖母的手掌看了又看，又抬起头来将祖母的五官瞅了又瞅，最后脱口而出：您是一位落难的老菩萨呀！

说这话时，算命先生双手合十，就像祖母对待她的神灵一样。听这话时，恰好有一阵风打此吹过，它吹过祖母，吹乱了她的满头银发。祖母微闭着双眼，用手撩了撩头发。她微闭双眼的样子，像极了她供奉着的那尊白瓷送子菩萨。

原载《散文》（2018 年第 1 期）

入选《散文海外版》（2018 年第 3 期）

入选《散文海外版 2018 年精品集》

只看到了一些背影

守夜人

你以为那声音是敲击梆子所发出来的吗？

那只是表象。我们习惯以表象的东西代替真实，并且始终信以为真。就如我们看到深夜时分昙花绽放只是昙花绽放，却没有发现，是有神路过了它，并在路过它时轻轻地吻了它。你问是什么神？很抱歉，我没有看清楚他的脸。他只留给我一个背影，并且这背影也将迅速消失。他留给我的背影比任何的黑还要黑，仿佛他就是黑的持有者，但他所有的黑里一定劫持着所有的白——那朵招摇的昙花泄露了他的秘密。

好吧，现在就来说说更声。

黑夜是一面大鼓。我不认为这是个比喻。这是个事实。打更的人站在天地之间，被黑夜重复吞噬，或者说被黑皮大鼓深埋。他将棒槌击向黑夜的样子，常让我想起那些伟大或不伟大的时代的思考者——屈原、但丁、黑格尔、尼采……面对黑夜，他们用自己交换光明，并在光明到来之前一一倒下。

抱歉，我还是没有说到更声，那些具象的、醒着的更声。你要知道，文学作品中的神秘，往往源于作者的无知或故作无知，而我的拖延正是源于我的无知。我是远离更声的一代人，不必用一种原始的时间分割生命。我对更声的大部分认识——那些理解和不理解的认识，都来自于上一辈人以及更上一辈人的言说。这些言说以故事的形式出现在家庭闲谈之中，除了消遣，没有任何功利性。作为非见证者，我无法辨析它的真伪。而且，我并不期望非要把它分出真伪，以至真者留下，伪者去之。在民间，多少事物的本身与人们赋予它的意义相悖？然而，那些与真实相悖的附加意义，却与真实的属性相安无事地活了下来，甚至，与真实相悖的东西，它存在的理由更为充分，它更为密切地贴紧了民间，让民间以神性的光辉活在历史和当下。那些草木不存在的药性，那些河流不存在的神性，那些生灵不存在的邪性，以及那些巫师的祈祷词，那些守灵的安魂曲，民间的众多事物，概莫能外。

从科学维度上看，时间就是时间，一切事物皆依附于它。但在民间维度上，又是截然不同的另一种存在。民间的万事万物告诉我，时间是依附于它们之上的。它们存在，时间就存在；它们毁灭，时间也随之毁灭。譬如打更人以及更声。但我更愿意将打更人叫作守夜人。

如果去探寻守夜人的踪迹，我更愿意从关于众多守夜人的民间传闻里，抽丝剥茧地去书写其中一个人的故事。每个群体都有其普遍性和特殊性，问题是，我无法将那么多的特殊性一一记录在案。现在，请允许我将广阔的空间一点点缩紧：夜空那么高，大地那么广，天地之间，那么多的守夜人在民间活着，在黑夜之中穿行。那么多的守夜人我都不在乎，我在乎的是我们国三十四个藩镇的守夜人，我在乎的是我们藩镇十七个地域的守夜人，我在乎的是我们地域十二个县区的守夜人，我在乎的是我们县区十六个乡镇的守夜人，我在乎的是我们乡镇六十七个行政村和二十多个自然村的守夜人。没错，我在乎的是我们村的守夜人。

我们村的守夜人已经很老了，并且还将继续老下去。他身穿黑衣黑裤，皮肤黝黑似铁，佝偻着身子在悄无声息的村子里缓慢

只看到了一些背影 47

行走。他的黑和夜的黑先是相互抵触、攻伐，继而慢慢交融在一起。他被黑夜吞噬或黑夜被他从身体里释放了出来。守夜人和黑夜，他们彼此构成了彼此的一部分。黑夜涌动，他就涌动；他静止不动，黑夜也静止不动。此刻，我描述的他就是静止不动的。他在等。等时间。守夜人的腹中，有一台刻度精准的座钟。座钟嘀嘀嗒嗒地在他的腹内摇摆着，走动着，一刻不停。一秒、两秒、三秒、四秒……我猜想这座钟表绝不是如此寻常地表演着时间的富余。按照科学思维与民间思维、科学本质与民间本质的悖论这一论断，守夜人腹中的座钟恰恰是倒计时。守夜人静止不动的等待，不是时间的堆积，而是时间的消散，以至他腹内富余的时间，被广阔的天地精准地抽走。当这一轮的时间消失殆尽，守夜人就要举起手中的棒槌和木梆子了。

我们村的守夜人开始打更了。更声里的讲究，是长辈们告诉我的："咚——咚！""咚——咚！""咚——咚！"一慢一快，连打三次，这是头更。"咚！咚！""咚！咚！""咚！咚！"打一下又打一下，连打三次，这是二更。"咚——咚，咚！""咚——咚，咚！""咚——咚，咚！"一慢两快，连打三次，这是三更。"咚——咚！咚！咚！""咚——咚！咚！咚！""咚——咚！咚！咚！"一慢三快，连打三次，这是四更。"咚——咚！咚！咚！咚！""咚——咚！咚！咚！咚！""咚——咚！咚！咚！咚！"一慢四快，连打三次，这是五更。天分两极：白昼与黑夜。夜分五更：戌时为一，亥时为二，子时为三，丑时为四，寅时为五。戌时天渐黑，寅时天渐明。守夜人正是按照夜的尺度为它量体裁衣的。且不说这件衣裳是否能严丝合缝与黑夜融合在一起，但其他人却借助更声知晓了时间的流转奔腾。他们在自己的床上伴随着更声睡去，又伴随着更声醒来，只要是村庄的一分子，生老病死的生涯便与更声同在。

偌大的一座村庄，黑夜里有一个守夜人就够了，有一种沿着时间刻度行走的更声就够了。作为此地的村民，我们其实只是村庄的寄居者，日出而作，日落而息。或者说，我们只不过是生活的一个侧面，而生活的另一个侧面，正是守夜人。当晨昏被人为或非人为地分成两极，我们的晨与守夜人的黑便各自占据了天平的两端。那么多那么多的我们，与那么少那么少的守夜人，坐拥着同等的重量，谁都不可能离开谁。一个侧面离去，天平就会急速倾斜，将另一个侧面甩入万丈深渊。因此，我们才专心持有着白天，守夜人才一心一意陪伴着一个夜晚又一个夜晚。

我曾在本地的一位民俗收藏家那里看见过守夜人打更的工具。和别处的锣鼓不同，本地打更用的是梆子。山西梆子、河北梆子、河南梆子、山东梆子、江苏梆子……你一定听说过这些以梆子命名的地方戏曲。戏台上，小生涂粉描红，文文弱弱的；青衣长袖如云，轻轻缓缓的；花旦华服雍容，端端方方的……故事无非是赶考的举子、怀春的闺秀、慷慨的忠良、圆滑的佞人、桀骜的奸臣、耍乐的丑角……戏中人物随着乐器的响声上台来，随着乐器的响声唱起来，随着乐器的响声舞起来，随着乐器的响声耍起来。乱哄哄的一场戏，演的人仔细演，看的人却未必认真看；唱的人认真唱，听的人却未必认真听。也没有什么可指责的，地方上的小戏种，就是要演给地方的小老百姓看的。乡人们看得热闹，听得舒服，比什么都重要。啰哩啰嗦说了这么多，当然不是在说戏，我是在说那戏中最为紧要的乐器：梆子。关于梆子，我查到的资料是：一般多用紫檀、红木制作，材料必须坚实、干透，不能有疤节或劈裂。外表光滑、圆弧，棱角适度，常应用于戏曲音乐、说唱音乐及民间器乐合奏。以梆为戏也颇有些历史，清代戏剧家李调元在他的《剧说》里说：以梆为板，月琴应之，亦有紧慢，俗呼梆子腔。

只看到了一些背影

我眼前的梆子，却不是名贵的紫檀或红木质地。它用的是枣木。我记得身为老木匠的祖父曾教授过我：枣木质地坚硬密实，木纹细密，虫不易蛀，尘不易磨。乡间无良木，这枣木就是难得的好材料，以枣木为梆，倒也合适。枣木梆子由两部分构成：一为槌，一为梆。梆子有些年头了，大概是晚清或民国年间的老物什，槌柄和梆面受到守夜人日复一日的手磨，已经凹入许多。许是保养得还算妥当，红中透黑的木头上，竟然没有一丝裂纹。枣木自身的纹路，似柳条，似卷花，似水纹，似轻云，随意地贴在木头的皮肤上，似乎轻吹一口气，它就要飘走。轻轻敲打了它一下，以槌击梆，就像是庙中和尚敲打了木鱼，柔软的香气就包裹着清亮的声响，从木头里钻了出来。

　　让我们再回到那具梆子的所有者，回到黑暗处的守夜人吧。对于守夜人，虽然俗不可耐，但我确实没法用别的什么词来替代"神秘"——这并非是因为我语言的匮乏，纵使我饱读了天下之书，依然无法找出更为精确的词语来表达。况且，我内心实在不愿让这个词在笔下逃脱。我擒住了它，并试图以此擒住关于守夜人更多的故事。可我也知道，所谓神秘，无非就是用一些实物或虚物、具象或抽象的东西遮蔽另一种东西，而一旦揭开这种遮蔽，也没有什么稀奇了。因此，我又是矛盾的——就像对待自己的心爱之物，既想炫耀，又不想与别人分享。我既想以文字的笔尖抵达神秘的守夜人的最神秘之处，又不愿意这种神秘因为我的贸然来访失去自己的色彩。在这种思想的支配下，我高估了自己的能力。很长时间，我被这对矛盾所撕扯，患得患失，以至于裹足不前。守夜人以及守夜人更多的故事，被埋在我乡故老的心里，随着他们慢慢老去，慢慢死去。

　　这是一个不可逆转的恶性循环。虽然神秘因此而更为神秘，但是也因此渐次消失。世间的神秘，又有多少是能够揭开的呢？

时至今日，放弃我的自以为是，以平视的眼光看待守夜人，就算我倾其所能尽其全力，恐怕也无法探寻到这段传奇的十之三四了。或许，也正因为只能探寻到这段传奇的十之三四，才更能持续地保有它的神秘。这样看来，恰在此时走近它，不能不说是一种"天意"。尽管我始终对非自然的命数持怀疑态度。

和"神秘"这个词一样，我是说，"天意"这个词，我自忖尚没有什么更好的语言可以替代。好吧，那就以"天意"的名义，高举从我乡故老口中燃起的即将油尽灯枯的火把，让我们接着走近神秘的守夜人。

偏居村庄一隅的那座院子，它窄小，低矮。院子委身于树木和藤蔓间，浑身透着一股子阴凉。两扇用黑漆浸染的榆木大门有些年头了，表层的漆皮多处脱落，露出下一层的油漆。下层的漆皮更为黝黑。我很少见过那样的黑——与通常的黑色不同，那是一种密不通风的黑，好像在排拒什么进去，又好像在阻拦什么出来。院门的里面是什么样子的呢？我一直想知道，却始终都没能知道。那是我们的禁地，长辈们曾耳提面命，三令五申，严禁我们走近它。我们之所以没有走近，却并非长辈们的禁止，而是由于恐惧。人们对于黑暗的恐惧究竟是来源于动物的本能还是后天的教育呢？我不知道对于那座院子的惧怕从何而来，但我却知道那座院子的主人是谁。当然，我叫不出他的名字，但我知道他的身份。他是一个对黑夜充满崇拜的人，甚至可以说，他就是黑暗的化身。没错，那就是守夜人的院子。

那扇院门从未打开——这是我的所见；从不知院子里发生过什么故事，这是我的所闻。也就是说，除了一座院子就是一座院子外，我对这座院子一无所知。

我接下来要叙述的所见以及所闻，皆来自我的祖父年轻时候的经历。他将自己的经历转述给了我。他说，他也从未见过那扇

只看到了一些背影

院门打开过，但是某一年秋天，他发现黑黝黝的院门上竟然贴起了对联，挂上了红字。祖父说，那是守夜人家里有喜事了。按照更年长的长辈们的说法，守夜人是一种十分庞大的人类类属，虽然每村只有一户这样的人家，但扩大至乡至县至省，就已经不再是一种微弱的存在了。守夜人与我们是不通来往的，他们拥有更为单一和牢靠的人际关系，彼此之间互通有无。他们的婚丧嫁娶，是守夜人与守夜人之间的婚丧嫁娶，和外界无关。院门上贴了喜字的守夜人，必定迎娶了其他村子里守夜人家的姑娘。嫁与娶没什么好说的，值得一说的是，办理婚娶大事，他们竟也做得不动声色，真是不可思议。倘若不是及时发现了那些喜字，倘若喜字被风刮去被雨淋掉，将无人知晓这户人家的一件人生大事，已经静悄悄地完成。这件事引起了村人们对于守夜人家族更大的好奇，他们更为留心这个家族的一举一动。此后，有人在院子周围发现了一小片菜园，菜园里种满了肥硕的白菜，显得比村里任意一家的白菜都更高大一些。村里没有人承认那是他们自己的菜园。接着，田野里几块种满庄稼的无主的田地浮出水面，于是我们知道了，守夜人也需要吃五谷杂粮、菜蔬果品。还有人在院门外的小道上发现了一堆倒掉的中药渣，村里也没有人承认那是自己所为，于是我们又知道了，守夜人也有生老病死，在时间和疾病面前，他们和我们拥有一致的无助。再后来，守夜人的门前又多了一面红色的旗子，旗子之上，斜挂着一张柳条儿弯制的弓箭，于是我们又知道了，守夜人家里添了男丁……

祖父讲述这些的时候，我是羡慕的，因为这都是我见所未见闻所未闻的。但让我感到惊奇的是，祖父自始至终都没有提到打更，提到更声。也就是说，不知道从什么时候起，更声就停了下来。始终不明白，曾经繁盛千年的打更行当，为何顷刻之间就销声匿迹了。后来想明白了：守夜人打更，无非是将时间毫无保留地推给村庄以及村庄里住着的一切生灵。当更为精准的计时工具走进每个人的生活，更声必然会落幕，任何新事物的诞生和旧事物的灭亡概莫能外。虽然很悲伤，但也不得不说，守夜人已经失去了他们的价值，他们的销声匿迹，是必然。

做了一个梦。天地之间，篝火熊熊燃起，篝火前，身穿兽皮的部落头领带领着一大批同样身穿兽皮的族众，与另一位身穿兽皮的年轻人在举行一种庄重的仪式。头领与年轻人共握一把刀，将寒光插入牛颈，牛颈血流如注。随从用黑陶大碗将浓郁的血液接住，恭敬地呈到头领与年轻人面前。巫师在吟唱祭词，众人肃穆而立，风吹过火焰并吹高了火焰，头领与年轻人高举陶碗跪下来。他们举碗祭天祭地祭火，在天地火之间，两人将碗中之血一饮而尽……我明白，这是一种远古的契约，一种无限真诚的诺言。契约已定，年轻人带着家人，转至幕后，转入黑暗之中，并渐渐被世人遗忘。从此之后，这一户人家的职责将是守夜。他们将世世代代与黑夜为伍，世世代代为另一个维度的族人报时和报警。而余下的人将继续征伐，在白日之中，创建所谓的历史和文明——没错，他们就是我们的祖先。

颜色当然不会依附于情感，情感也不会依附于颜色，所有颜色与情感的联系，只不过是我们的一厢情愿。倘若单纯以黑与白代替坏与好，那才是颠倒黑白。

后来读到乔治·马丁的《冰与火之歌》，我怀疑这个奇幻作家也做过和我相同的梦。乔治·马丁的梦境里有个守夜人军团，他们驻守在维斯特洛的北境长城上，为阻挡长城以北的野人以及传说中的生物而存在。他们穿着黑衣，被称为"黑骑士"或者"乌鸦"。我愿抄录下那些守夜人的誓言：长夜将至，我从今开始守望，至死方休。我将不娶妻、不封地、不生子。我将不戴宝冠，不争荣宠。我将尽忠职守，生死于斯。我是黑暗中的利剑，

只看到了一些背影

长城上的守卫，抵御寒冷的烈焰，破晓时分的光线，唤醒眠者的号角，守护王国的坚盾。我将生命与荣耀献给守夜人，今夜如此，夜夜皆然。我愿抄录下那些守夜人的悼词：他的守望至死方休，于斯结束。

多幸运，乔治·马丁和我，各自持有一段关于守夜人的故事。多悲哀，乔治·马丁的故事的最后，守夜人一直还在，而在我的故事的最后，院子已经荒芜，我不敢确定里面是否还住着那些神秘的守夜人。

他的守望至死方休，于斯结束。更声已经停了下来，他们的守望结束了吗？

我只问，不答。

原载《散文》（2019 年第 2 期）

刻碑人

一

秋日旷野，天高云也高，站在原野之上望向远方，方圆数里甚至更远之处，视野甚少被什么斩断。除了那些大大小小、高高低低的墓碑。

久远或崭新的墓碑或立或卧，黑黝黝地堆在人间。有些墓碑经历了多年的风吹雨打日晒尘磨，已经陈旧或破碎，碑面上的刻字残缺不全、模糊不清，已经无人知晓它的归属；有些墓碑还是崭新的，碑上的名字去世未远，有些可能是你一面之缘的乡人，有些可能是你朝夕相处的邻居，而有些则可能是你的骨肉至亲。

无数墓碑耸立人间，看似杂乱无章，却暗含着人间的辈分和伦常。每一种辈分和伦常都是一种不容僭越的秩序，生者如是，亡者亦如是。况且，亡者已矣，业已盖棺，自当论定。从这个意义上说，那些秩序是人间的，是生者的，它们由活着的人制定，也由活着的人奉守。相对于亡者，那些墓碑一半属于生者：谁的家族墓碑整齐，谁的脸上就会一片金光；谁的祖先墓碑高耸，谁就是人间的孝子。

尽管如此说，但墓碑毕竟是亡者之碑，它是亡者的身份证，是一个亡者区别于另一个亡者的最佳信物，尽管这信物不知道能在人间支撑多少年。但无论怎么讲，就是生者也不得不承认，墓碑的所有权，名义上最终还是归亡者所有。因此，面对墓碑，我们终是不能绕过亡者——它在人间宣示着死亡，代替死去的人活着。

活着和死去的人都知道，死亡是一种长久的再不醒来的沉睡，而活着却是艰辛的堆积。生者不易，活得好不好，除了内心的舒适，也需要些脸面上的点缀。墓碑，尤其是石材、文字和刀工都高贵老到的墓碑，就是亡者最为优越的脸面。

然而，如何在死去后活得更为体面，他们就要求助于刻碑人了。

二

我见过的最沉默的人，是刻碑人。

这或许与碑的命意相关。《初学记》载：碑，以悲往事也。也就是说，为亡者立碑的初衷，是对亡者的怀念，因为阴阳两隔再不相见，这怀念需要有个承载之物，在余后的时光里，只要看见这个物件，怀念之情、悲恸之感就会油然而生。墓碑的出现，让虚无缥缈的感情实物化，成为内心的悲恸最为物质化的表达。

作为以手艺传家的匠人，刻碑者从事的职业就是聚集悲伤、堆积悲伤、树立悲伤，让悲伤在人间显得更体面一些，更长久一些。而与悲伤为伍的手艺人，恰恰是最不容笑出来的——这是一种职业操守，是心照不宣代代相承的行规。刻碑人一旦对人笑脸相迎，便会被人视为对亡者和亡者亲人的不恭，那他这一身的刻碑手艺就砸在自己手中了，再无人愿意给他机会施展。所以，在我乡，你遇见的老刻碑匠人，或面似冰铁，不苟言笑；或脸有愁容，心怀悲戚。

在我乡，职业刻碑人又常常具有很多人没有的尊贵身份。原因在于：死者为大，为死者的体面辛劳的人，也值得人敬重。

我曾在一篇文章中写到"重客"。重客，负重之客、敬重之客，也就是我们乡的抬棺人。其实，抬棺人和刻碑人的性质是一样的。他们同是亡者的代言人，连接着阳世和冥界，在世人眼里地位高贵。但这高贵更多的是出于惧怕。因为惧怕死亡，才敬重死亡。爱屋及乌，因为敬重死亡，世人才敬重与死亡长年累月打交道的刻碑人。但敬重之下，却绝少有人愿意当个技艺高超的刻碑人。与其他的手艺人相比，刻碑人的命属阴，命贱。早些年，我乡的天下是手艺人的天下，借助一门世人仰仗的手艺，就可以纵横数十里，就可以被世人打心眼里尊重。读书纵然高贵，但平民人家往往不敢有封妻荫子的奢求，因此，许多人家就退而求其次，都希望手艺师傅能在十里八乡选中自家的孩子当个学徒，以此来养家糊口。那些高贵的手艺人，弟子数十，拱卫着授业恩师，如众星般拱起一轮昏黄的老月亮，光耀着我乡。

可是，作为死亡的代言人，一个刻碑人的手艺是埋在阴影里、藏在黑暗处的。毫无疑问，这和人们总是讳忌一切与死亡沾边的事物有关，与讳忌一切与死亡沾边的人有关。因此，在我乡，刻碑人的身份又是尴尬的。墓碑越高越风光，刻碑人的身躯就会被压得越低越微小，直至低于尘，低于草，低于所有你能想象到的低。

三

那些墓碑，往往比主人风光，活在尘世的时光，也总是比主人更久一些。

每个人，包括亡者，都是独一无二的，同理，作为人们辨识亡者身份的墓碑，每一座墓碑也是独一无二的。如果你在我乡的旷野上经过，你就会发现，我乡的每一座墓碑之上，都有一幅绝无仅有的书法作品。而你看不到的是，墓碑背后，我乡的每一位刻碑人，都是乡间卓越的书法家。这些民间书法家，大多不识几个大字，但这似乎并不影响他们技艺的精湛。他们将丧主家请人代笔的尺幅，紧贴在平整的石料之上，沿着纸上的文字，用朱砂、用刀笔、用凿子，渐次而深地镌刻下一个人的名字及名字覆盖下的一生。他们法天、法地、法自然，钩点撇捺，各有方寸；篆隶行楷，皆自风流。

刻碑人多是穷苦人家出身，舍得出力气，也守得住寂寞、摒得住耐心。倘若是富贵人家的子弟，绝少从事这一行当——在世家大族眼中，这是对自己的祖先和自己的身份的亵渎，往往会遭受本族的排斥和疏远。但我乡历史上的碑刻名宿王久仑似乎是个例外。

我查遍了本乡志书，那些厚厚的地方史料中，没有留下关于久仑先生的只言片语，只有他的一首绝意仕途、颐养山林的七律。但在更民间的父老口中，他的名字和轶事却经久不衰。在走访了我乡的诸多故老之后，我大体了解到了王久仑先生的家世以及生平：王久仑，右军后人，前清秀才，工书法，善吟诗，有刘伶醉酒之风，存高山流水之德。先生为人豪爽而不乏温和，才华冠于沂州而谦虚谨慎，时人多以结识他为荣。某一年，秋闱未折桂，名落孙山外，先生遂闭门不出三月，三月后孤身移居村外，圣贤之书尽抛，始为人刻碑。先生刻碑，自写自刻，字体多用魏，结体方严、笔画强劲，朴拙中万千变化，端正中无限风采。一时间百里刻碑之业皆为其臣服，乡人遂以"刻碑王先生"称之。久之，简称"刻碑王"。故老传闻，久仑先生生来一对阴阳眼，一眼看阳世，一眼看阴间，能与生者言，能与亡者谈，因此，他刻的碑，生者欢喜，亡者喜欢。

王先生的故事固然是被故老们夸大了，但即便刨除掉夸大的成分，单就抛弃了功名，俯身丧葬之业来说，也足以引起后人的诧异进而敬佩了，毕竟，先生生在一个"万般皆下品，唯有读书高"的时代。毕竟，他的书法和碑刻作品，都在我乡冠于一时，乡人皆以收藏一幅他的书法为荣。

关于"刻碑王"的传奇，最让人惊奇和不断传说的，是盗碑。野史相传，民国三十五年，世道混乱，乡人填饱肚皮尚难，无暇其他。时有盗贼，辗转鲁南苏北，半月之间，夜盗王先生碑刻二十三座以图获利，终在徐州城被巡警查获，一时引为奇谈。消息传开，更多的蝥贼夜潜我乡，将王先生所刻之碑偷得一处不剩。何其悲痛呵——艺术向来如命似草芥的妓女，当碑刻被视为一种艺术，就是它被金钱和利益反复转手之时。这也正是今日，作为一个探寻远去的刻碑匠人故事的书写者，我遍寻王碑而终无所获的原因所在了。

摊开本乡志书，面对王先生那首唯一流传下来的七律，我在想，倘若王先生知晓数十年后他辛苦所刻之碑的遭遇，还会选择做个刻碑人吗？我在想，倘若礼请王先生刻碑的乡人知道自己祖先的墓碑会遭此大劫，还会请求王先生刻碑吗？

没有人回答我。除了那座被盗贼盗走的，但却留在乡人记忆里的墓碑——据说，那是王先生为自己镌刻的墓碑；更据说，那也是先生平生所刻的最小的墓碑。墓碑上面刻的不是大清国秀才王久仑，而是：刻碑人王久仑。是的，我乡卓越的刻碑人，王久仑。

四

刻碑人总是将最重要的那块碑留到最后再刻。那是他自己的碑。

一个刻碑匠人，一生中为别人刻过多少碑？那些风光的人、那些失意的人、那些长寿的人、那些短命的人、那些富贵的人、那些贫困的人、那些安然离世的人、那些亡于非命的人……都已经再无所欲所求。他们已经离开人世，入土为安，让一块墓碑、一个刻碑人宣示着自己的生平。在刻碑人心里，好日子和坏日子都可以轻而易举地数清，但刻过的墓碑大概只有大地能数得清了。

刻成的墓碑越多，刻碑人越是急迫地想再刻一块碑，让自己的手艺在练习中不断精进，以期在镌刻自己的墓碑之时更流畅、更完美一些。那么多从他手里修成正果的墓碑，都渐次沦为陪衬、沦为前奏，那么多的陪衬和前奏，只为了最后的一次镌刻，最后的一锤定音。在刻碑人心中，这才是唯一的一块墓碑，当他决定刻下的那一刻，他的天空是明亮而黑暗的，他的明亮在于，他在以自己的方式证明自己活着；他的黑暗在于，他从未如此贴切地触摸到死亡。刻碑人用自己的名、用自己的碑、用自己，连通了生死，弥了阴阳。

然而事实是，刻碑人迟迟不下凿子。这个跟随了他一生的名字，看似简单、瘦弱、毫不起眼，一如刻碑人，但当刻碑人真要决定刻下它的时候，它又在刻碑人心中显得那么高大、沉重，那么困难重重。刻碑人第一次感觉到，他的凿子和锤子拥有着千斤之重，他老了，已经举不起那力压生死的重量。

在我乡，跟随刻碑人学习手艺的那几个年轻人，已经自立门户多年。他们已经抛掉了手中的锤子、凿子，换上了角磨机、电磨机和吊磨机。石料在更为尖利的机器面前，纷纷躲避着自己，却终不能在分秒之间守住自己的躯体。手工刻碑老匠人穷其数日甚至十数日才能完成的碑刻，徒弟们往往半天甚至更短时间就能完成。徒弟们劝告师傅也要学着更新换代，抛掉那些跟随了他一生的工具，而刻碑人从来都是一句话：你们刻下的字里，没有汗滴子的味道。

在衰老的手工刻碑人看来，没有汗滴子的味道，是生硬的，这是对文字的亵渎，也是对亡者的亵渎。然而现实是残酷的：徒弟们刻碑的速度越来越快，生意越做越红火，而手工刻碑人的门前，只有一张张空无一字的石碑，等着人提着亡者的姓氏和生平到来。然而，提着亡者的姓氏和生平的那个人却始终没来，直到手工刻碑人也躺成了他门前的一块无字石碑。更为残酷的是，来不及将自己的名字刻入石碑的手工刻碑人，到死都没能拥有一座含着汗滴子味道的墓碑。他的后人和徒弟们用放肆的电、用尖利的铁、用乌黑的墨，将他鲜为人知的名字，刻在一张冷冰冰、黑黝黝的石料上。这个穷尽一生来镌刻文字的人的墓碑，和与他同时亡故的其他人的墓碑，毫无区别。倘若有外乡人经过他的坟墓，绝不会想到，这里住着一位在生着的时候，就用双手触摸死亡的刻碑人。

然而这些，手工刻碑人都已无从得知了。

五

我必须一次次写下墓碑，写下它作为亡者曾活在人间的证据，是那么的高贵和渺小；我也必须一次次写下那些手工刻碑人，写下他们将生和死镌刻在一块石头上的信念，是那么的执着和徒劳。

人间若无墓碑，谁还会想起亡者。人间若无手工刻碑人，谁还会这么敬畏一个人的生，一个人的死，一个人的生不如死，一个人的虽死犹生。

我们乡最后一批老式的手工刻碑人，已经在与石碑的相互摩擦中，消损掉了最好的碑刻时代。这样的时代绵延了数千年之久，并且经久不衰。但这样的时代一旦要衰落，任谁也无法将它再树立起来。就像破损的墓碑，碎了就是碎了，倒了就是倒了，从没有一块墓碑立起过两次，从没有一个人死过两回，从没有刻碑人为同一个死者镌刻两座相同的墓碑。

我们乡最后一批老式的手工刻碑人，像秋天的落叶，纷纷砸向地面，沉于土中。让人惊异的是，这些刻碑人的遗言竟然都惊人地一致：墓前无需立碑。将墓碑视若生命的刻碑人，在抛弃生命之时，又将墓碑抛弃。我百思不得其解，那些手工刻碑人的后人百思不得其解，我的乡人们同样百思不得其解。生死面前，谁才最有资格给这个谜团一个答案呢？

只有刻碑人。

作为挥动机器的刻碑人，那些手工刻碑人的徒弟说，师傅们不愿拥有一块没有温度的墓碑。这是一种解释。

我的远房表舅爷爷，我们这方圆三十里最后一位手工刻碑人在醉酒之时说出了他的心里话。他说，刻碑人无需墓碑，他们在人间沉默地活着，就是墓碑；他们躺进土里，也是一块墓碑。这是另一种解释。

无论是局外人还是局内人，没有人晓得谁的话更接近事实。包括他们自己。唯一的事实是，那个被我称作表舅爷爷的手工刻碑人，作为一块躺下的墓碑，他已经沉睡多年。

原载《散文》（2017 年第 4 期）

入选《山东作家作品年选》（2017 卷）

麦田里的母亲

一

我母亲一生中曾在麦田里消失过三次。如果将这三次消失的时间单独拿出来，那么每一次的时间都存在着偶然性，但当偶然性与偶然性相互叠加、糅合起来，再抽丝剥茧，去除多余的杂质，或许会得到一点儿不同寻常的规律。无论母亲是否愿意，每一次消失，上天都给了她应该消失的理由。这些理由，事后有的会让她安心，有的会给她温暖，有的则如梦魇般把她笼罩于一场由恐惧搭建起的迷宫里，这让她整日惴惴不安。

是的，我母亲病了，一种很奇怪的病。几个特殊的时刻，在母亲面前，我们会心照不宣地避开"麦田""麦地"甚至是"麦"这些词，我们唯恐其中的某个字眼会毫无征兆地击中母亲敏感的神经，这使得我们与她之间的交流如在钢丝上行走，始终不能无所顾忌地将一些情感表达出来，以至于我们对"母爱"这个词长久以来都不能生发出温暖之感。事实上，我们的担忧并不是多余的，在此之前，母亲曾被那些字眼多次击中。被字眼击中的母亲，有时会神经质般地喊一声，有时则会毫无反应，但第二天或者第三天，她总又会对我们说："我梦见了你姥娘，她在麦田里对着我笑。"听得我们毛骨悚然。

然而，这些字眼其实是避不掉的。这不但因为她的农民身份之于这些字眼无法剥离的关系，而且还因为她其中的一个女儿——我的二姐，名字就叫"麦"。

"麦，去打一瓶酱油。"

"麦，往羊圈里抱两捆草料。"

"麦，喊你弟起床……"

这样的呼喊持续了二十多年，直到二姐结婚生子。母亲虽然时常提醒自己不应再用乳名称呼已为人妻为人母的女儿，但称谓却在时光延展的惯性中做着加速度，没法按照一个人的一厢情愿而立马刹车。有时候，面对已经结婚生子的二姐，她仍会脱口而出：麦……

让我想不通的是，母亲对于"麦"或者"麦田"等词的感情，何以会产生那么巨大的转折。单以我二姐的名字为例，多年以前，作为一名年轻的母亲，她一定是把她认为的最美好的名字赐予了自己的女儿，抱着自己的女儿，喊着女儿的名字，一定是温暖而幸福的。那时候，她绝对想不到，自己后来竟会那么厌恶这些自己曾深爱过的字眼。

还是回到母亲消失于麦田中这件事情上来吧。

让我感到奇特的是，她每一次的消失，都折射出人生中的大事，这使得我一度对麦田心存复杂的情感。由此，麦田披上了一丝神秘的面纱。而当我真正去面对麦田的时候，那种敬畏又依次削减，最终无影无踪。我明白，这或许是因为路过的一阵风看到了我萦绕于头顶的这些匪夷所思的想法，风认为这很可笑，就将它吹散了。

二

这是我从母亲和父亲散碎的记忆中拼接出的一块麦田，之所以追根溯源地拽住它，是因为母亲的消失与它有关，我在这个世界上的出现也与它有关。

如你所见，麦田就是麦田。在鲁南腹地，或许是父亲与母亲比别人更为用心地伺候土地的缘故，那一片土地上的麦子比其他土地上的长势都好。麦熟季节，这一块麦田与其他麦田拼接于一起，沿着土地的起伏和河流的走向奔跑，跳跃，翻山越岭，一直将金黄的光芒铺向未知的远方。株株麦束挺直腰杆，高昂头颅，用尖锐的麦芒以及功德圆满的骄傲，与天空之上的那盘太阳对峙着。这时候，倘若你站在这广阔的麦田中，倘若你刚巧用眼睛衔来一阵风，你就会看到，四面八方的麦浪和麦香开始远远地压卷过来，仿佛要将处于中心位置的你覆盖，许多只藏掖其中的麻雀因此受了惊，没命地钻上天。等风一止，麦子顿时停止奔跑，恢复到原先固守的位置，这世界一片宁静。

我家的麦子比别人家成熟得更早一些，收割的日期也就更早一点儿。顶着烈日的烘烤以及麦芒的划刺，我父亲和母亲手持镰刀，像两只微小的爬虫，缓慢且艰难地挪到了自家的麦田之上。他们很快就明确了分工：父亲从麦地的东南角向西割，母亲则从麦地的西北角向东割。从麦田的一头开始，一人包揽一段横面，左手前探并握住麦秸的中上部位，右手持镰向着右后方斜拉，防止镰刀划伤腿脚。虽然不时有小股的清风来往穿梭，但汗水还是沿着身体的弧线不断地滑了下来，滑到没有足够承接它们重量的某个点时，它们便重重地砸向了地面，砸进了残余的麦秸里。有时候，母亲会直起腰来看看父亲，也有时候，父亲会直起腰来看看母亲，更有的时候，他们向着对方眺望的时候发现，对方也正

只看到了一些背影

在眺望着自己。

母亲就是在这个时候突然消失了。说是"突然"，是因为无论父亲还是母亲，都没有预料到接下来这件事的发生。父亲在无比安静的空间里"突然"听见了一声痛苦的喊叫，他慌张地直起腰抬起头举目四望，发现母亲的身影消失了。他心里咯噔一下，心知不好，也不顾密密麻麻的麦子羁绊着他笨重的步伐，便循着那痛苦的喊叫声跑过去。那声音还在持续，是一种连绵不绝却没有任何文字属性的声音，在这种绵延的声音里，偶尔会夹杂着一声高呼，就像是在高原上行驶的汽车突遇了高峰，就像是在平缓的合唱中突响起高音。

父亲循声翻过一截麦田后，终于发现了我母亲。父亲后来回忆说，那时候我母亲斜躺于麦地里，下半截身子交给了已经收割完麦子的土地，上半截身子将尚未收割的麦子压倒了一片。她的脚在地上踢出了两个坑，她的脸上大汗淋漓，而她的裤子上则流出了黏稠的液体，液体与泥土混合在一起，搅得身体脏兮兮的。

这是怀胎九个月的母亲，她的羊水破了。

正如你猜想的那样，那个躲在母亲肚子里捣乱，让母亲承受狼狈、慌乱以及无边痛苦的坏东西，就是我。之后的事情，你们应该也都能猜得出吧：父亲急忙双手托起母亲，再一次笨拙地穿过麦田，向着村里跑去。村庄里住着我的祖母，她是本地最负盛名的接生婆，在她手上，我安然降生。按照父母的这个说法，或许我才是那个最有资格被叫作"麦"的孩子。然而，两年之前二姐的出生却提前霸占了这个名字。

多少年后，站在那一块麦田中央，我无数次想象着母亲躺在麦田里的情景。在那个不合时宜的时间里，她一边承受着身体上的痛苦，一边承受着早产带来的恐惧。那时候，"麦田"这个词在母亲的心中一定是温暖的，虽然它"吞噬"了她的躯体，但也可以说是它如母亲一般承接了她，让她的母亲身份有了更为高贵和坚实的依靠。

是的，我不断想象着母亲躺在麦田里的情景——风吹麦穗，麦田涌动如海，在茫茫麦田里，我的母亲躺在地上，就如一条搁浅的旧船，在痛苦的挣扎中等待着她孕育的另一个生命的降临。她相信，我就是她命中那个划桨的船夫，会带着她逃脱这闭塞的空间，向着寓意自由的大海扬帆起航。

三

在另一个故事里，麦田曾一度成为我的梦魇。

一直以来，父亲和母亲都被视为模范夫妻。他们举案齐眉，他们相敬如宾，他们夫唱妇随，他们把清贫的日子缝缝补补，虽无法奏出一支欢快的歌，却也织出了一面不算太过寒酸的遮羞布。

这当然是你们看到的样子，你们不知道的是，他们也曾发生过冷战。我可能比其他孩子更早地体会到了冷战其实比"热战"更具有杀伤力这个道理，它就像封住河面的冰冻，需要慢慢加固，也需要慢慢融化。

许多年了，我已经忘了是什么事情引发了那场战争了，只记得母亲很愤怒，但她的愤怒不是挥发出来的那种，并没有谩骂，也没有指责，只是将怒火压制在心里，至多将脸烧得通红。面对狡辩的父亲，红着脸的母亲什么都没有说，只是一转身，就轻飘飘地走出了屋门，走出了院门，走出了我们的视线。父亲这才有些不知所措，但碍于面子，他没有追上去，只是示意旁边的我跟上。就这样，母亲在前面急匆匆走着，我就这么急匆匆跟着。但是，母亲的"急匆匆"真的就是急匆匆，她心无旁骛，不会因什么而停下脚步，而我则会因一些事物稍微停顿一下。一路上，我大概停顿了三次，一次是因为看到了一群正在搬运饼干屑的蚂蚁，一次是因为看到了在玩砸宝游戏的龙龙和胜军，一次是因为看到了正在玩"打瓦"游戏的徐强强、邱明、邱海洋、吴菲菲。

"干什么去？"每当我停下来，小伙伴们就会这样问我，我便如实回答。我发现，当我回答他们的时候，心里竟会隐隐有一丝兴奋。母亲的负气出走甚至转化为我可以炫耀的谈资，有那么一刻，我发现他们是那么地羡慕我。听见我的回答，他们似乎也兴奋起来，纷纷停止了手头的游戏，跟在我的身后，跟在母亲的身后，向着远处走去。只是，因为我的多次停顿，我们已经与母亲拉开了一段距离。就这样，母亲继续往前走，她走出了村庄，她穿过了桃林，她越过了小河，我也带着我的小伙伴们，重复着她的脚步，亦步亦趋。走得越来越远，村里的石碑已经看不清楚了，村外的汪塘已经看不见了，最后就连距离村庄稍远处的小磨坊都模糊了。随着路途的延展，小伙伴们的好奇和兴奋却在依次消减，他们陆陆续续地抛弃了我，转身回去了。

现在，只剩下走在前面一言不发的母亲以及跟在后面一言不发的我了。就在这时候，母亲突然放弃了主路，转而斜插入麦田之中去了。

这是农历四月，母亲在麦田里穿行着，从她的身边飞起一只蹒跚的蝴蝶，它扑闪着翅膀飞向我又飞过我，越陌度阡，一直飞向我肉眼无法辨识的一处所在。当我的目光从蝶身之上跌落，再转过脸面向麦田时，母亲已经不见了。就像麦田吞噬了我的母亲，就像这世界上从来就没有我的母亲，母亲就这样消失了。面对麦田，我呼喊着她，只有风声回应了我，它从远方刮过来，一坡的麦田便开始倒伏，发出窸窸窣窣的声响。究竟喊了多少声呢？我已经记不清了，只记得声带被声音击打的阵阵疼痛不断袭来。究竟喊了多长时间呢？我也记不清了，只记得太阳由偏西滑向正西，暮色已经开始合拢。我哭了出来，但恐惧仿佛掐住了我的脖子，让我不能敞开嗓子发泄我的伤心。

我陷入一种抉择之中——是冲向麦田，是原地等待，还是转身回去？那一刻，我想起了棒槌鬼的故事。家里老人说，棒槌鬼原本是一位农妇，因为与丈夫闹矛盾，便投河自尽了，她生前常在河边用棒槌捣洗衣服，死后便化为棒槌鬼，于河滩上夜夜捣洗。在夜晚的河滩，我的确听到过捣洗衣服的声音。小时候，夜里跟着祖父给庄稼浇水，穿过土地到河流上游挖开河道，在河流的上游，这种声音会不时传来。许多年后才知道，那其实是水浪拍打石岸的声音。但在当时，于暮色笼罩中面临抉择的我突然想到这个故事，不免心惊胆战。最后，棒槌鬼的故事作为决定性力量奴役了我，在抉择中，恐惧占据了上风，它打败了我对母亲的爱。

其实当时，母亲也陷入了另一种抉择之中。事后她说，她就躲在麦田里，透过麦株割出的几乎折断目光的细碎空隙，她窥伺着我的一举一动。她的心随着我的哭声，时而紧揪，时而翻腾。多少次，她都想从藏身的麦田里站起来，微笑着走向我，拉着我的手回家，但她没有；多少次，她都期盼着我能勇敢地扑向那片麦地，找到她的藏身之所，这样她就可以借坡下驴，就势跟着我回家，但我没有。

终于，在百般的煎熬中，她看到哭泣着的我转过了身，她看到哭泣着的我抬起了脚，她看到哭泣着的我走向了与她藏身的位置截然相反的方向……母亲从麦田里站了起来，她看着我的身躯越来越小，看着那小小的身躯越来越接近村庄，她终于安下心来。然而，情愫总是才下眉头却上心头，就在她安下心来的那一刻，失落感却铺天盖地地向她袭来，躲无可躲，藏无可藏——作为一位母亲，她刚刚被她疼爱的儿子所抛弃。天空之下，麦田之上，母亲孤零零地站在那里，如插在这静美尘世里一个突兀的符号，让尘世如鲠在喉，却无计可施，无言以表。

母亲最后是怎么回到家的，父母又是怎样和好如初的，多年之后回想这件事，我都已经忘记了，但我却一直忘不了许多年前她消失于麦田之中的场景。那时候，暮色从地平线上不动声色地升了起来，我再也找不到我的母亲了；那时候，我失去了母亲，或者说，是我主动放弃了需要我去拯救的母亲。

四

母亲消失于麦田的阴影以一种持久的弥漫气息笼罩了我许多年，这些年，我多次在梦境中复习往事，在恐惧与亲情中一次次做着抉择，一次次背离母亲，一次次将她遗弃于麦田之中。我害怕，有一天我真的会失去母亲。更为可怕的是，我的担忧正在以时间和疾病的名义，渐渐变为现实。

依然是在麦田，依然是在收割，依然是我的父亲和母亲。天气预报上说，雨就要来了。麦子成熟的季节，最怕的就是下雨，雨打在麦子上，就如腐蚀液体一样，很快就会让麦子发霉。所以，在雨水卷压过来之前，父亲和母亲要赶紧收割，脱粒，通风，以确保这一年的收成不会受到过多的影响。在远方阴云的催促下，人心便开始发急，人心一急，手脚便忙乱起来。母亲就是在这忙乱的收割中毫无征兆地晕倒在麦田里的。

忙过了麦季，父亲带着母亲，先是去了村里的卫生室，之后去了镇上的卫生院，最后去了县医院。再回来的时候，母亲便带回了一身疾病和诸多医嘱。母亲就埋怨父亲，说不该去查的，不查一点事儿都没有，一查都是病。

就是在那段时间，母亲开始频繁梦见她的母亲。

我记得那个小脚老太太。我记得，放学之后的我在野地里玩累了之后，半路上闯进她的草房子里，从她手中接过扣在一起的饭碗，毫不客气地将里面的瘦肉吃个精光，抹抹嘴角、摸摸肚子，然后便大摇大摆地往家里走。多少年之后，我去过很多地方，吃过很多美食，却皆不如记忆中的那碗精肉香美。我记得，在无数个夜晚，我挑着她扎制的小灯笼，沿着纤细的小路，从邻村一路小跑着回家，跟在后面的她踮着小脚、喘着粗气，一直目送着我跑进自己的村子。这位老太太最终享年九十三岁。在她的葬礼上，我们这些流着她血脉的人，从不同的村庄和姓氏里出发，赶往那个名叫黄家馆的小村子，来看她最后一眼。那一刻，我终于明白，时光的毒素在蔓延，从此之后，我们再也抓不住她的气息了。她被我的舅舅们埋在麦田里，那块麦田与她的老屋之间隔了一条小道。多少年了，她躬身于麦田之中，不停地劳作。现在，她换了一个姿势，仰面躺着，听风吹、看蝶舞、闻麦香，不再过问人间疾苦。

然而现在，母亲却说，外祖母给她托梦了。她说外祖母站在麦田里，微笑着喊她的乳名，向她招手，当她向着自己的母亲奔去的时候，梦就醒了。醒来后天色低沉昏黑，我的父亲在她身边打着如雷的鼾声，她一身冷汗地躺在那里，累得几近虚脱，就像刚刚遭遇了风暴的渔民，虽海口余生，却被疲乏和后怕击倒在了沙滩上。母亲口气平缓地叙说这些的时候，我们感受不到她的感情倾向，只有偶尔路过的风撩起她几根黑白夹杂的头发，旋转，起舞。

于是想起好些年前满头白发的外祖母坐在暖阳下为我母亲剔除白发的情景。外祖母的眼睛早就花了，手也颤巍巍的，好不容易才能找到一根白发。每拔下一根白发，外祖母都要假装惊慌地喊一声："呀，拔错了，是根黑发！"然后将白发偷偷藏到自己的口袋里。那一年，外祖母年近九十，母亲也快五十岁了吧。一转眼又这么多年过去了，外祖母已然仙逝多年，而我母亲的头上也早已落满了白发，怎么拔都拔不干净了。

母亲一定是预感到了什么。和我曾经的选择一样，母亲尽量背离着梦中她母亲的意愿，她选择了在现实中逃离，以躲避虚幻的梦中母亲的围剿。为此，她几乎将所有与麦子和麦田有关的活计全都推给了我父亲，自己宁愿去干更为繁重的活计。是的，母亲的身体远离了麦田。尽管她明明知道，她这一辈子都会与麦田牵扯不清；尽管她明明知道，总有一天她最终还是会回到麦田。这是一件不可逆转的悲伤的事情，对此，我们每个人都无能为力。

唯有麦田不必考虑这些人间生死、俗世悲欢，年复一年，它仍在不停地枯，不断地荣。

原载《散文》（2020 年第 7 期）

尘与光 |

床上的祖先

一

的确是要从一张床讲起。

是张婚床，柏木质地、卯榫结构，上覆顶盖、下有底座，木梁和围栏上，密密麻麻地刻满了雕花。有禽，禽是鸾回凤翥、孔雀开屏、鸳鸯戏水、鹤立鸡群；有兽，兽是鸿案鹿车、麒麟送子、一马当先、龙腾虎跃；有人，人是张敞画眉、举案齐眉、柳毅传书、牛郎织女；有仙，仙是和合二仙、魁星点斗、八仙过海、刘海砍樵。

这些都是我尚能看懂的，更多看不懂的雕花攀附在老床上，经历了近一个世纪的打磨，黝黑得发出了光、发出了亮。这是我的高祖父——兰陵与费县两县交界地面上最出色的木匠，年轻时穷其手艺完成的一件精品。

这张床本来是本村首屈一指的大户定下的，不承想还未完工，掌家的老爷就已撒手人寰，后辈的几房兄弟因生命和姓氏相亲，却因流言和猜忌生隙，最终又因细软和房产而离散。大户从此四分五裂，刻木造床的事自然也就不了了之了。

其实，那些雕花从高祖父心里畅快地流出来的时候，他就已经舍不得再交给任何人了。就像用自己的肉蘸着自己的血揉捏出的孩子，连呼吸出来的气息都和自己一模一样，怎么看都怎么爱。这哪里还是一张床，分明就是另一个自己呀——那些梦里梦不到的好事，那些平日干不了的大事，那些距自己十万八千里的美事，都在这床上刻得真真的，一样都不少。若能在这样的床上美美地睡一觉，就该是神仙般的生活。

从年老族人的追忆中，我大概能够想象到，那应该是我们整个家族历史上最辉煌、最震撼、最声名远播的时刻。名不见经传的小地方，因为一张雕花柏木床，成了漩涡的中心。许多远道而来的人风尘仆仆，只为看一眼被人们传得神乎其神的柏木婚床和雕花神技。

多少年之后，故事里的那些人早已作古，但故事却依然还零星地散落在年老的族人们口口相传的往事里，修补着我的祖先模糊的轮廓。

二

高祖父就是在这张雕花柏木床的见证下掀开妻子的红盖头的，曾祖父也是在这张雕花柏木床的见证下掀开妻子的红盖头的。只是，与高祖父掀开我高祖母的红盖头不同，被曾祖父掀开红盖头的第一个新娘，并不是我的曾祖母，就像我祖父并不是我曾祖父的第一个孩子一样。

在我们家族众多的故事里，有些隐痛从来都是秘而不谈的。比如，那一年的饥荒。那一年，家乡大旱，曾祖父带着他身怀六甲的妻子南下逃荒，在苏南的一座小镇上失散。饥荒过后，曾祖父归来，雕花柏木床还在，与他同床共枕的人却再也没有回来。

后来，曾祖父将我的曾祖母娶进了家门。

再后来，曾祖父和曾祖母也走远了，只有雕花柏木床留了下来。

雕花柏木床立在老房子幽暗的内室，它乌黑的身躯排拒着任何一缕光线的打扰。木床的各个角落里，那些得道的蜘蛛在飞蛾的尸身上默不作声地拼凑着安静。而在安静的背后，往往潜伏着更为隐秘的风暴——人类最原始、最纯粹、最本真的风暴。尽管在这风暴的背后，祖先们的爱情与肉欲往往是脱节的。

我众多曾经活着以及现在仍旧还活着的祖先，他们中的大多数都是在这张雕花木床上获取了最初的生命，然后在贫瘠的日子里，如野草般潦草且卑微地活了下来，他们骚动的身体迅速生长，他们在生活的挤压下沉默不语，他们的身体宿命般渐渐和自己熟悉或不熟悉的祖先的轮廓重合起来。终于，他们长成了一头愤怒而恐惧的困兽。他们的兽性需要一种内心的救赎，一种酣畅淋漓的发泄，一种攻城略地的表达。于是，长辈们开始一点点撬开他们的心思，在时机成熟之时，让他们头顶着道德的牌位，规规矩矩地掀开那从邻村走来的新娘的盖头。

古老的雕花柏木床，在年轻而强壮的祖先们眼中第一次变得温柔起来。它是草原，可以任意驰骋；它是麦地，可以放肆收割；它是河流，可以畅快游弋；它是高山，可以尽情攀登……祖先们在寄予美好愿望的雕花的注视下，无拘无束地打开自己的身体。他们在世间最隐蔽和暧昧的物件上开始了一段无与伦比的征程。在月钩倒悬的夜晚、在春意浓郁的夜晚、在万籁俱寂的夜晚，他们如狼嗥叫，如虎咆哮，他们穿行在天上，他们畅游在海里，他们完成着从男孩到男人的过渡。

作为他们的后世子孙，这样的情节值得我顶礼膜拜、再三叩首。即便是在此刻，想起他们，我都难以掩饰对于这张床的敬畏。

从我的高祖父开始，这张床，见证了我们整个家族的繁衍。除了两个早夭的祖先，我的祖父、二爷爷、姑奶奶以及他们庞大而有序的后代，最初都是以欲望的形式在这里出生，然后发枝散叶到我所能知和我所不知的地方，继续在其他床上完成血脉的赓续和传承。

可是有时候，我还是难以掩饰内心的悲伤。我常常会在心里拼凑曾祖父失落的轮廓，我在想，在这张床上获取生命的我的第一个曾祖母肚子里的孩子，他究竟有没有被生下来并且顽强地活下去，他是男是女，他是否依然还领受着和我一样的姓氏，他是否也已子孙成群……那个和我一样流着同一支血液的祖先啊，在命运的驱使下，注定要走上一条和我的其他祖先截然不同的路。他或许永远都不会知道，他的生命是从一张精美的雕花柏木床上萌生、发芽的。在时光的流转中，他残留在家族记忆里的描述会越来越少、越来越淡，终有一天，他会被族人们彻底遗忘。

唯有雕花柏木床倔强地躺在那里，好像在等他归来。

三

远走他乡的人注定要远走他乡，归老桑梓的人注定要归老桑梓，这似乎是不可抗拒的运数，谁也无法改变。可是，只要雕花柏木床还在，我众多的祖先们中，注定要有人选择用它送自己最后一程，即便雕花柏木床也已经陈旧不堪。

肃静而神秘的祖屋里，越来越浓稠的夜色从低矮的墙壁上滑下来，一次次挤压着那些干瘪的木头。衰老的雕花柏木床呻吟着挺了挺脊梁，借着背上的纹络，大口喘息。听到响动，我从熟睡的祖母的臂弯里爬出来，用稚嫩的手轻轻触摸着那些越来越深的纹路——它们像极了结疤的伤口和撕心裂肺的病痛。

分明就是祖母的疼痛加重时，那张扭曲的脸。

尘与光 |

从我记事起算，祖母就已经被疾病折磨了许多年。她每天都用砂锅熬煎从各村各家讨来的偏方，然后一碗碗地将它们灌进自己的胃里，她喝下的苦楚越来越多，她所承受的病痛却越来越重。

那些浮肿的中草药呛人的气息弥漫着我的整个童年，让我对疾病有了更深的恐惧。我第一次感觉到，原来我一直以为虚无缥缈的死神离我如此之近，近至我的鼻息之间，近至我的世间所爱。死神，这个坏心肠的老家伙，它正一点一点地腐蚀着我亲爱的祖母，对于一个孩子天真的恳求不抱丝毫同情。

许多年后，我才在长辈的故事里窥探到，不止是我的祖母，我的其他祖先也同样经受过不同的疾病的折磨。那些凶狠的疾病，像一把尖刀，割我祖先的肝，割我祖先的肺，割我祖先的肾，割我祖先的胃，从来都不曾消停。

其实说到底，我顽强承受着疾病折磨的祖先们，他们中没有一个人希望这场杀戮彻底消停下来。因为一旦消停下来，必有一方落败，而落败的一方，总是我的祖先。我有幸谋面或者未曾谋面的祖先们，我至亲至爱的人们，他们如任人宰割的羔羊般躺在雕花柏木床上，干瘦得像一张粗糙的麻纸，仿佛轻轻一吹，就会飘起来。深夜时分，他们在月光下咳出的血溅洒在精美的雕花图案上，渗入木材的身体里，似乎在燃烧。那些燃烧的图案，附带着祖先们身体里最后的温度，比傍晚时分火红的云彩还要热烈。

雕花柏木床上，那一层层燃烧的血液还在，祖先们的躯体却一个个走上了村外的山岗，再不回来。唯有他们的魂魄还贴附在自己的床上，面无表情地见证着后辈们的生活。而后辈们总是会重复着他们走过的路，直至在路的尽头，与他们团圆。

雕花柏木床作为一个沉默且可靠的记录者，书写着整个家族一个世纪的宿命。

我的祖先们，他们活着，与床同在；他们死去，与床同在。

四

只要雕花柏木床还在，我就能触摸到祖先们的呼吸。

他们的呼吸就是下雨的声音，就是落雪的声音，就是风起的声音，就是花开的声音，就是月光铺在地面上的声音，就是温暖敷在心尖上的声音。他们的呼吸和我的呼吸交织在一起，纠缠在一起，流淌在一起，像许多年前祖母哄我入眠时哼唱的摇篮曲，不急不慢地从慈爱的身体里缓缓升起来。

呼吸沉闷的那个，是我的高祖父，他是一个手艺精湛的木匠。

呼吸温和的那个，是我的高祖母，她是一个善于烹调的妻子。

呼吸爽朗的那个，是我的曾祖父，他是一个谨慎老实的农民。

呼吸轻微的那个，是我的曾祖母，她是一个逆来顺受的妇人……

贴在床上的他们，面目模糊，需要我借助想象去尽力拼凑，可是我每一次都无法完成。但是我并不悲伤，因为我知道，他们每个人都把自己身上最干净、最美好的某个地方复制给了我。何其幸运啊——我是流着他们血液的不肖子孙。

一张历经沧桑的旧床上，住了那么多的祖先。我们沉睡，祖先们看着，不悲不喜；我们做爱，祖先们看着，不悲不喜；我们生育，祖先们看着，不悲不喜；我们死去，祖先们看着，不悲不喜。虽然祖先们不说话，可我依然能够感知到他们仁慈的庇佑，就像我能感知到这张雕花柏木床对于我的庇佑一样。

多年以前，在祖先们的注视下，我有幸成为了从这张雕花柏木床上出生的孩子。多年以后，我又怀揣敬畏之心，安分守己地

"僭越"着祖先们的领地。

领地之上，祖先们的眼睛深邃明亮如繁星，繁星捧我似皓月。

领地之上，祖先们与我同在。

原载《北方文学》（2015 年第 6 期）

第二辑

秘密正被器物泄露

刀具志

剔骨刀

见证过剔骨刀刀锋的人，再遇见余下的光芒，都不值得一提了。一把剔骨刀握在手中，连神鬼都会心惊胆战，毛骨悚然。

紧握剔骨刀的人，是我们乡最好的屠夫。我从未见过他杀猪宰羊的风姿，但削骨剜肉的本事，却天天在肉案上上演。屠夫低矮黑壮的妻子将一扇巨大的猪身摆放在案上，用那时候我还不能领会的温顺目光，抚摸着她更为黑壮的丈夫。她的丈夫正靠在肉案斜后方的老榆树上闭着眼抽烟，烟头一明一灭，众人的目光也跟随着一明一灭。面对围在四周等待买肉的人，屠夫的妻子一点儿都不着急，就任他们那样等着。多少年了，她已经习惯了他们的等待，也习惯了自己的等待。她极愿意众人在等待中将她的丈夫拱成明月。

屠夫掐灭了手中的烟，站了起来。等待的人从等待中醒来，目光随着屠夫的脚步，急速转移到肉案之上。屠夫顺手抄过案架下的剔骨刀，提着气将刀锋指向骨和肉，骨肉逢光立散，散落如泥。这时候，我们所谓的骨肉相连、密不可分之词，俨然成为了一种悖论。

一根根被剔骨刀洗净，比白瓷还要白的骨骼，像从水中抽出来，洁净光滑，每抽一根出来，我们的脊背就跟着一紧，再接着一松。似乎那被剔出的骨骼，不是来自案上的猪羊，而是案前的我们。每当此时，我们对屠夫就有了敬服和畏怕：我们既沉迷于他精彩绝伦的技艺，又害怕他忽然将刀尖指向我们。每一个站在四周的人都如一尊雕像，但每一尊雕像的身体里都有二百零六块骨头在碰撞，它们因恐惧而尖叫。

你永远都分不清这个时候的屠夫是魔鬼还是神灵。作为魔鬼，他具有神灵的本事；作为神灵，他拥有魔鬼的面目。他剔骨削肉之时，像是在进行一种神秘肃穆的仪式，而他就是祭师，并且是独一无二的祭师、绝无仅有的祭师。只有等到他将最后一根骨头抽出来，呼出憋在肺里的一股气，才恢复到平常人。屠夫用挂在案头边腥气逼人的旧抹布抹了抹剔骨刀，重又将刀放置到案下，用泛着油光的手举起妻子准备好的水杯，一饮而尽，然后踱步走到老槐树下，靠住，闭上眼养神。

那时我虽年少，但已偷偷摸摸席卷了数十部英雄气短、儿女情长的武侠小说。而在现实生活里，我唯一倾心佩服的"英雄"，便是屠夫。每次剔骨已毕，我总感觉那屠夫就是一位刀法精湛、武艺高强的刀客，在一场独对数十位武林高手的恶战中笑到了最后，事毕之后，他笑着舔了舔刀锋上沾染的血迹，收刀入鞘，隐藏到江湖之外。

屠夫闭目良久，众人这才回过神来，一拥而上，用手指点着想要购买的猪羊的部位。余下的事情，就是屠夫妻子的了。她气力很足，板刀砍在枣木肉案上，震得地面嗡嗡响。屠夫听着刀板相交、众人嘈杂的喧哗声，竟然渐渐睡着了。

你知道，我们这种小地方，日子是波澜不惊的，一个人乏善可陈的一生，在还未降生之前往往就已注定，一旦有点儿超出命中注定之外的风吹草动，全乡都会被惊动起来。我在本乡就读的那些年，发生的最大的事情，就是屠夫儿子的走失了。

屠夫的儿子叫小扣，之所以叫这个名字，据说是因为屠夫的妻子生他前肚胀难耐，屠夫就把妻子穿的每一件上衣最下方的那枚扣子揪掉了。揪掉扣子的衣服穿起来，果然宽松了许多。屠夫妻子于是说，就给孩子起名叫小扣吧，他在我肚子里的位置，恰好是肚皮外揪掉扣子的位置。乡人们后来都说，坏就坏在这名字上，孩子以揪掉的扣子为名，扣子掉了，孩子怎么能不丢呢。我乡信奉鬼神之谈，一个人这么说，其他人听着有道理，也就这么传下来了。从此之后，乡人为孩子起名都格外小心，深怕名字里有冲。

小扣是我的小学同班同学。到了初中，我们同校，只是不同班。他走失的事情，我是从他班同学口中得知的，那时候，这件事早已在我乡闹得沸沸扬扬。在关于小扣走失的传言中有两个版本，一个说小扣被前些日子来到我乡收购古旧器物的文物贩子带走了，文物贩子只是个名头，他实际是买卖人体器官的恶人，他盯上了一个人放学回家的小扣，用迷药将他迷倒，带到某个地方杀害了，然后取走了他的器官。那时候，买卖人体器官的传闻颇多，恰好又遇到小扣失踪这件事，传言听起来合情合理。无论相信还是不信，那段时间，各家的确都把孩子看得极紧。另一个传言是，情窦初开的小扣爱上了前几天来此，在庙会上表演杂技的那群女孩中的一个，他生性木讷，不善表达，未承想却一声不响地跟着漂泊不定的杂技团走了。

这两个传言我都不信。但至于小扣究竟是怎么走失的，我却没有更好的答案。谁都知道，此刻无论什么传言都不重要了，重要的是，屠夫的儿子小扣，他确实是走失了，像一朵云、一阵风、一粒尘一样，走失得无声无息，无影无踪。

屠夫和他的妻子关了肉铺，踏上了寻找儿子的路途。他们出去寻找，一找就是几个月，只要听到一丁点儿捕风捉影的消息，就像抓住了救命稻草，立马就动身出发。找儿子成了他们余生最重要的事情。没有人知道他们去过哪里，但每一次回来，人就瘦了一大圈，原本黑壮的身体，就只剩下黑了。有一年春天的黄昏，本地的油菜花开得满地金黄，屠夫背着妻子从远处走来，他们背后的金黄色幕布不动声色地看着他们，我站在屋顶上也不动声色地看着他们。虽然很残忍，我还是不得不说，那是我至此为止看到的最美的景象。两个如蝼蚁一般渺小的人，陷在无边无际的油菜花里，就算走起来、跑起来、飞起来，也丝毫不能被人发现，真像一幅静止的风景画。

屠夫的妻子已经奄奄一息。屠夫穿过三三两两的人，穿过那些悲悯的目光，依然像神一样向前走去。这尊神的脸上蒙着一副努力掩饰却依然未能克制住的悲伤，仿佛他每走一步，都是末日。还未走到家门口，妻子的手就从他的脖颈间滑了下来，像那把剔骨刀，在他的骨骼与血肉之间，轻描淡写地擦过。他因骨肉分离的疼痛，先是小声悲泣，继而又忍不住号啕痛哭。

屠夫将妻子埋在油菜花的根下，就像我们这里所有的人一样，怎么来就怎么回。妻子终于回家了，而他还将继续离家。越远越好，多少年了，他能感受到的儿子的气息越来越弱，他猜想儿子必然离我们这个地方的距离越来越远了，而他只有走得越远，才能捕捉到儿子的一丝气息。

屠夫已经收拾好了。其实也没有什么可收拾的，他早已把肉铺卖给了别人，而那几间曾是我们这儿最豪华的屋子，已经如老式贵族一般没落了，没有了亲人，哪还有家呢？他现在是孤家寡人，孑然一身。他把妻子的镶框照片藏在包里，再把儿子的照片背在背上，走了。对他而言，这样反而才是最好的生活：一家三口，在他一个人的身上，以不断寻找的方式团聚。

再回来时，他的头发已乱如鸟窝，黑已经钻进了皱纹里，衣裳也已经破旧不堪，我们都没有认出他，以为是乞讨的南乡乞丐。直到他走向早已收割的油菜花地里，走到妻子的坟前。他的儿子小扣依然没有回来，但他的背包上却缀了那么多条念珠。从这些念珠上，我们能猜度到他更多的经历。

在寻找的路途中，他一定是在偶然间听到了古寺的钟声，遇见了殿里端坐的神佛菩萨。他向着古寺，向着佛祖，向着经文，向着得道的老僧，跪了下来。那一刻，真的如佛教故事里所说，他在心中放下了屠刀，放下了那让他为神为魔的剔骨刀，放下了那让骨肉分离的剔骨刀。放下屠刀，他当然不是想立地成佛，也无意建造七层浮屠塔。他或许只是觉得万物皆灵，他曾让万物失去的，万物也必然会让他失去。譬如说，他用一把寒气逼人、吹毛立断的剔骨刀，让世间的牲畜骨肉分离。那些断送在剔骨刀下的世间的牲畜六道轮回，冥冥之中也在用一把看不见的剔骨刀让他骨肉分离。至于哪把剔骨刀更为锋利，哪种骨肉分离更为疼痛，作为局外人，我们无从插嘴。

我们乡已经很多年没有看到屠夫回来了。他就像一枚雪花，在世界上凭空消失，谁也不知道他现在身在何方，遇到了什么。人们说，真是父子相随，我们这小地方，百年来相继走失的，也就这父子俩了。人们说完就完了，屠夫和他儿子的故事，也开始渐渐在我们这里凭空消失了。唯有屠夫的那几间朽掉的房子还卧在这里，等着风吹；唯有屠夫的妻子还躺在这里，等着油菜花开。

对了，还有那把剔骨刀。

最后一次见到那把剔骨刀，是我在本乡中学毕业的那年。我拖着初中三年的各类课本和资料，走到学校后面的垃圾收购站去卖，在收购站低矮的屋棚里，收废品的老人正用什么划断长长的尼龙绳，用来捆绑学生变卖的书籍。定睛一看，竟是那把曾经寒光四射的剔骨刀。只是，它现在被另一个人握着，已钝成一块废铁。

是的，那只是一块废铁。没有屠夫的剔骨刀，已经不再是剔骨刀。

厨　刀

刀性寒，生就了一副冷心肠、一张冷面孔。越锋利的刀越是寒光四射，让人毛骨悚然。那些寒冷且锋利的刀，无论它们曾吞噬过多少人的热血，却总也暖不热身子。

除了厨刀。祖母的厨刀。

普天之下，那是我见过的唯一一把温暖的刀具。和祖母一样温暖的刀具。

你们真应该见见那把厨刀的主人。她是我们乡最后一批小脚老太太中的一员。她的小脚走起路来一颠一颠的，就像是春天的小鸡雏在院子里学着母鸡觅食。大户人家的千金是一生的富贵命，守着一座阁楼和一个老爷，就能享用一生的富贵，缠脚给她带来的不便，似乎并不是那么要紧。祖母则不同，她生就了一辈子的劳碌命，娘家贫寒，衣食不保，像此地漫山遍野的野花，羸弱、轻贱，长得头重脚轻，只要这野外的风再大一点，就会扑倒在地。她给我讲述过的那些饥饿是我所不能领会的。她说她抱着肠胃在暗夜混战的声音入睡，枕着伪善的稻壳填充的枕头醒来；她说她吃青柿子、苦菜花、榆树皮，为了故事里一块被黄鼠狼偷走的肉，惋惜了好多年。十六岁那年，同样贫寒的祖父用积攒下来的一袋麦子和一袋地瓜干，把她换到了我们家，开始以生儿育女的方式割下自己的肉，让他们独立生长为一个个代替她在尘世继续活着的人。她踮着小脚，像祖父的兄弟一样，和祖父一起把自己的身躯交给了农事。她饿，她的孩子也饿，为了活下去，她只能向吝啬的土地去讨要些什么来填充孩子和自己的肚子。

你们真应该见见我祖母的那把厨刀。它是祖母用十枚鸡蛋从村后的铁匠家换来的。该怎么说呢？它或许是我见过的最丑陋的一件刀了。和现在我们所用的锃亮的不锈钢厨刀不同，它全身漆黑，不见一丝光亮，显得脏兮兮的；刀板很厚、很宽，所以又显得很笨重。这样的一把刀，与其说是厨刀，倒不如说是砍柴刀。都说人不可貌相，其貌不扬者往往是被我们忽略的厉害角色，但恕我直言，刀或许是可以貌相的。我曾拿那把刀偷偷切过茅草根：那时候，我们这里的孩子是少有甜头可吃的，我们就把从野地里挖来的茅草根切成长短一致的小梗，方便放在口袋里，随时拿出一根放进嘴里，咂取其中泛着土腥味的甜。可是祖母的那把厨刀太没有刀性了，我把刀刃抵在茅草根上，一刀根茎不断，两刀皮肉相连，似乎那厨刀遇见了一生中最为坚韧的大敌，它把自己该有的傲气抛之脑后，自个儿打心底就怂了。

祖母却很珍视那把厨刀。每次用完厨刀，她都用井水细细地擦洗一遍，用一块蓝花土布裹上，放在案板边缘。当着祖母的面，我是不能动那把刀的。祖母说，刀是个死心眼儿，认人，握刀的人该是谁就是谁，一旦易主，刀就没有灵气了。我撇了撇嘴角，心里忍不住发笑：说关二爷的那把青龙偃月刀有灵气我或许信，祖父说，它万军阵中取过颜良和文丑的首级；说本地大盗王九江的那把红缨大砍刀有灵性我或许也信，父亲说，它在天津卫砍杀过西洋鬼子；甚至说我的同学陈毛毛的那把弹簧刀有灵性我也信，我就曾亲眼看见它把好几只毛毛虫的躯体挑成了两截；但是祖母的这把厨刀，怎么看都是一块废铁，真给"刀"这个字丢人。啊，不，应该是"丢刀"。

在我们这儿，给厨房叫"锅屋"，当地辞典的解释是：鲁南地区贫穷，没有像样的做饭的地方，就在院子里用茅草和泥巴垒一个小屋，里面搭建灶台，用于做饭。这解释是对的，但我不喜欢这样生硬的解释。我曾将"厨房"和"锅屋"作过比较，觉得一个是没有温度的词，而另一个，只因为加上了一口热气腾腾的锅，便会让我心生暖意。我实在是不喜欢祖母的那把厨刀，但我喜欢看祖母握着那把刀切菜的样子。在"锅屋"里，无数个清晨或日暮，我都蹲坐在祖母身后的小马扎上，一边听她讲故事，一边看她用刀切菜。我发现，那把厨刀在祖母手中也并没有显现出它的锋利。普通菜蔬还好，若是韧性十足的，祖母也没办法将它们一刀就齐腰斩断。祖母低着头、弓着腰，艰难地切着，好一会儿，才切足一大家子人食用的分量。那些水灵灵的菜蔬尸陈于案，待铁锅里的豆油热了之后，祖母的身躯似乎也忽然变得灵活了，她用手轻轻一拢，那些菜就慌不迭地跳上了厨刀。祖母将厨刀置于铁锅边沿，手一扭，珠玉齐下，油蹦气绕，她故事里烟雾缭绕的仙境就展现在了眼前。我和她隔着烟雾，互相看不清彼此，就像我看不清灵峰寺里烟火缭绕中菩萨的慈悲。这时候，如果祖母再说出一句话来，我真会把她当成是下山的菩萨、落难的神仙。可是祖母无法说话。她在咳，先前是因为油烟太呛，后来是因为病疾太深。气管炎勒住了她的脖子，竟把她本没有多少血色的脸勒得通红，就像是她刚刚抛进锅里去的红萝卜。

　　刀用着用着就钝了，每当钝得再不能使用的时候，磨刀匠就来了。最常来的是芝麻墩的杨三山，他的腿受过伤，走路一步一摆，肩上担着的担子便跟着左右摇晃，就像是一个不倒翁，眼看就要扑倒在地，却总又能绝处逢生。杨三山的扁担上，一头搭着一件长条凳，一头搭着一件编织筐。筐里的东西随着他摇摆的幅度相互磕碰着，叮叮当当，十分悦耳，就像是在敲击一组名贵、典雅的石磬。定睛一看，那筐子里欢快跑动的，也不过是磨石、

砂轮、铁锤、铜盆而已。刚到村口，杨三山就开喊了：磨剪子嘞
抢菜刀……和别的磨刀匠的喊法不同，他将最后一个字念成了去
声，并且把腔调拉得长长的，就像是用鼓槌捶打一面鼓，鼓槌
重重砸下，一声轰鸣巨响之后，声音还不消停。声音随着风到处
绕，绕着绕着，各家各户就推开了院门，拿着待打磨的刀具，来
到了杨三山面前。多时不见了，杨三山先是和村里人寒暄，然后
才摆开自己的家伙什儿，接过别人递来的刀具。杨三山将磨石固
定在长凳上的一个槽口里，自己则骑在长凳上，将手中的刀具平
中微斜地置于磨石之上，来回抽拉，上下打磨，并且时不时用手
抄点儿水润润刀身，用拇指肚测其刀锋。他先是在粗磨石上推，
然后才在细磨石上磨，直到将刀刃磨得细薄、锃亮，泛出一层幽
幽的蓝光，才将刀在铜盆的水中清洗一下，用抹布擦净，手捏刀
板，把刀柄递给人家，也把话递给人家——您瞅瞅，还满意不？

我看得如痴如醉。每次看着一把钝不拉儿的刀具在杨三山
手中大放异彩，我就会想起祖母的那把厨刀，我也想把那把刀拿
来，让杨三山给好好打磨一番，看看他能不能磨出祖母说的那种
灵气儿。

祖母却从来不让磨刀匠替她磨刀。她的刀，只自己磨。

我们这小地方，土是砂岩土，磨石漫山遍野，就连砌墙用
的都是磨石。在我还未出生，在祖母刚换来那把厨刀的时候，她
就从墙上搬下来一块石头，靠在院里的老槐树下，用来磨刀。黄
昏里，院子内，阳光在依次做着后退的动作，万物的阴影不断拉
长，代替我守在祖母身边的，是一只懒洋洋的小黑猫儿，小黑猫
依偎在祖母的小脚边，祖母则蹲在弯脖子老槐树下，蹲在那棵树
的阴影里，心无旁骛地磨她的厨刀。磨石那样粗糙，以至于她磨
得那样轻，轻得只是把刀刃以及刀刃附近的那些锈迹磨掉，似乎
再继续磨下去，再用力一点磨下去，她就会磨疼自己的肉、自己

的骨。

多少年了，前有那只小黑猫儿，后有我，我们一同见证了一块磨石是怎样打磨一把怎么磨也磨不亮、磨不锋利的厨刀的。即便祖母舍不得用力去磨，那把刀依然在迅速地缩小。我小时候，那把刀是宽而厚的铁板一具，而现在，从形体上看，只是一把略显厚重的长形尺条。时光为证，厨刀的主人也已经很老了；时光若继续为证，她还会越来越老。哦，那些温和的面孔下隐藏着残忍之心的时光啊，它也是一具外表细腻、内里粗糙的磨石，它一点一点地磨去了我祖母的美好年华，并且还在做着加速运动，以我一个转身的步伐，磨去我的祖母，温暖的祖母。

祖母病了，中风。她说话使不上劲儿，不利索，说出的话就像是在冰面上打了滑，一滑就滑偏了，不能像磨刀匠的吆喝声一样落地有声。她脑子似乎也迟钝了，有时候会做出一些出格的举动，一日，我看到她在院门外和邻居家那个傻乎乎的儿子小辉一起玩儿。玩的是弹珠，她没玩过，不得要领，小辉就用自己的手掰扯着她的手，教她怎么握珠，怎么弹珠。

又一日，像丢了魂，祖母到处找东西。找什么呢？问她，她答非所问，她说，我得招呀。这是个罪人的言语呀。我想象不出一个善良、小心、兢兢业业的老太太能有什么罪过，只好胡思乱想，以至于想到，她这一生或许也做过那么一两件亏心的事，到了垂暮之年，终究昧不住自己的良心，她应该是在为突然想起的这样一两件什么事而自责。刚想到这，事情已经有了反转。转折是在她的眼睛里出现的，我看见她目光一闪，瞥见我放在花盆里用来充当松土铲的那把老厨刀。我恍然大悟：本地方言，"的"和"得"同音，念děi，祖母嘴里念叨的，其实是"我的刀呀"，而"刀"字她又咬不清，被我误以为"招"。

祖母踮着小脚，像一只笨乎乎的鸭子，摇摇摆摆地走过去。

她俯下身子，眼含着水波似的东西伸出手来，用颤抖的手指紧紧捏着那截刀，像捏着她自己，怎么也不舍得松开。

厨刀依然很黑。像暮年的祖母一样地黑。

刀犹如此，何况是人呢？

刨 刀

闲置往往意味着死亡。这是我从一把刨刀身上想到的。

或许，越是静止不动的东西，越容易受到时光的侵扰。当八十四岁的祖父匍匐在地，用颤颤巍巍的手摸索着，终于将隐藏在床底下的提盒拽出来时，我的目光便与堆积的时光撞到了一起。

是那种普通的木质无盖提盒，本地用来盛放酒菜，是红白喜事上常用的运送工具。这只提盒已经失去了原本的功用，它原本"酒囊饭袋"的腹中，已被凿子、墨盒、短锯、磨石、锛头、锉刀等物件所篡夺，物件太多，提盒的肚腹又太浅，上层的物件就"溢"在了顶部。坐落于最高处，充当"山头"的，是那把被称之为"刨刀"的家伙。这都不是重点，重点是，无论是凿子还是锉刀，无论是提盒还是刨刀，它们身上全都落满了灰，落满了尘，落满了因承受不住尘垢的坠压而残破的蜘蛛网。

还是那只手。那只手继续颤颤巍巍——颤颤巍巍地伸出，颤颤巍巍地向下探去，颤颤巍巍地在刨刀的其中一只把手上机械地划拉了一下，一些尘埃就顺势接着下坠，还有一些尘埃就顺势飘飞了起来。最后，那只颤颤巍巍的手终于攥住了刨刀的把手，将它稍微了提，用抽臂的动作将刨刀平移了过来。

那只手的主人——我的祖父，曾是我们乡首屈一指的木匠，虽说他的木匠技艺远不如他的父亲和祖父，然而他打造的婚丧用具，多少年仍为人所称道。现在，他要在我的见证下，让早已被闲置的刨刀重见天日，他要抹去把它厚厚包裹住的灰尘，他要用磨石把它内心的锋芒唤出来，他要给它的全身抹上油脂，让它重新光鲜起来。春日的小院里，他动作缓慢地做着这一切，风把东墙根的草屑吹到了西墙根，阳光反其道而行，把光线从东墙外搬到了西墙外。然而，这些琐碎而美好的举动都无法干扰祖父的动作。歇歇吧，我说。祖父或许没听到，也或许听到了，反正他没有回应我。

祖父拿刨刀干什么我是知道的。如我祖父这般的高龄之人，如果说这世间还有什么能稍微挑动一下他们的心，那无非就是生与死了。只不过，与自身相比，他们更为看重儿孙们的生死。到了生命的末端，他们的内心已经与自己活着的执念和解，作为家族传承上普通但不可缺失的一环，他们已经完成了繁衍大任，对于自身而言，他们生已无可恋可憾，死也已不悲不惧，然而，自身之外，家族的新生总是会让他们感到，在更为广阔的传承上，生命被又一次拉长了。他们将所有的爱，全都转移并集中于一个焦点上，送给了那小小的、娇弱的嫩芽儿。自从我儿子降生后，我就感觉这么多年裹在我身上的那些可以被笼统归类为"爱"的东西，像揭羊皮一样从我身上被迅疾剥离，现在，它们归我儿子独享。

从县城到收容父母和祖父母的北邱庄，沿途需要经过一截水泥路、一截沙土路和一截黄泥路，路与路之间坐落着山与岭、河与湖、桥与沟，因为太过颠簸，我还没有带刚满三个月的儿子回过老家。虽然我祖父还没见过那小东西，但这丝毫不影响血脉里对于后辈的怜爱，如解甲归田多年的将军，他挖空心思，他翻箱倒柜，他雄心勃勃地重新披挂上阵，他要把自己对于曾孙的爱实物化，让这实物即便在自己百年之后仍会在世间存留，代替自己继续爱恋并庇佑着流着我们共同血脉的小家伙。没错，作为曾经在本地有口皆碑的木匠，他要重新施展自己的技艺，给我儿子做一张小床，安放那小家伙小小的躯体，安放他莫名其妙就牵动我们神经的哭与笑，安放他短暂又漫长的童年时光。

我出生时，祖父也曾给我做过这样的小床。那张小床用桃木和杏木打造，桃木辟邪，杏木寓意幸福，在祖父眼中都是好木头。本地家具中常用的榆树和槐树，祖父却舍弃了。后来跟着祖父打下手才听祖父解释说，榆木木性坚韧，纹理通达清晰，面滑纹美，却有"榆木疙瘩"之称，他不愿我愚笨；槐木材质耐磨，纹路天然，但民间传闻此木易招阴秽之物，祖父也不愿意用。在那张小床上，我一直睡到七岁，七岁之后，我的脚伸到了床沿外面，这张小床便被弃置一旁，上面堆放了许多杂物。

也是在七岁那年，周末或寒暑假，我开始跟着祖父走街串巷卖手艺。之所以愿意屁颠屁颠地跟着祖父，是因为每次出门祖父都会给我买零食，有时是一个梨子，有时是一包瓜子，有时是几块糖果。那时候，祖父带着我几乎走遍了附近三个乡的所有村落。祖父推着一辆独轮车，独轮车的那边是装满工具的藤条筐子，这边是我。小路崎岖不平，车轮每碰到一处凸起的土块或者杂石，箱子和我就不由自主地朝着天空跳一跳；车轮每碰到一处下凹的小坑，箱子和我就再不由自主地朝着地面沉一沉。有时候，我们会遇见一座矮山或一道高岭，上山跨岭的路是一道长长的坡，这时候我就从车上爬下来，将车前拴着的那根绕在一起的绳子拉直，帮着祖父将车拉到高处。更多的时候，经过陡坡时，我早已在独轮车上睡着了，祖父就一个人默默地把车子推到高处，再从高处把车子推下来，一直推到平缓之处时，沿途的某座村庄也就到了。

祖父或许是我见过的最为笨拙的手艺人了。那些修补锅碗瓢盆的铜匠，那些染制蓝印花布的布匠，那些巧手编织竹柳的篾匠……除了有扎实的技艺护身，他们还身怀一套自己独有的叫卖声、别致的吆喝，或短促有力，或曲调悠扬，或戏味十足，吆喝声传到耳朵里，耳洞里的绒毛都会舒服得微微起伏。然而祖父却没有这样的才能，他生性内敛，不善交际，连客套话都说不出口，只懂得低头干活。常去的一些村落，人们对他的木匠技艺知根知底，所以不管他会不会那些好听的吆喝，依然会把他拉进自家的院子，请他用闲置的木料做板凳、做饭桌、做衣柜。如果是在不常去的村落里驻足，祖父就会把独轮车停在当街，把一两件从家里带来的半成品家具搬下来，完成下一道工序，这样一来，他的技艺就一览无余地施展了出来，这时候，如果哪家恰好有闲置的木料，家里又恰好需要新添几件家具，便会请祖父去他们家。

祖父帮着人家做家具的时候，我就与这家的小孩一起在院子里玩儿，玩累了，就找个木墩坐下，托着腮帮子发呆，但当祖父刨花的时候，任何可爱的玩伴、任何新鲜的事儿却都吸引不了我。

"刨花"这两个字，可以是动词，也可以是名词。它身为动词的时候，我喜欢看祖父用刨刀刨花；它身为名词的时候，我喜欢看祖父用刨刀推出的刨花。

一根木头上是怎样卷起波浪的？祖父和刨刀会告诉你答案，因为他们懂得木头的全部心思和秘密。刨刀与木料相遇，祖父看重的是木料去除杂质后留下的那一根根长短不一、剖面平整而光滑的木头，而我却恰恰更喜欢它被祖父和刨刀抛弃的被视为无用的那部分。

没见过刨刀如何从木料上刨花，但你总见过波浪怎样从大海里探出身子吧？在我看来，木料与大海、刨花与波浪，它们其实是一样的。事实上，作为一个山里走出的孩子，我对大海里的波浪最为原始的认知，便来源于木料的刨花。用锯子剖开的原始木料表面粗糙，甚至有凸有凹，需要用刨刀细细刨刮，直至变得平滑光净。祖父把一根不平整的木料卡在一张长长的木凳上，凳子的一头镶有一截锯头，它的牙齿可以牢牢咬住木料，使它保持稳定，祖父则挺腰骑在木凳的另一头，双手握住刨刀的两只把手，朝着木料用力一推，木质的波浪就从刨刀的刀刃前翻卷着跳了出来。刚开始，因为木料需要修整的地方太多，刨刀的开口要宽些，手臂的推动也要更有力，这时候，把刨刀一鼓作气地从这头推到那头，长条大波浪就涌了上来；不久后，木料逐渐平整起来，工序也由"修整"转向"修饰"，这时候就需要把刨刀开口调窄一些，推动刨刀的动作要轻，幅度要缓，刨出的波浪也开始变得薄如蝉翼。凳子面、桌子腿、椅子背……就这样，一面面刨得光滑洁净、纹理清晰的木料诞生了。最后，祖父利用卯榫技术将它们扣在一起，闲置木料就此以家具的名义获得了新生……

　　二十多年过去了，这些都已经成为了旧事。现在，当努力去回忆这些旧事的时候，我实在无法将泛黄的记忆里那个还很健硕的木匠与现在衰老的祖父重合到一起。唉，时光明目张胆地欺我、欺他、欺尘世，而我们却无丝毫招架之力，这似乎预示着，只有默默承受才是人间的沧桑正道。

　　还是绕回到祖父为我儿子做木床这件事情上来吧。

　　祖父折腾了几天，小床最终还是没做成。是那双颤颤巍巍的手背叛了他——他用刨刀刮木料的时候，手臂的颤抖带动了刨刀的颤抖，颤抖的刨刀牙齿抵在木头切面上，不停地打着哆嗦，像是冷，又像是在畏惧什么。就这样刨啊刨，旧坑未平，新坑又起，厚厚的木料越刨越薄，却依然刨不平整。最后，于大汗淋漓中筋疲力尽的祖父赌气似的朝着木料上某个凸出的位置用力一推，那凸出的位置就像是凭空长出了一张嘴，一下子就死死咬住了刨刀的刀刃，没防备的祖父哐的一下，摔在了地上。

这一摔，让祖父在床上躺了小半个月，病愈之后，他的手抖得愈发厉害，对他而言，连用筷子夹菜都成了一件颇为困难的事儿。

祖父祖母的小院里，父亲和叔叔们又凑在了一起。各自娶妻生子之后，如果不是发生什么大事，他们很少这样坐在一起聊天。父亲和叔叔们说起了邻村那个比祖父略小几岁的同宗叔叔，几天前，这位老人在院子里散步时毫无征兆地倒在了地上，再未醒来。春天了，春天里的事物该发芽的发芽，该开花的开花，该流动的流动，该奔跑的奔跑，该飞翔的飞翔，该醒来的醒来……然而春天里，像一声砸向祖父的警钟，我们家族又失去了一位亲人。父亲和叔叔们还说起了祖父的年龄，八十四岁，这是活在人间的每个人的一道坎儿，俗语说，七十三、八十四，阎王不请自己去，父亲和叔叔们对此反而比作为当事人的祖父还要忌讳，他们商量了一下午，决定将祖父的刨刀以及其他木匠工具全部没收。这些被没收的东西，最终被我父亲从祖父的床下转移到了他的床下。

刨刀被重新放置到那只无盖提盒里，提盒被重新藏到了床下，这就是它的归宿吗？尘埃还是会再一次爬上它的身躯，蜘蛛网也会继续不请自来，这就是它的命运吗？

如你所见，与那把刨刀一样，我的祖父将会继续被时光闲置，直至某一时刻的到来。

匕 首

一条小蛇破空而至。

是那种俯身于浅草之中的小蛇，短而细。短则善隐，细则灵敏。它伏在草丛中，和草色融为一体。它在等待。一旦遇见自己心仪的猎物，它便在暗处向后收缩，像一张弓一般将力气灌满身体，尾部遽然摆动，如灵敏的发条，发条推着它向前直击。青光一闪，蛇芯子早已钻入脖颈。

它轻轻吻了你。以自己特有的姿势。

风还在吹，一遍遍地吹过你；云还在飘，一朵朵地飘过你；尘还在落，一次次地落满你。你的瞳孔正在无意识地放大，你的意识也在无意识中飘散，散着散着就成了风，成了云，成了尘。你以自身的经历诠释：每个人的末日都是一种身不由己的膨胀——如那些烟雾，散向更为广阔的空间。但你已经没法思考这个道理了。

我多么替你惋惜：你始终没有看清，亲吻你的是一把匕首。

事实上，这只是我的想象。但这想象仍会让我周身发冷。不是温度骤然下降的那种冷，而是从脊髓、从脏脾、从血液中向外蔓延的冷。

我的面前，那把匕首正冷冰冰地盯着我。但我的想象，并非来自这把匕首。或者说，并非全部来自这把匕首。

先来说说这把匕首吧。

本地的博物馆，馆藏不富。那把匕首，就陈列于这个不起眼的博物馆更为不起眼的角落里。我的目光，是在无数次抚摸过那些金玉之后，才无意中捕捉到它的。

该怎么描述那把匕首呢？在博物馆的标注中，它依然持有着"匕首"的名称，但就它本身而言，还能不能称得上是匕首，可真就难说了。这小小的以青铜为骨为器的物件，周身严严实实地裹着一层凹凸不平的锈迹，锋刃上，被岁月磕出的齿牙比比皆是，若不视标注，你首先想到的必是一段锯尺。它安静地躺在那里，像一个死去多时的古代人物，腐朽得不成样子。我猜，倘若不是本地的古物稀缺，一定不会有人将它摆在这里丢人现眼。毕竟，它所处的位置，是全馆最偏僻的地方。

毫无疑问，它颠覆了我对匕首的认识。

我对匕首的了解皆来自那些五花八门的古书。《典论》载，"徐氏匕首，凡斯皆上世名器。"这位古代匕首商行的老板，坐拥天下利匕，可谓是业中巨头了。《聊斋志异》载，佟生"遂于衣底出短刃尺许，以削董剑，戛如瓜瓠，应手斜断如马蹄"。方外奇人，域外奇匕，佟生持匕，削金断玉，也恰应了那"深藏不露"之词。《史记》载，"曹沫执匕首劫齐桓公"，曹沫本无名之将，却以一利器斩断了天下霸主的威风，那匕首岂不是更为威风？除此之外，还有清刚、扬文、龙鳞……纵览各书，在关于匕首少之又少的文字里，我看到，似乎每一把出场的匕首都可削铁如泥，扬名立万。

和其他匕首相比，眼前的这把匕首，确实有给匕首家族丢脸的味道。这把青铜匕首，像一段朽木或枯萎的蛇尸一般躺在那里，没有人相信，它曾是锋利的。

匕首的周围，是鼎，是玉，是瓷，是画。这些名贵之器，从地下走出来，依然不改前朝的傲气，自负得像个稍有几分名气的艺术家，于众目睽睽之下，接受着游客的赞颂。不得不说，这些名贵的器具有资格这样高傲。自诞生之日起，它们在世人的眼中就是美的、好的，它们被人们摆放在大殿之上、书房之中，为祭器，为礼器，再不济也是让人爱不释手或赏心悦目的把玩、观赏之器。如此，它们的炫耀就有了深厚的底气。

这把匕首则不同。它锈，所以锈得无颜；它小，所以小得卑微。置身琳琅满目的物件之中，它太需要隐藏。就像大时代里涌现出太多的大人物一般，作为一个卑微的小人物，小小的、无足轻重的匕首的确应该躲在暗处。

由此及彼，我想起那些名声赫赫的匕首。

我依然记得最出名的那把匕首。它是燕太子丹"求天下之利匕首"，在徐夫人那里购买的。匕首的周身反复涂满剧毒，又反复用火煎烤，匕身之上，利刃的锋芒和毒药的锋芒混合在一起，周身泛出蓝荧荧的光，就像复制版的天空。当然，它的使命也正是改变历史的天空。这把匕首，握在刺客荆轲的手中，它随着他渡过易水，跨出燕国，途经人间的战火，黎民的流离，来到了富丽堂皇的秦宫。秦宫之内，荆轲将燕国地图一点点展开，像展开自己的一生。图穷匕见，那把匕首从地图中跳了出来，直奔秦王……多么屈辱，连出场都是隐藏着的。

我还记得另一把匕首。那把名为鱼肠的短剑，据传是铸剑大师欧冶子取赤堇山之锡，若耶溪之铜，经雨洒雷击，得天地精华而铸成。它的主人是专诸，它的敌人是吴王僚。《吴越春秋》载，"……专诸置鱼肠剑炙鱼中进之。"把短小的匕首藏于鱼腹，你想不到，我想不到，吴王僚更不会想到。

史书对一把小小的匕首，向来是怜惜笔墨的。一把匕首在史书上的价值，也无非就是击倒一位王者，再扶起一位王者。作为一种不见光的工具，它功成与功败的命运都是一致的。作为历史人物，行刺者和被刺者的故事在他们失去性命之后，依然还会被历史和文字诉说，而匕首，将会被历史选择性抛弃。被抛弃的匕首又重新隐藏起来了。既然是隐藏，那么藏在哪里，就谁都说不清了。

最念念不忘的却是聂隐娘的匕首。"有尼授聂隐娘羊角匕首，广三寸，为其脑后藏匕首，而无新伤，用即抽之。"唐传奇里的聂隐娘，状似常人，俗人所见，绝对想不到她竟是个身怀绝技的剑客。她如大隐，隐于俗世。她的羊角匕首，则隐于自己身上。

痴迷侯孝贤执导的电影《刺客聂隐娘》，也痴迷舒淇扮演的聂隐娘。昏暗的景象、少言的人物，那冗长的剧情，看似处处在忍，在隐，在克制，在冷静，而在剧情之外，实则处处剑拔弩张，风起云涌。像是滋补上品，炖出来，越显得清汤寡水；像是大悲大喜，倒出来，越显得蜻蜓点水。真像是水墨画里的留白，留出的白越多，沉积的黑也越多。

剧中的聂隐娘，总是一袭黑衣，总是不动声色地站在灰暗的环境之中。她的心里，是无底的深渊，她背负着深渊，独自在尘世行走，却又处处游离于尘世。尘世昏暗，她总又比尘世更暗一点儿。我喜欢并怜惜她隐忍着自己的样子。那样子就像她的羊角匕首。她和她的匕首，一再退，一再藏，非是万不得已，决不将自己显露出来。即使显露，也是遮遮掩掩的，毕竟她是刺客，她的身份，让她为人为事皆不可明目张胆。然而，真的只是身份的缘故？老尼将她藏于山，父母将她藏于家，她将自己藏于风起云涌的江湖。她的藏被赋予了截然不同的意义——藏的目的绝不是为了藏。她手持一把削金断玉的匕首，却也像别人手中的一把匕首，被人藏起来，只为了让人拿着，抬腕而起，一击而毕。她将自己和羊角匕首已经藏得足够深了，然而，有人比她藏得更深。

这还都只是有形的匕首。这些铜铁所铸的匕首，虽然锋利，但当它们面对那些无形的匕首，就不得不俯首称臣了。那些无形的匕首，以语言或权势的形式在世间游走，和有形的匕首一样，它们依附在一个人的身体之上，并和人体合为一体。它隐藏起来时，纵然有一条好猎狗，也嗅不出一丝危险的气息。正如一种水滴石穿的修炼，它在暗处，不慌不忙，一点点挑开尘世的缝隙。当它集聚了足够的锋芒，就会如破茧的蜂蝶，冲出自己的藏身之所，搅动起世间的一场风暴。当然，破茧的蜂蝶只是我为了表达，所呈现出的一种实物，实际上，无形匕首出锋之时，是无影无踪的。无影无踪之处，那么多的欢与喜、暖与爱纷纷毙命，那么多的血与泪、恨与愤在世间流传，赓续。

想一想历史上那些自然界之外的没来由的灾难吧，想一想现今我们内心深处的累累伤痕吧。世间众生，可有一人逃脱了那把无形的匕首？

一把匕首就是一把钥匙，它打开的是风暴的大门，大门之后，便是人间悲欢；一把匕首就是一对蝶翼，它扇动起来就是一场海啸，海啸肆虐之下，便是我们的生死离别。

我说的是那把无形的匕首。

现在，我的眼睛重又聚焦到那一把锈迹斑斑的匕首之上。它失去了锋芒和光泽，失去了最珍贵的属性，像一个亡命天涯的罪人，带着自己完成或未完成的使命，被历史遗弃在尘土之下。没错，事实上是历史隐藏了它，可我总疑心，在更深层次上，是它自己隐藏了自己，藏起了自己的锋芒和身世。即便重现于世，它也只是选择了偌大的博物馆里，一处不起眼的小角落。

像大隐隐于市，于不得藏之下藏下来，这把匕首依然秉性未改。

或许，这才是一把匕首的最初；或许，这也是一把匕首的最终。

原载《花城》（2020 年第 4 期）

原载《湖南文学》（2020 年第 11 期）

入选《散文选刊》（2020 年第 10 期）

入选《散文海外版》（2020 年第 9 期）

获第三届长安散文奖

教学点

一

确切地说，是馆里小学驻北邱庄教学点。尽管这个名称不存在于任何一块指示牌上，也不存在于任何的文字记载中，但经验告诉我，印刻于实物之上的东西，往往是靠不住的，它们依附于那些看似能够传世的物件之上，却总是被风沙率先磨去，最终归于虚无。

幸好，这个教学点自打建设伊始就没有怀揣永垂不朽的野心。它作为我们人生中某次小小的过渡之物而存在，我们渡过了它，它就顷刻失去了存在的意义。作为再无与知识有所瓜葛的一处场所，像一位落幕的英雄或完成繁衍大任的祖父，它自觉地退至时光的背后，目送我们从它的身体里拥出来，然后渐行渐远。

现在，当我以一名乡村教师以及它目送离去的最后一批孩子中的一个的身份，重新审视它的时候，它正在面临自行垮塌和人为推倒的双重危机。多少年了，作为一所荒废已久的教学点，我们虽然忽略了它，但时光却终未饶恕它。

我所探听到的消息是，教学点若不能在年底之前自行坍塌，我的一位族兄将会在之后成为它生命的终结者。族兄当年受蒙入学就是在这所教学点，多少年后，他手执一张与村委会签订的合同，掌握了这所教学点的命运，雄心勃勃的他要将这里拆成废墟，然后再在废墟之上建设一所朝气蓬勃的养猪场。

在教学点撤销之后的二十多年里，这不是它第一次遭受这样的厄运。二十多年中，它先后被三次改作他用。第一次是作为民居，那一次，它收容了一对因儿子、儿媳的抛弃而无家可归的老人；第二次是煤炭厂，小山一样的煤块和从它们身上脱落的粉块堆放在院子里，抵御着村庄的冬天；第三次是养鸡场，院子里矗立着鸡棚，屋子里堆放着饲料，空气里弥漫着流行性病毒萌芽的气息。幸运的是，这三次厄运无论怎样凶险，都没能毁掉那几间被村里人称之为教学点的房屋。

没错，提起这个地方，人们还是会不约而同地称呼它本来的名字。风水轮流转，无论是居民房、煤炭厂还是养鸡场，在村人心里，它们都只是暂时占据了教学点，而教学点始终是教学点，只要它还矗立在那个方位，方言里就值得为它预留一席之地。但这次不同了，这次，我的族兄一定要将它赶尽杀绝，先破后立。要破的当然是教学点的那几间房屋，而要立的，我已不愿再去重复。

如果真要重复什么，我愿重复的是当初设立教学点的原因、过程及最终的命运：作为本地唯一的小学，坐落于管理区治地的馆里小学离我们村太远，初入学的孩子年幼，上学放学途中，危险系数过高，我村老村长找学校校长商定，本村出地出工出砖出瓦，学校则派出一名教师，就在我村村头设立教学点。教学点只设一年级，在总共运行了五年零三个月之后，被不明不白地撤并。

作为最后那一届十三个学生中的一员，我在教学点的学生生涯正是整个教学点生涯中的那个零头：三个月。也就是说，在本村的教学点就读，我的最高学历只达到了一年级，而且还是肄业生。后来我们那一批学生被管理区的馆里小学接纳，直接升入二年级，像自母亲的腹中就营养不良的怪胎，我们的名字以及他们给我们争取到的那一点可怜的考试分数，像一条小尾巴一样，集中排在全班同学的后半部分，而我们也就不可避免地成为了教学点送出的唯一一届"残次品"。

"残次品"的身份以自卑的形式伴随了我二十余年。二十多年后，我在本县另一座乡镇的乡村小学开始了教书育人的历程，初到学校，领导安排我担任一年级语文教师，我心里忐忑不安，生怕将我的学生也教成一个个"残次品"。

二

现在，让我单纯地凭借记忆来拼凑乃至还原二十多年前的北邱庄教学点，几乎是不可能的。心理学告诉我，对一种事物的记忆之所以历久弥新，往往是因为在初始的记忆中，存在一种对这一事物热烈、独特乃至持久的感情加以支撑。很惭愧，长久以来我对教学点都缺乏这种感情。

此刻，当我想要用文字来回顾教学点的时候，我不得不回到北邱庄，采用借助实物的方式，以一个观察者的身份，擦去或修补时光对它的打磨和撕咬，进而尽可能地使之溯回到它的本来面目。

这是一所完全荒废了的教学点，院墙只有齐腰的高度，由碎石板搭成，这样的高度翻墙可入，并不能抵挡什么，以至于低矮的院门上那把上锈的铜锁成了摆设。我并不是唯一的闯入者——初秋的正午，阳光煎烤着教学点院子里的野草，加快着它们碳化的速度，与野草的碳化争夺时间的是那群白色和黑色的山羊，在饥饿的驱使下，它们翻墙而入，在日见枯色的草地上择取可供果腹的午餐。沿着野草生长和奔跑的路径，羊群很快就将唇齿聚拢到那三间瓦房的窗户下了。

那三间瓦房，才是真正意义上的教学点。现在，请允许我用目光轻轻擦拭它。我擦拭它的时候，它的陈旧和落魄让我忍不住数次停顿下来，就像躺在一本旧书里的神秘符号和一个人衰老的躯体上那些醒目的疤痕，我需要透过它们参破教学点被时光据为己有的日子里的遭遇。

如果我的目光具有一种修复的功能，你就会看见，那些因时光的冲刷而堆积于墙面和地面相会处的泥沙，重新回到了墙壁之上；窗户上的蜘蛛网被蜘蛛收回体内，而蜘蛛则会退回到母胎之中；我将以一个一年级小学生的身份夺门而入，心安理得地坐到教室后面的某个角落里。这时候，我的老师将会挟裹着秋风而来，他站在讲台之上的时候，地面上的尘埃与我们构成了相反的状态：借着从窗户外流进来的阳光，我们能看见，尘埃在升腾和奔跑，而我们却已安静下来，笔直的身板和桌面构成了近乎完美的直角，与小板凳达成一种受力平衡的状态。

小板凳是从家里带过来的。教学点的硬件设施跟不上，能将就的就将就一点。因此，那时候，我们上学放学，用双手抱在胸前的，就是一个个形态各异的小板凳。我们所用的课桌也是就地取材——在教室里垒上几个桥墩，在桥墩之上放置几块建造房屋用的水泥板，不但节约了资金，而且结实耐用。

窗户被人用硬纸板和图钉封住了，我没法看到教室现在的面貌，因此，我对它的修复，只能是始于想象和终于想象。那些水泥板如果还陈列在教室里，我就能想象得到，我涂抹在它们身上的唾沫、鼻涕以及被它咬住臂膀吸进体内的血液一定都还在。我还能想象得到，每块水泥板上那三个油腻、光滑的阴影也一定还在——那是教学点存在的五年零三个月以来，我们村数十个孩子的阴影。那些包括我在内的孩子，三人一桌地被安排在水泥板上，日复一日，我们脏兮兮的脸蛋、手指、胳膊和肚皮在靠近我们身体的水泥板桌面上摩擦，把水泥板上那些不平整的地方依次打磨，就像老师用课本、作业、练习本打磨着有棱有角的我们。当我们终于将那些水泥板磨成一件可以模糊地映照出我们面孔的镜面的时候，教学点作为教育工具而非建筑作品的使命刚好寿终正寝。

我的思绪在此处戛然而止。是一张瓦片撕裂了它。那张瓦片从教学点房顶的某个位置顺着其他剩余不多的瓦片滑行，在房檐处纵身一跃，然后像一只在飞行中猝死的鸟，张着宽大的翅膀直线下降，碎在了窗台之下，碎在了我的脚边。

环顾四周，发现刚才还在那边吃草的羊群已经不知所终。教学点的整个院落里，只有暮色笼盖万物，只有万物泛出了腐朽的气息，只有我，陷在荒草之中。

三

教学点只有一位老师。老师姓黄，家住邻村，和我的外祖父同庄同姓同族，按照辈分论，他得给我母亲叫姑姑，而我和他的关系，则是表兄弟。

我未入学前，经常跟着母亲到邻村走娘家。这位表哥和我母亲的年龄相差不大，但他却对我母亲毕恭毕敬，打老远看见了，就得老老实实叫一声姑姑。同样，遇到他，我也不得不叫他一声表哥。那时候，他是和和气气的，无论说不说话，脸上都挂着温和的笑。我喜欢看这位表哥阳光味道的脸庞，在心里，我觉得和他很亲近。入学后，表哥成了老师，站在三尺讲台上的他忽然就收敛了笑脸，面孔之上常常是冷若冰霜。这个样子的他，又让我有些微微的惧怕。

很长时间，我都不知该叫他表哥还是老师。母亲给我出主意说，在学校给他叫老师，显得尊重；在其他场合给他叫表哥，显得亲切。我为母亲这了不起的主意得意了很久，仿佛这主意是我早就在心中盘算好的，不过是借着母亲的口说出来而已。但是得意之后就是失落，因为我发现，像被谁捏住了小辫的小鬼儿，只要见到他我就会紧张，只要一紧张，我口中不由自主地蹦出来的词都是：老师。直到后来我跳到馆里小学的二年级就读，他不再教授我的任何一门课程，老师的称谓才重新恢复为更为世俗化的表哥。殊不知，在教学点的那段时光让我对"黄老师"这个称谓也有了感情，甚至是比"表哥"这个称谓更为贴心贴肺的感情。

作为一名被小学发配到教学点的教师，黄老师是称职的。至少，在我的印象里，他从未因农事和其他事情耽误我们一节课，而在当时，教师旷课、学生放羊的场景其实是随处可见的。

黄老师写的板书很好看。在我们眼中，他像是一个变戏法的艺人，只需手捏一小截短短的粉笔头，那些比印在课本上还要端庄漂亮的汉字和拼音字母，就从黑板上蹿了出来，似乎那些汉字和字母原本就躺在那里，黄老师只不过是轻轻念了一声咒语，它们就奉命而出。

黄老师读的课文很好听。他不用普通话，也不用方言，他用的是普通话夹杂方言、方言勾连着普通话的腔调。这样的腔调就像是一只蜻蜓，在我们的教室里蹁跹，在我们的耳蜗里起舞，最后又贴紧了我们的喉舌，修正着我们对于课文的感悟。数年以后，我才明白，这是黄老师普通话蹩脚的体现。又过了好多年，我才明白，黄老师蹩脚的普通话恰恰更适合我们那群被方言浸泡已久的孩子。我们从方言深处出发，经由他的噪音，窥见了普通话的奥妙。

黄老师烧的水也好喝。水是和我们每一家都一样的水，都来自村子中心区域的那口老井，黄老师趁着课间休息的空隙，挑着担子正好能走一个来回。黄老师把烧开的水倒进镂空铁皮暖壶里，将暖壶放在他办公室的门前，任我们拿着从家中带来的瓷杯或陶碗取用。我们总是喝了再喝，一副不知足的样子，觉得再没有比这里的水更为好喝的饮品了。现在，当我临时回忆起这些过往的时候，才发觉，那水之所以好喝，其实来源于我们对于黄老师的崇拜。在这件事上，我们都无意中在物质和感情之间做出了一个隐含着的抉择，抉择中，我们倾向于感情的幅度更为明显一些。

我当然也恨过他。那是在他罚了我的站和打了我屁股的时候。都说君子报仇，十年不晚，我可等不了那么久，我只等到放学之后教学点的人走光了，就开始实施复仇计划，而我复仇的地点，就是教学点墙外百十米处的地瓜田。那块地是黄老师的，中午或下午放学之后，我常会看见黄老师站在那块地里锄草，蹲在那块地里顺秧。黄老师惩罚我，那我就惩罚他的庄稼。我猫手猫脚地来到地瓜田里，咬紧牙关将瓜秧用力向上一扯，肥硕的地瓜蛋子就随着秧苗破土而出。接下来，我得把秧苗拧断，把地瓜蛋子抱到不远处的河沟里，用枯木架火烤熟，安慰一下肚子里的馋虫。我这样想着的时候，忽然听见有人在教学点和黄老师打招呼的声音。我惊恐万分，夺路而逃，地瓜像皮球一样从我怀中滚出来，钻入了浓密的秧苗之下。

一连几天，我都是在忐忑不安中度过的。我害怕黄老师忽然喊到我的名字，把我拎进他的办公室。然而，直到冬天教学点解散的时候，让我恐惧的场景也没有降临。于是我觉得自己是在杞人忧天、自寻烦恼，那天的事情，黄老师一定没有看见。直到好多年后，我去邻村给舅舅拜年，恰好黄老师也在，舅舅指着我对黄老师说，他还当过你的学生呢，黄老师接过话茬说，想当年，

尘与光 |

他还祸害过我的地瓜哩，语气中没有一丝指责和戏谑。

此后好多年，我都没有再见过黄老师。只是从亲人们口中零星地得知，他生了病，身体垮了。

最后一次遇见黄老师是在外祖母的葬礼之上。辞灵的时候，他是跪棚贤孙中的一员，作为同辈人，我得向他作揖，他需向我回礼。在我的记忆里，黄老师长得英俊、高大，而我眼前的黄老师一副邋遢的样子，他的手扶着他的腰，他的腰弯在半空中，怎么直都直不起来。

四

我人生中的第一个仇人是在教学点出现的。他叫黄加一，坐在我左前方的位置上。我曾在一首诗里写过他，在那首诗里，我把与他之间的恩怨推迟到小学四年级。之所以要这样写，只是执意想把仇恨推迟，不想让人看到人性的丑和恶在我的心中过早地萌芽。

黄加一身材不高，脸上肉嘟嘟的，一副婴儿肥的样子。他力气虽小，却能称雄整个教学点。我们并非是在畏惧他，我们畏惧的是他的父亲。他父亲在村委会占据一席之地，说话颇有分量。从村庄权力划分上来看，他无疑是我们村的"贵族"，而上一代的权力结构，无形当中也渗透到了我们这代人身上。黄加一继承了他父亲的权术，用自己淘汰下来的橡皮和铅笔头收服了三个小马仔，他们分别是尹三强、赵远亮和李豆豆。他带着他的马仔横行教学点，从未有人对他的权威提出过质疑。

在教学点的那段时光里，黄加一是我绕不过去的梦魇。我恨他把抢我的三颗玻璃球分别送给了他的那三个小马仔，尽管那三颗玻璃球也是我从表妹手里抢来的。我恨他把从院子里的那棵老槐树下捉来的五只毛毛虫放进了我的文具盒里，并趁机拿走了我的铅笔和橡皮。我恨他在我不注意的时候，将我的语文课本偷偷撕下一页，把它折成了飞机，并把飞机放逐到院外的麦地里，而我却以一个看客的身份仰着头目视着它像一只大雁般越飞越远。我记得那张纸上印刷着一篇叫作《秋天来了》的课文，当老师一遍遍领读"秋天来了，天气凉了，一片片黄叶从树上落下来，一群大雁往南飞……"的时候，我的脑中浮现的是那架纸飞机飞翔的状态。我恨他的还不止是这些。我还恨他的"拈花惹草"。在教学点里，我恨他不但稀罕班花杨敏，还稀罕我稀罕的卢丽丽。上课的时候，卢丽丽是我的同桌；不上课的时候，我们玩过家家，玩过家家的时候，卢丽丽是我的新婚妻子。我喜欢她把捏成饼状的泥巴用碎玻璃片切出一片，仰着头微笑着把它送到我嘴边的动作；我喜欢我们两个趁着老师不注意，爬过院墙在庄稼地里追蜻蜓、赶蚂蚱的快乐；我喜欢偶尔吹进院子里的一阵风，喜欢那阵风在吹过卢丽丽之后，紧接着又吹过了我。而黄加一的存在，让我喜欢的那些"喜欢"显得岌岌可危，他让我整日忧心忡忡，生怕卢丽丽将我和黄加一在她的心中互换。

我将我的仇恨以及忐忑不安交给了文字。无数次，趁着四外无人，我用从黄老师的讲桌里偷来的白色粉笔在我们村任何一面稍微平整的墙壁上写下我的诅咒，那些雪花一样的咒语紧贴着墙面，显得醒目而有力。墙面之上，黄加一和他的十八代祖宗，以及他们世代繁衍的秘密，被我复习了一遍又一遍。那些缺胳膊断腿的汉字里，偶尔也会夹杂着一些诸如圆圈、箭头似的奇怪符号，作为一年级的小学生，很多字我还不认识，我只能借助这样的符号来执行对黄加一的审判。

最后一次在墙壁上对黄加一进行诅咒的时候，我被黄加一抓个正着。黄加一和他的小跟班一人在我屁股上踢了两脚之后，将我扭送到教室里。当着全体同学的面，黄老师又在我屁股上补了两脚。我不在乎全班同学，我在乎的是我的同桌卢丽丽，我在乎的是卢丽丽全程目睹了老师踢出的那两脚：抬腿、瞄准、投射，扑通，扑通，随着目标被击中，我和卢丽丽维持了好几个星期的"夫妻"缘分走到了尽头。

造化弄人。许多年之后，我对黄加一的仇恨因时光的蒸煮而消散，我们成了偶尔联系的哥们儿。有一年春天，他突然打电话过来，邀请我回村参加他的婚礼。他牵着新娘的手走进了婚礼现场，尽管隔着厚厚的脂粉和二十多年的时光，我还是认出了她。没错，是卢丽丽，是我的同桌卢丽丽，是我二十多年前过家家时的新婚妻子卢丽丽。卢丽丽一袭白色婚纱，端庄地和黄加一站在一起，幸福充盈着她左边美丽的眼睛和右边温柔的眼睛，一如多年以前。只不过，隔了多年的时光，她终于在心里把我和黄加一的位置进行了对换。

造化接着弄人。前年春天，黄加一跟着他的亲戚去省城的建筑工地上打工，在摩天大厦的脚手架上，立足未稳的他就像是那架他用我的课本折成的纸飞机一样，摇摇晃晃地从高处飘了下来。

黄加一，我的同学、哥们儿和曾经的仇人，当我以文字的方式再一次回顾他的时候，我的心里不仅仅是怜悯和悲痛，没来由的，我忽然想再恨他一次。

我恨他。我恨他让我们村的土地，又结出了一个毒瘤似的疙瘩。

我恨他。我恨他残忍地让两个孩子，成了孤儿。

我恨他。我恨他让我的"妻子"卢丽丽，成了寡妇。

五

我是在村委会的杂物室里看到那口钟的。

阴暗、潮湿的杂物室里，淘汰的门窗、栅栏、电话机、电表盒以及五花八门的纸张，杂乱无章地堆在那里。因为久未有人光顾，杂物之上堆积了厚厚的一层尘土。那些沉睡的尘土，也散发着霉烂的味道。如果能有哈扎尔人捕梦和释梦的本领，你一定能够看到，它们的梦也在发霉，尽管它们在梦里置身于阳光之中。那口钟就隐藏在这些尘土的躯体里。它像是一位遁世者甚至厌世者，放弃了自己与生俱来的使命，开始拒绝鸣唱。

那口钟先前不是这样的。二十多年前，教学点还没有撤销的时候，它是作为实用器具悬挂在教学点院落里的那棵老榆树脖子上的。虽然主管教学点的馆里小学的校领导很少来此督查上课情况，但黄老师却对上下课一丝不苟，严格按照标准行事。黄老师办公室桌子上端放着一座挂钟，时间一到，他就大跨步走到老榆树下，用平时斜靠在树根部的小铁锤敲响那口铁钟。

我第一次见到那口铁钟，是母亲牵着我的手走进教学点院子里的时候。那口钟挂在低处的树杈上，躯体被一种质地粗糙的黑浸染，显得尤为沧桑。钟的表面，锈迹一层摞着一层，像是腐烂已久的棉絮。很难想象，这样一口钟能发出什么声音，甚至，很难想象，这样一口钟居然还能发出声音。我在教学点学到的第一个道理是"人不可貌相"，尽管这句话要等到数年之后才会被我看到。因为顷刻之后，那口钟就用看似和自己的身躯风马牛不相及的声音，反击了我的质疑。在黄老师的敲击之下，一种轻盈的，悠远的，回环不绝的声音在空中飘了起来。我似乎能够看到，那些柔软如棉花的声音缓慢地向着高空飞去。不久后的某一天，教学点的上空出现了一朵无比肥大的云，它静止不动地卧在

尘与光 |

那里，显得壮美，悠闲。我怀疑，那朵云的前世，就是不久前从铁钟上飘走的声音。

从某种意义上来说，钟声和教学点之间是可以画等号的。在本地，除了教学点，任何人家都不可能敲钟为号。那些好听的钟声缠绕于北邱庄的上空，本地人已经将它视为村庄不可缺少的一部分。即便你是外来人，循着声音的路径，你也可以很轻易地找到那所毫不起眼的教学点。

如果你曾生活于这所教学点，你肯定知道铁钟不远处的西墙根下，有一个堆积着高于平地半米的垃圾点。那时候，村里的孩子基本没有零嘴可吃，没有零嘴可吃，也就没有五花八门的包装袋被丢弃，所以，那时候连垃圾都是单一、干净的，无非是一些尘土和粉笔末。有一次雨后，我打那里经过，发现在雨水的冲刷下，那上面竟然出现了许多小铅笔头儿，那些小铅笔头寸把长，已经短得无法用手握住，因此遭受了被人遗弃的厄运。在雨打尘磨中，铅笔头的木质外壳已经部分腐烂，但它最中间的那根小铅条还完好无损地保持着自己的质地。我突然有了主意，把它们收集了起来，回到家中，我用小刀沿着中线将铅笔头里的铅条取出来，将它们插在筷子一样长短的单节高粱秆上，一支支新铅笔就这样被造了出来。第二天，我将那些高粱秆铅笔拿到教室里炫耀，其他孩子羡慕不已，于是，他们也开始效法我，钟声一响，大家就夺门而出，聚拢于铁钟侧下方的垃圾堆上，开始一段另类的寻宝历程。我曾拿那些铅条仔细观察，发现铅条和铁钟拥有共同的颜色。我为自己的发现惊喜不已，因为我由此想到，既然铁钟发出的声音可以升空成云，那么铁钟身上的颜色当然也可以落地成铅。

教学点距离我家百十米的样子，有时候，下课的钟声一响，我立刻就如离弦之箭射出教室，再借助院墙上的某个豁口跳出学校，一路小跑回到家中。让我惦记的，有时候是桌子上的一枚糖果，有时候是油碗里的几块猪油渣子，有时候则是昨天没舍得吃完的半块月饼，我将它们含在嘴里，来不及吞下就着急忙慌地向着教学点跑去。才刚翻墙入院，上课的钟声就响了起来，同学们开始在教室里坐定，等待老师的到来。

隔着密密麻麻的旧时光，在村委会的储藏室，我用手指敲碰那口铁钟，却发现，除了搅动了一些依附于它身上的尘埃，它没有给我一丝回应。而在二十多年前，作为北邱庄教学点一年级肄业生的我们，正是在它的祝福声中离开了教学点，像水滴一样跳入了人生的江河，并被江河隐藏了起来。

或许，我们应该向这口铁钟道歉：因为我们的中途散场，致使灰心丧气的它抛弃了自己的好嗓子。或许，我们应该向教学点忏悔：因为我们的集体背叛，直接促成了它的消亡。

原载《百花洲》（2018 年第 5 期）
入选 2018 山东年度优秀散文榜
获第三届全国银雀文学奖

小旅馆

一

很多时候，小旅馆是作为旅人栖息的备胎存在的。

我的参照物是那些连锁酒店和星级宾馆。虽然基本功能一致，但和环境整洁、设施齐备、安保有序、服务到位的连锁酒店以及星级宾馆比，小旅馆毕竟只是下里巴人，是不足以登上大雅之堂的。作为一个写作者，我喜欢以物拟人，譬如说到小旅馆，我便会联想到我在人群中的可有可无。

那些曾收留我躯体的小旅馆，大多数藏身于旧城区，而大多数旧城区的小旅馆，又总是藏身于城中村。在那所职业学校毕业后的数年间，我曾在几家不同行业类别的小企业里谋食，我如被驱赶的不必赋予姓名的鸟雀，从一座城市去往另一座城市，颠沛流离之中，小旅馆成了薪酬微薄的我不得不首选的栖身之所。

我的确曾将际遇寄托于那几座不知名的城市，至于原因，或因求职，或因出差。我发现，其实一座城市与另一座城市之间并无太大的区别。尽管在官方的宣传语中，每座城市都被冠以这样或那样的名号，赋予这样或那样的特色，以此凸显这一方水土的独一无二，但当你真真切切地用目光去分辨，用脚步去丈量的时候，这种宣传的荒谬本质就凸显了出来。分明是一样的街道，分明是一般的行人，分明是相似的拆迁和新建，身处其中，和另一个地方并无二致，每一种事物都和你拉开一段距离，把一个地方的所有孤独都推给无着无落的你。

不仅小城的面孔相似，就连依附于它们的小旅馆也是相似的。小旅馆不难找，从火车站出来，穿过乌压压的人群，穿过那些招揽生意的商贩和黑车司机，沿着陌生又熟悉的街道，在小巷里左拐右拐，那些藏身在巷子里的小旅馆就出现在了面前。一眼望去，小旅馆的招牌随着巷子这条僵死的虫子连绵不绝。多是红色的招牌，招牌上的名字有一张喜庆的脸庞，诸如呈祥、鸿运、仁德等等，招牌下有几行小字，写着夜宿多少元、包月多少元之类的。已经很便宜了，但那仍是虚假的价格，一般而言，在和旅馆老板讨价还价之下，总是可以再压下来几块钱。

那些城中村里的小旅馆大多是旅馆老板自己家的居民用房。他们也明白，这里迟早是要拆迁的，便提前在原来的平房上又加盖了一层，日后好用来套取更多的拆迁补助。因为这加盖一层本身就是为了毁弃，所以就没有质量可言，只简单地用红砖甚至空心砖垒了垒，在表层涂抹了一层白石灰。虽说有拆迁的消息不时传来，但至于何时拆，谁也说不准，总不能让这新建的二楼空着，于是就用木板、塑料板将房子隔成一个个更为狭小的空间，从市场里买来几张单人床、几床廉价被单，潦草地改作了小旅馆，至于旅馆老板一家，他们仍占据着坚固的一楼。我第一次投宿这种小旅馆的时候，看到柜台上贴着"请出示您的身份证"之类的字眼，便乖乖地把身份证掏了出来，没想到老板连看都不看，后来去别的地方投宿，结果是一样的，于是明白了，这张纸的功用其实也只是做做表面文章，和我们公司为了防备检查弄出的虚假档案别无二致。

价格谈妥了，便跟着旅馆老板走上楼。楼梯间、走道里，到处是老板家晾晒的衣服、鞋子以及其他东西，于躲躲闪闪中一路磕磕碰碰，走到某处，旅馆老板扬手一指，言明厕所的所在，便继续往前走。一般而言，旅店的卫生间有两处，一间是专供老板家使用的，使用完毕，是要随时落锁的，我们这些外人无权使用。另一处则是给住在旅店里的人使用的，不去看也知道，那间卫生间里的手纸筐必然是满的，更多使用后的卫生纸和报纸无处投放，就堆在筐子附近，臭气熏天。宾馆里住了那么多人，卫生间却只有这么一个，因此，晚上冲澡的时候，一般是要排队的，好不容易在无处站脚的卫生间冲完澡，回到房间，便能嗅到身上有一股子异味。也有时候，在自己的房间等待别人冲澡完毕以便递补进入卫生间的时候，会被突然而至的疲惫击倒，往床上顺势一躺，这一宿就过去了。

旅馆老板将我引到某个房间，把钥匙交到我手里，叮嘱我记清楚没有任何号码标识的房间。因为房门上没有房间号，便总有那么一两个旅客走错房间，我就曾闹出这样的笑话。有一次从外面洽谈业务回来，猛然看见门没锁，以为进了小偷，心里惦记着自己省吃俭用买来的那台笔记本电脑，慌张了，急忙打开门，床上竟然躺着两个人，一个男人和一个女人，男人和女人搂在一起，脸却同时对准了我，一脸惊愕。之后接受了教训，便把绳线之类的绑在门把手上，这样便再未走错房间。

二

如果说社会是牢笼，小旅馆便是套在牢笼中的牢笼。但是没有办法，我必须要入住那里，以便用最为低廉的价格养精蓄锐，来消解这一天的劳累，用以应对明天更为繁忙的奔波。

其实是睡不着的。人在安逸的环境中，思维往往是迟钝的，甚至，懒于去思考。然而，在异乡的小旅馆，那种特定的环境总会传递出一种不安定的、颠簸的感受，不容我的思想不去捕风捉影，甚至天马行空。

首先让我感到恶心的是那张床。在我故乡，老人们故去，家人便将他们睡过的床扔到野外，任它以及它身上的晦气腐烂、消散。没钱人家也有办法，他们将风俗灵活运用，也将那张床搬到野外，让它吹几次风，淋几场雨，在天地之间去去晦气，这才搬回家循环使用。我睡的那张床便是我曾祖父和曾祖母睡过的床，它曾被我的祖父搬到野外，又从野外将它搬回。躺在那张床上，我甚至可以感到夜从墙壁上滑下来，压迫着那些承受着重压的干瘪的木头，深夜里，那些背负重担的木头呻吟着挺了挺脊梁，借着背上的纹络大口喘息，而那些纹络，多像是已被遗忘的结疤的伤口。无数个夜晚，我僭越着祖先的领地，骚动的身体迅速生长，渐渐和祖先的轮廓重合起来，我甚至能够想到，很久之前，当头顶的蜘蛛在飞蛾的尸身上默不作声地拼凑着安静的时候，那安静的背后就已潜伏下隐秘的风暴，风暴的背后，祖先生猛的爱情与肉欲是脱节的，唯有劣质草药和逃离肉体的血纠缠在一起，紧贴着祖先们一生的命运。小旅馆里的床则不同，它的身躯是金属，外层蓝色或绿色的油漆已经部分剥落，内中露出的铁质也已生锈，躺在上面，我能听见什么在它的肠道里嗡嗡作响，甚至能听到从那肠道里发出的间或一声的凄厉惨叫，给人一种莫名的恐惧。

让我感到更恶心的是那张床单。白色的被单，泛着点点的红，那是血迹，不是生病的人就是负伤的人的血迹，从颜色的深浅上可以看出，那并不是一个人留下的痕迹，那些或深或浅的血迹，甚至叠压在一起，像素笔和浓彩的交互运用，给人一种窒息之感。床单上甚至还有一些不规则的斑点，很明显，那是从某个成年男子的下体溢出的东西，一旦识破了它的来源，我便再也无法用那床单贴近自己的身躯了。

也有一些小旅馆看起来很干净。即使如此，也仍然躲不过嗅觉的检验。身处这斗室之内，你能从中嗅到各种各样的气息，顺着这些不一样的气息攀爬，不同身份、不同年龄的陌生人就出现在脑中。最顽固的气息来自吸毒者，有一次，我入住一个房间，在这间弥漫着塑料味道的房间里，我看见桌子上摆放着矿泉水瓶，两个矿泉水瓶子上各插有两根导管，它们的旁边，一张锡箔片躺在那里，腹部漆黑。旅馆老板见怪不怪，只是将那些东西拿出去扔掉了。没办法，我只好以毒攻毒，将房门打开，让外面夹杂着化工气味的空气涌进来，将屋里的毒气淘洗了一遍。即便如此，心里仍忐忑了一夜。

还有一次，在某家小旅馆，我发现房间的墙壁上有个小孔。白色墙壁上那小小的孔洞，在空间上占据了角落的位置，在心理上却喧宾夺主，醒目，突兀，像一枚卡在喉咙处的鱼骨。那小孔让我不安，我与它对视，感觉那小孔之中有一种强大的力量，要将我吸进去。我用卫生纸将它填上，墙体泛黄，那卫生纸却是雪白的，便显得欲盖弥彰。那一夜，我始终没有睡着，总觉得有人正透过那小孔偷窥。

在沂城的某家小旅馆，我在交钱入住时恰好见到那一对也在办理入住事宜的男女，从身上穿的衣服上看，那男子应该是附近工厂的工人。旅店老板恰好把我安顿在他们的隔壁，到了晚上，他们的人性和兽性便迸发出来了，那一页并不隔音的隔板，构建成一种奇异的矛盾，我既满足于能用耳朵感受欢愉，又不满足眼睛的遮蔽。在道德的高压线下，我深知这种想法的不洁，却无法自拔。在思想的拉锯中，我心里那种道貌岸然的东西，终于倒塌。等隔壁陷入沉默，我心中油然生出一种悲哀。那一年，我已经二十二岁了，还没有女朋友。

凡此种种，加固着我对小旅馆根深蒂固的矛盾态度：我需要它，却也厌恶它；我投身它，却更想远离它。

三

对于小旅馆的态度，与我截然相反的是梁云。

记不清是怎么认识的了。或许是因为一个朋友的牵线搭桥，也或许是因为对"文艺"这个词共同的痴迷。认识之后，于是就知道了，他毕业于某艺术学院的摄影专业，是一个背包客兼摄影师。

在我的印象里，背包客式的摄影师总是要往人迹罕见的地方跑。他们往草原跑，往北朝民歌和边塞诗歌里跑，镜头追逐着长河、落日、羊群、奔马以及蒙古包。他们往高原跑，往众神聚集的地方跑，镜头关照着雪山、寺院、喇嘛、牦牛、神鹰、高原红、玛尼堆以及以磕长头的方式接近神灵的凡人。他们往大海跑，往我们最初的生命源头跑，镜头劫持着日出日落、潮来潮往以及被海神抛出水面的海鸥、被传说层层加瓦的蜃楼。那些摄影师，似乎不往人迹罕至处去寻找风景、去跋涉人生，就不足以坐实自己优秀摄影家的身份。

梁云有足够的条件加入到那些摄影师的队伍中。他也的确曾那样干过。我曾在某家时尚杂志上看到过他的摄影作品，他拍摄的是某个旅游区少数民族的节日盛况，但恕我直言，这种每天都在上演的盛况更多的是当地精心构造的一种外在文章，是用资源打造的推销自己的浮夸平台，尽管梁云的作品并不逊色于那些挂了好多个头衔的专业摄影师的大作，但我还是建议他到旅游区辐射范围之外的真实现场走一走。是的，和我们这些人相比，梁云有足够的资本游山玩水，他的父母都是商贾出身，为了迎合这个独生子的爱好，给他开了一家婚纱摄影店，店里配备有职业经理人和专职摄影师，根本不需要他打理就可轻松年入几十万，完全可以去那些我们平常人心之向往却无法到达的地方。

不知道是不是我的建议起了作用，他再不往那些绝佳胜境去了。他开始往各个小县城里跑，他的摄影作品里，开始出现小县城的风景，譬如靠在墙角的修车人，譬如在马路一旁打盹的小商贩，譬如正在拆迁的老电影院，譬如藏在城中村里的小旅馆。他乐此不疲地整理着小城琐碎的生活，保管着小城一段段快要消亡的记忆，这些生活和记忆为他的创作增色不少，他迅速成为了本地摄影界的新宠。

和我一样，他也开始栖身于那些小旅馆。不同的是，他打心里接受并喜欢上了小旅馆的生活状态。他给我说，在小旅馆，他经常带着几罐啤酒敲响隔壁的房门，啤酒一喝就是一宿，陌生人就成为了兄弟。他给我说，在小旅馆，他搬个马扎坐在老板或老板娘面前就能聊上一下午，并从中了解到更为地道的风俗人情、曲折故事。他给我说，在小旅馆，他喜欢听雨从破旧的窗台砸下来，喜欢从一个陌生地方醒来的独特的新奇感。他甚至对我说，在那里，他的相机是没有意义的，他已经进入到另一类人的另一种生活状态中，并未有丝毫隔膜之感，他摄影师的身份开始变得模糊，有时候他背着相机什么都不拍，因为已经不需要表达。他觉得那些破落的小城以及坐落于小城角落里破落的小旅馆让他感到心安。

每当他这么说的时候，我便说他矫情。我说他就像一个到了乡下的城里人，看什么都新奇。我说他是在扮演和他自己身份不相称的人物，篡夺他们的情感，从本质上来说，他其实并不真的了解他们。我说这些话的时候，往往想到了自己的处境，一旦想到自己的处境，言辞上便顾不上太多，有时候一个脏字、一句脏话蹦出来，直接就跳到了梁云脸上，让我们同时一怔，便再不作声。后来，我和梁云的关系就疏远了。他依然往小城里跑，并住在小旅馆里；我也依然往小城里跑，并住在小旅馆里。我们用同样的生活方式在这人世间轻松或艰辛、快乐或悲伤地奔波着，但作为朋友，我们之间已经没有了多少交集。

梁云的这一生定格在三十二岁。他三十二岁那年夏天，上帝从高天上借一块砖头的力量接走了他。这并非隐喻，确实就是一块砖头。那时候，梁云居住的小旅馆所在的城中村正在拆迁，狭窄的巷子这边，小旅馆赔偿的价格还没谈妥，所以暂时未被推倒。而在街道另一边，正在建设的商业住宅楼已经离地数十米。有一次，梁云刚从旅馆走出来，一块砖头就从天而降，不偏不倚地击中了他。半年之后，我们共同认识的一位朋友打电话询问我一些在他看来非常重要的事情，通话的时候，他随口插播了这条已经过时的信息，插播完之后，继续絮絮叨叨地打听关于他自己的那些重要信息。

朋友说起梁云是那么的随意，我听起来似乎也并没有惊讶。只不过是一个普通人在我们的生活中无声无息地消失了，根本就不会有人去关注。

虽然心里这样想，夜晚却睡不着。在一片漆黑中打开微信，搜索梁云的朋友圈，在他发出的最后一张照片上，我又一次看到了他的脸。他斜靠在喷涂着拆迁字样的墙上，以四十五度角的姿态仰望天空。他的脸上一片灿烂，他的眼睛高远深邃。

心里猛然一惊：在他所未知的死亡还未到来之前，他究竟看到了什么——是乌云还是烈日？是魔鬼还是神灵？

四

几座我常去的小城市，频率最高、逗留最久的是柳城，而一旦到了柳城，落脚之地必定便是明昌宾馆。这所小旅馆的名称取自户主的名字，在上不了台面的小旅馆群体里，这样的取名方式极为普遍。

有一年，因为业务的缘故，我在明昌宾馆住了两个多月，以旁观者的身份全程目睹了那个女人的故事。那是个不叫阿花就叫阿娇的女人，她也住在明昌宾馆，第一次看见她是在深秋，她上身披着宽松的粉色风衣，下身穿着黑色劲裤和黑色丝袜，丝袜已经脱线了，肉体隐约可见。她的头发栗红，嘴唇火红，脸却是白的，那是层层脂粉堆砌起来的白。她说的是普通话，普通话的底子是浓浓的外地口音，和这座用另一种浓郁方言衬托起来的小城显得格格不入。常人生活的规律是日出而作日落而息，她的生活作息却恰恰相反，大家便隐约猜测到了她的职业。

我住在她的隔壁。客户方将项目一拖再拖，因为有求于对方，便不好太催促。给老板打了个电话，老板让我继续留守在这里，这一留就是两个月。有一次，家住此城的老同学请客，就着寒风，在塑料架子支撑起来的大排档里喝到午夜，啤酒瓶子摔了一地。从大排档出来，一个人晃晃悠悠回旅馆，行至一处夜总会，便看见了我隔壁的那个女人。在夜总会门口，她将那个醉酒的臃肿男人扶上了一辆奔驰轿车，男人趁机摸了摸她的臀部，她笑嘻嘻地作势用巴掌擦过男人的脸，又笑嘻嘻地把手放于门把手上，将车门关上。奔驰奔驰了起来，一转眼就跑出了视线，她朝着奔驰离去的方向吐了口唾沫。深夜了，许多灯火都已熄灭，许多人都已沉睡，夜总会华丽的门厅之上霓虹灯却依然闪烁，从里面传来的歌声仍旧不休不止。

后来就发现隔壁多了一个男人，一个看起来老实巴交的男人。那男人也是外地口音，只不过和女人的外地口音不同。

　　在明昌宾馆这个寄居之地，他们两个人在门口弄了个简易的煤气厨灶，就这么搭伙过起了日子。他们有时手牵着手出去散步，有时肩并着肩买菜回来。后来又买来一辆电瓶车，男人在前面骑，女人就坐在后面，手臂紧紧缠住男人的腰。

　　他们甚至还养起了花。是从街角摆摊的花贩那里买来的一盆什么植物，虽是秋天，枝丫上仍旧点缀着几枚素净的小花，她抱着那盆花回到旅馆，将它置于窗台外侧，午后太阳西落，那花便也能稍微接受一点儿阳光的赞美。女人伺候着花，像年轻的母亲哺育着自己的小儿女，恬静，安适，温暖。

　　美好的生活是被一辆从喧嚣的街道上驶来的警车打破的。那一天下午，女人和男人牵着手提着新买的蔬菜回旅馆，一辆警车早已等在门口。大家都以为警车之所以来到这里是因为女人，前几日，夜总会被警方查封了，很多在里面谋食的人都进了局子，女人却逃脱了，这一次，警察必定是顺藤摸瓜找到了这里。

　　戏剧性的转折发生了。让这转折呈现在我们这些看客面前的是男人：男人看看警察又看看已经浸染了几分夜色的天空，最后，他将目光收回到女人身上，叹了口气，将手里的菜交到女人手里。男人没反抗，就被警察扣上了手铐，就被警察塞进了警车，就被警察带出了小巷。警车一出小巷就不见了踪迹，唯有它搅动起的尘土随着微微有些灰暗的夜色在灯光里跳舞，久久不愿落下。

　　那个傍晚，女人就这么长久地站在旅店门口，她的脸上，无声的泪水把浓妆浇得面目全非，脂粉顺着泪水流进脖子，就像是废弃寺庙里被风雨剥蚀了金粉的神像。

　　从那之后，女人就在明昌宾馆消失了，至于她去了哪里，没有人知晓，也没有人在意。这么一个小人物的命运之于一座城市而言，实在是太无足轻重了，我们每个行色匆匆的人，都没有责任去记下她的幸福和悲伤。

许久之后再去明昌宾馆，无意中瞥见女人买来的那盆植物还在老地方待着。盆内的土壤已经板结并干裂成几个坚硬的泥块，枯枝向着天空高举，不知道它究竟在等待什么降临。

<h2 style="text-align:center">五</h2>

我第一次寄宿于这类小旅馆，并非孤身一人。我是和父亲一起的。

促成那一次旅途的是一场我随身携带了多年的疾病。我不知道是有意还是无意，家族基因里强大而凶猛的隐疾像一头野兽，在我的身上觉醒了。那头可恶的野兽，它从我故去的祖先那里出发，一路狂奔，撕咬完曾祖父又撕咬祖父，它或许也觊觎过我的父亲，但那个懦弱、邋遢的男人显然不合它的胃口，它便跳过他，直接摁住了我。就这样，我成了我们这一辈中第一个被疾病选中的孩子。它像暴君在我身上倒行逆施，它的精力永远是那么的旺盛，就像是此消彼长的关系，它越旺盛我便越虚弱。父亲从他父亲身上已经懂得了那种疾病的凶狠，但他似乎并未惧怕，他下定决心，要以一个父亲的名义与那猛兽宣战。就这样，十岁左右的我成了试验品，父亲用我的身体反复验证着从本地十多个村子淘来的偏方，却证明所有的偏方都是装神弄鬼的把戏。父亲比我还不甘心，这似乎已经成为检验他人生成败的重大事件，为了保住他一世的英明，他将目光投向了县城。

在县医院，从早上到傍晚，毫无例外的抽血、化验、检查，医生终究没道出个所以然。看看挂在墙壁上的钟表，医生向着父亲和我，向着我们身后那些病态的人群摆摆手说，明天再来吧。

那是冬天的傍晚，既因为阴天也因为时间或许更因为心境，县城在昏昏沉沉的我眼中，灰暗、破败，白色塑料袋借助风力飘到了天上，飘着飘着就不见了，父亲牵着我的手，时而与风同向时而与风逆向，更多的时候，风从我的左边吹过去，又从右边吹过去。这一对来自乡下的父子，对风来说显然是陌生的，它追逐着我们，想要把我们的来龙去脉看个清楚。父亲不在乎这些，他带着我左拐右拐，走进了小旅馆。

忘了是叫朝阳宾馆还是叫彩云宾馆了，但我依然还记得去往那宾馆的路途，尽管后来它遭遇了拆迁，但每到此处，印在我脑中的依然是它二十年前的模样。

只有一张床，床那么小，仅能容留一个人的躯体，所以床是我的；只有一条被子，被子那么窄，仅能包裹一个人的躯体，所以被子也是我的。父亲的床是他从院里扛上来的半页破门板，父亲的被子就是他身上散发着汗液和污垢混合气息的衣服。我喜欢那种刺鼻的气味，在这里，一切都是陌生的，唯有那气味是我熟悉的，它让我安心。那一夜，嗅着这种气味入眠，我睡得很香。我甚至梦见我也能和别的同学一样在黄土飘荡的操场上大步跑大声笑，而不必以一个局外者的落寞独自蹲在厕所旁，盯着从厕所里爬出来的蛆虫锲而不舍地往墙壁上蠕动，爬行，又不断地坠落下来。

一场好梦随之给我带来的是一场噩梦。第二日，院外的强光从旧窗帘的破洞间穿过，直刺我的眼睛。我醒来，但不愿意起身，就躺在那里，盯着高处的天花板发呆。过了好一会儿，一扭头，竟发现父亲躺着的半页破门板已靠在房门一侧的墙壁上，父亲却不见了。急忙拉开窗帘，发现外面已经换了天地。

外面已是雪的世界。雪铺天盖地，把能遮掩的都严严实实遮

　　　　　　　　　　　　　　　　尘与光　|

掩上了。那些雪炽热的光线让我头晕，让我更为头晕的是一排脚印。毫无疑问，那是父亲的脚印。那排脚印沿着墙根，从宾馆的院子里向外延伸，直到院门。院门之外是我视觉的死角，那里的天地更为广阔，道路四通八达。有限的人生经验提醒我，雪很快就会融化，父亲的踪迹将随着融化的雪以液态的形式渗入土中，那不愿渗入的，也将流向护城河，流向沂河，流向淮河，直至奔流到海。他的脚步以流水的形式离他而去，这或许正是他蓄谋已久的得意之作。

也就是说，我遭受到了父亲的遗弃。在这个陌生的小旅馆，我想到父亲早已经回到了家，他终于抛弃掉了我这个累赘，他们，父亲、母亲以及我的两个姐姐他们终于松了口气，因我的离去，他们又看到了生活的希望。他们或许会举杯庆祝，是啊，应该庆祝，只要我不再出现于他们的生活中，贫困窘迫的日子就会渐次好起来的，父亲不必再求人讨要偏方，母亲不必再为每日的饭菜发愁，我的姐姐们也会穿上漂亮的新衣服高高兴兴地去上学。至于我这个草药之躯在这个家中的痕迹，将会被时光抹去。

我越想越惊慌，越想越恐惧。因为被惊恐和绝望劫持，甚至连哭泣都不会了。不知道时间过了多久，仿佛足以消耗掉一个人一生的时光，就在这个人的时光还剩下最后一缕的时候，有人推开了我的房门。那个推门而入的人，他手中提着两个塑料袋，里面分别装着白粥和油条，他的头上落满了雪，他的脸上满是疲惫，他的鼻翼间挂着清澈中又有点黏稠的分泌液体，他多像个行将就木的老者。哦，那一刻，我脱离时光的束缚，提前许多年看到了他苍老后的样子。我哭了出来。是的，我终于哭了出来，为失而复得，为我重新得到了我的父亲，也为父亲重新得到了他的儿子。那一刻，我忽略掉了他所有的缺点，他的胆小、他的懦弱、他的邋遢、他的土里土气、他的傻啦吧唧……因为只要他还在我身边，我就不是一个被遗弃的孩子。

这是我唯一一段关于小旅馆的美好记忆。这段往事成了父亲与我在经营父子关系上的一段插曲，弥补了我们之间在精神层面上交流的空白。在此之前，我从未感受到"父亲"这个词对于我的重要性，从未在感情上如此依恋父亲。我没想到，自己和父亲最亲密的接触竟是在离家几十里之外的地方，这个陌生的小旅馆，它给了我一个重新认识父亲的机缘。

六

总体而言，那些栖身于小旅馆的日子，是我人生中最为灰暗的时光。

我用好几年时间去逃离那些小旅馆，努力用自己勤勉的野心和脚步丈量整个社会，结果一败涂地。我最终选择回到我们那座县城，在小县城的旧城区买了一套狭小的二手房。隔着一条街道，便是县城最大的城中村，与我曾经在其他小城遇见的城中村一样，那里面同样隐藏着那么多小旅馆。有时候，为了节省路途和时间，我会骑车从城中村穿行而过。我穿过那些小旅馆的时候，时常会看到一些背着双肩包或斜挎公文包的年轻人走进走出，就像是当年的我、当年的梁云以及当年那个被泪水卸去浓重妆容的女人。我并不想去探寻他们的故事，因为我知道，他们的故事说到底，也不过是我们的故事。

我们这座县城的发展速度很快，我马不停蹄，才勉强跟在它的后面，勉强不被远远落下。我写下最后这段文字的时候，已经是深夜。深夜里，喧嚣之声穿过夜空钻进了我的耳道。那声音来自街道对过的城中村，大型机器正在连夜推倒那些与这座城市发展不相匹配的建筑。第二天醒来，必定又有一批存放众人记忆的小旅馆成为废墟。唯有尘埃如我等众人。废墟之上，那些飘荡的尘埃，久久不愿落下。

原载《百花洲》（2020 年第 1 期）

六畜凋敝

一

多年的老规矩了：每到除夕日，父亲就开始写春联。按他的说法，集市上买来的印刷版春联，即便纸张再华贵，纸张上面的洒金黑字长得再漂亮，也显得生硬，没有活着的灵气。写春联，要的就是一个"诚"字，唯有用自己的手和心将那些寄予希望的汉字一笔一画、工工整整地写下来，汉字才能被激活。

冬阳下、小院中，父亲把一年未用的桌案擦了又擦，把一年未用的毛笔洗了又洗，把一年未用的砚台揩了又揩，最后，他又将从代销店里买来的红纸折了又折，按照心里的盘算，将纸张裁得长短不一、大小有据。去年执笔的手今年已经生疏了，他用废旧的报纸练了很久；去年用过的墨汁今年已经淀淡了，他拿一根细长的高粱秆搅拌了很久。诸事已毕，他才把肩膀端平，一心一意地写春联。他笔下流出来的只有楷体，端端正正的字体，与篆隶比起来，更为谦逊；和行草比起来，更为规矩。春联是要礼天法地的，它折射出的是对天地的敬和畏。天地在上，父亲在下，面对用汉字与之产生联系的信仰，父亲不敢放肆。

写好的春联，照例是要被我拿去晾晒的。在此之前，按照父亲的吩咐，我已把阳台扫净。父亲每写完一张纸，就将毛笔斜放于砚台上，双手托着春联，郑重地交到我的手上。春联以条幅居多，那些条幅从父亲的双手抵达我的双手，我感觉就好像一条随风摇摆的哈达，哈达被风一拂，圣洁的使命就开始在尘世间辗转流传。我用双手小心翼翼地托着它，直至托到阳台之上，屈腿却不弯身，将条幅平直放下，用小石块压住四角，防止风吹。红纸之上余墨未干，这不关我的事，即便是我的事，阳光也会为我代劳，风也会为我代劳。但阳光和风似乎并不可靠，墨干之后，我常能看到那些余墨浓重的横提竖折、钩点撇捺里，总是会留下几小块墨疙瘩。

待墨迹全部被风干，就要贴春联了。去年的春联还牢牢地扒在墙上，只是已褪了颜色。还是那些字，还是那些美好的寓意，无论天地和众神有没有佑护我们，我们还是要用一样的虔诚来辞旧迎新，换下去年的，贴上今年的。

贴春联是当家男人的活计，女人是不能上手的。或许是为了给这条规矩寻找一个合理的依据，我乡曾流传过一些女子贴春联的笑话，我对其中一条记忆颇深。说的是这家男人喝醉了酒，蒙头大睡，女人就自作主张，把春联贴了。她依着往年丈夫贴春联的印象，该贴的地方都贴满了，最后还是余出了一张，怎么想都想不出应贴在哪里。正要去问沉睡的丈夫，猛然一拍头想起来了，那没有贴的地方，恰恰就是她丈夫睡觉的那张床，于是她将本该贴在猪圈上的"肥猪满圈"贴到了自家的床头，篡夺了"身体安康"的位置。这笑话很假，但流传度却广，每年贴春联，各家都要给孩子讲一遍，见了同样在贴春联的乡邻，也不忘取笑一句：记得要把"肥猪满圈"贴到床头上呀。我怀疑这个故事是从外乡流传过来的，因为在我乡，条幅上是不写"肥猪满圈"的，我们写的是"六畜兴旺"。

就这样讲着故事、说着笑话，各家开始按部就班地贴春联：

"出门见喜"要贴在正对着大门的墙壁上，"五福临门"要贴在外门的门梁上，"阖家欢乐"要贴在内门的门梁上，"一家之主"要贴在厨房里的灶王爷头顶之上，"吉星高照"要贴在堂屋北壁尽量高的位置，"仓龙聚会"要斜贴在粮仓的腰身处，斗大的福字要贴在堂屋正中与人平视的位置……父亲原本一直是有说有笑的，直到把里里外外、上上下下都贴了一个遍，直到他看到我们盛放春联的簸箕里还余下一道条幅。对于写了三十多年也贴了三十多年春联的父亲而言，春联在他心里门儿清，这是从来没有遇见过的事情。那道条幅就像是一尊被我们忽略的神灵的警告，就像是它凭空变出来的一样，不禁让父亲反思是不是在自己的虔诚上有所偏失。父亲弯下腰，于沉默中带着几丝疑惑展开了条幅，条幅之上四个大字跳入眼帘：六畜兴旺。

父亲手一抖，蒙住了，良久，他抬起头，于茫然中举目四望，就像我乡故事里那个贴春联的女人一样，他不知该将这四个自己亲手写下的大字贴在哪个位置。

二

父亲的蒙住是有缘由的。

写春联时的父亲，一定还沉浸在去年的愿望中，还沉浸在多少年都一成不变的愿望中。他循着旧日的希望，写下这些汉字，他把整个人投入其中的时候，是干干净净的，是心无旁骛的，那时候，他只与神灵对话，却忘了自己那烟火味的尘世生活，忘了尘世里的生活虽然缓慢，但却不是一成不变的。

其实，我想要说的是：这一年，我们家把羊圈拆了。

其实是不想拆的，但没有办法。前几年，流窜于我乡的几股盗贼渐渐猖獗了起来。刚开始，只是干些偷鸡摸狗的事。此处说的偷鸡摸狗，真的就是偷鸡摸狗，并非意指。我听村里人描述过那些人偷鸡的装备，是一种叫作"铜知了"的东西，老辈的偷鸡贼也用它，极有技巧。"铜知了"用一根细而韧的线绑着，偷鸡贼一手牵绳尾、一手握知了，寻个好时机，就将"铜知了"扔进院子里，鸡贪嘴，看到了就会去啄，一啄就弹进了嘴里，受惊的"铜知了"机关启动，就将鸡喉牢牢扣住了，连叫都叫不出，只能着急地哼哼，偷鸡贼则不慌不忙，捋着线把鸡拉出来，用手折断鸡脖子，扔进筐子里，骑着摩托车扬长而去。也听说过那些人摸狗的装备。和偷鸡比，摸狗的装备就显得既现代又暴力了。他们用的是弓弩和氰化物针剂，在街道上随便遇见哪家的狗，就抬起毒弓弩射杀，被击中的狗会当场死亡，一旦倒地，偷狗人就迅速行动，装车逃窜。和偷鸡贼一样，偷狗的窃贼也大多骑着摩托车，装作走街串巷的生意人，白天踩好点，晚上才行动。屡试不爽的偷窃带来的利润，把他们的胆子渐渐喂肥了，以至于后来，白天也照样动手行窃。再后来，鸡和狗也填不满欲壑了，他们就开始偷羊。

我们这儿多山，山是八百里沂蒙的余脉，因这山有几分名气，此地的山羊翻山跨坡，也顺带着沾了光，成为食客们口中咀嚼不尽、交口称赞的美食。又因为名气带动外销，所以几乎家家养羊。羊是畜中贵族，食料却简单至极，这山间水旁的青草，都可拿来尽它享用，并不用拿家中的五谷来喂养，因此成本也低。若是前几年，诸位经过我乡，总能看到一个老而不衰的白发人或一个稚却不嫩的黑发孩儿，在山坡上扬鞭放羊。远远望去，蓝天白云在上，牧羊童叟在下，野花杂乱地盛开于繁盛的草木之间，整个空间被恬适、安逸填满，颇有些北朝民歌的风味儿。

自打那些盗贼兴起后，这样的场景就不多见了。从本乡的数十件失羊案中，我挑拣出两件来说明我乡对于这类事情的束手无策和恐慌至极。

第一件事发生在不远处的莲花山上。遭遇盗贼的是邻村一个留守的孩子，他的父母在南方打工，一年才回来一次，在家中，他跟着祖父和祖母生活。那个周末，他和往常一样把自家的羊赶到了山坡上，却被几个盗贼跟了梢。盗贼见只是个小孩子，四外又无人，便放胆下手，掠劫了羊群。那些山羊，是他自己的学费，是祖母给全家做的一日三餐，是祖父用来治腰肌劳损的药品，是他所能想到的一切美好的东西，他不甘于自家的东西被人抢走，就用自己羸弱的身躯阻挡，却在与盗贼的争夺中被甩在一块大石上，磕坏了门牙，鲜血直流。闻讯赶来的乡邻后来说，那孩子怀里紧紧抱住最后一只小小的白山羊，像抱着小小的自己，无助地哭泣。或许是因为恐惧，也或许是怕这最后的希望也被人掠走，那孩子把羊羔抱得太过用力了，以至于羊羔被勒得奄奄一息。

第二件事就发生在我们村。住在村后的王婶是个寡妇，丈夫早亡，又无儿女，靠着丈夫为她留下的几亩薄田和自己豢养的山羊度日。她把山羊视作自己的儿女，不到实在没钱花的时候，是万不会打卖羊这个心思的，即便非卖不可，也只是卖掉其中一只。明知道卖掉的羊都是要被宰杀的，她还要一个劲地问，是要养着的吗？买羊人知晓她的心思，都哄骗说，这么好的羊舍不得宰呢。听着这句虚假的应承，她这才把缰绳交到买羊人手中。真是个可怜人，但命运似乎从来就不会怜悯可怜人，不但不会，它还有可能落井下石。有一次，王婶一觉醒来，发现羊圈里的那七只山羊全都不见了，只有石槽里昨晚剩下的草料静静地卧在那里，只有羊圈的木柱子上那几根拴羊的链绳随风摆动。她明白，她的羊也被偷了。明知被人偷走了，她还要逢人就问，见过我的羊吗？她踉踉跄跄把全村跑了个遍，问了个遍，最后一屁股拍在

　　　　　　　　　　　　　　尘与光　|

了地上，失声痛哭。她哭得是那样的委屈，那样的绝望，仿佛要把自己这一生的际遇哭出来。

　　这样的事发生了几次，搞得每家每户都人心惶惶。很多人家急匆匆把牲畜卖了，牲畜一空，养牲畜的圈窝也就空了，村里人的心也就接着空了，村人看着空空的圈窝心里潮潮的，也就顺手把圈窝拆了。他们边拆边说，不养了，养了也是为别人养，白搭工夫。说这话的，也包括我父亲。

　　也有不愿卖牲畜拆圈窝的人家。住在村东边的赵得意他们家自曾祖父辈就做羊倌，那时候是给地主家养，后来地主被打倒了，地主的土地和牲畜被分了，他们家就开始自己养。养了近一个世纪的羊，可谓是世家了，在这方面，没有人比他们家更有经验。他们家的牲畜养得比别家的多，比别家的肥，卖出去的价格也比别家的高。我说这些，并非胡言乱语，有他们家的二层小洋楼为证，有他给儿子在县城买下的那套一百多平方米的楼房为证。但到头来，他终究也还是将圈窝给拆了。那是前年春天的事，正是油菜花顺风而呼、恣意盛开的时候，沿着菜花奔跑的路径，赵得意的儿子赵明明从城里回来了，他的身边站着一个比油菜花还要俊俏的姑娘。羊膻狗臭鸡霉，在赵得意家，姑娘见了那些牲畜，只扭嘴捂鼻，之前电话里说，姑娘是打算住下的，过一夜再走，为此，赵得意他媳妇还专门去集市上买了荤腥、蔬菜和果品，没承想人家姑娘在院子里站了没一会儿，就拽着赵明明回城了。晚上，赵明明给他爹赵得意打电话，只一句话：把圈窝全都拆了吧，味儿太冲，把好事儿都快冲没了。

　　另外，只要有一把子力气，我们这里有本事的人和没本事的人，都出去打工了。与种地、养牲畜相比，打工的钱来得多、来得快，这样一对比，也就不种不养了，地荒了，牲口也没有了。似乎是在一夜之间，我乡繁盛多时的畜牧大业就凋敝了。

三

我想起了那些六畜兴旺的时代，确切地说，是六畜兴旺的最后时代。

那时候，在我乡，不但猪、羊、狗、猫这些通常的牲畜遍地都是，就连牛、马、驴、骡这些大型牲畜也随处可见。尤其是牛，牛之于农业生产，已无需我再赘言，它的身份高于其他牲畜，别的地方是什么情况我不管，但至少在我们这个地方，可以说，能耕会播的牛，俨然就是"六畜之王"。

我们家也养过牛。那时候我还年少，祖父也还没有这般衰老。那头小牛犊是祖父从几里外的集市上牵回来的，瘦瘦弱弱的，像野地里一窝不经风吹的草，摇摇欲坠，一吹就倒。祖父却说，不怕，有的是草。

是啊，我们有的是草，高粱秆、玉米秆、麦秸秆，地瓜秧、黄豆秧、南瓜秧，狗尾草、狼尾草、白茅草……这些从旷野里搜刮来的草料，是加持和佑护牲畜们安然度过冬季的神灵。院子里、院子外，草料分门别类，以不同的形状堆积如山。在我们家，牛棚是草，饲料是草，给牛整理出的软绵绵的铺盖也是草。在昏暗的马灯下，牛铺它的草，牛盖它的草，牛吃它的草。祖父像个石头墩子一样蹲在牛的对面，美滋滋地看着它，也像一头牛。棚外是风，是雪，是风卷着雪在落，是雪缠着风在飞。一枚雪花飞进来，落在牛鼻子上，牛鼻子顿时折射出圆润温暖的光泽。祖父就笑，他一笑，就抖落了自己帽子上众多的雪花。

我有时会帮着祖父铡草。铡刀就摆在牛棚的一个角落里，底座是木头的，中空，中间镶着厚实的大铡刀片，刀片额头处有个圆孔，有销钉贯穿其中。铡刀静静地卧在那里，刀锋隐藏在木头的肚子里，看不到，但那刀背却是露在外面的。刀背比夜色还要

尘与光

黑，似乎这无边无际的夜色，全是从它腹中扩散出去的。夜色再浓重，也只是我们身上的轻纱，我们不必在意它的存在。我们只铡我们的草料。铡草的时候，祖父说的还是铡刀，他说的是别人的铡刀，他说开封府的青天包龙图有三口铡刀，铡的都是贪官污吏。贪官污吏离我太远了，不解恨，我就把他们置换成我们这儿的地痞流氓，一刀下去，一大捆地痞流氓人头落地，真解恨。

铡刀铡着铡着就钝了，还得磨；草料喂着喂着就少了，还得添。熬过冬天，来年春末新草下来，牲畜们终于可以吃到新鲜的草料了。草太多了，牲畜吃不了，我们就等它们风干，把它们囤起来，再次堆成小山似的草垛，等到冬天里用。

且看我们这片小地方一望无际、接天连地的草吧。那些有名无名的草，那些有姓无姓的草，像是着了魔，站着，卧着，伏着，攀着，怎么舒服就怎么长，怎么放肆就怎么疯。山坡下，石岭间，河沟旁，阡陌边，甚至房前屋后，甚至地窖屋顶，甚至牛棚羊圈，决不给人留下一个插脚的空间。有时候真恨那些草，田地之外，我们给它们留出的地方那样广阔，但它们的野心却更为广阔，疯着疯着，就跑到了田地里，害得我们不停地拔呀拔。

草木繁盛的季节，孩子的第一要务就是割草了。一到周末，村里的孩子就成群结队出去割草。都是半大的孩子，我们背着水柳条儿编织的粪箕子，挥舞着割麦淘汰下来的镰刀，一路吵吵闹闹，欢声笑语。出村就是草，但我们并不理睬，我们要去的是远处的山坡，那里与天相接，那里云朵很低很白，那里的野花也长得更招摇一点儿。说不定，在那里还能掏几个鸟窝，逐几只野兔。到了视野开阔之处，割草反而不重要了，先在草地上打个滚，再美美地睡上一觉，耳畔虫鸣鸟喧的，抵得上任何一种高雅的乐曲。醒来腹中微饿，摘几枚随处可见的野果就可果腹，如果再幸运一点儿，还能遇见倒挂于圪针上的草蜂窝，在窝下架起干草，用火柴引燃，草蜂们纷纷弃巢而逃，那蜂巢里被火烤得微黄的蜂卵，就成了我们口中的珍馐美味。等到吃好了，睡足了，玩腻了，太阳也快要落山了，这才想起来割草。草随处皆是，一割一大把，不大一会儿，就能把粪箕子塞得满满当当。往粪箕子里装草是有讲究的，善于装草的人以占据空间少的草头向内，占据空间多的草根向外，沿着粪箕子的骨架向上垒塞，直至塞成一座小丘，再不见粪箕子的模样，这才罢休。等到每个人的粪箕子都塞满了，我们就一人背起一座小山丘，向着来路走去。刚回到家，母亲们正好把晚饭做好了。

我们这些看似天不怕地不怕的孩子，其实也有惧怕的东西。最怕的就是那些荒野之中略高于地面的坟墓，死亡离我们太遥远了，但是关于游魂野鬼的故事却并不遥远，长辈们说，死去的人会化成鬼魂，它们白天躲藏于坟墓之中，夜幕降临，就在旷野上游荡。许多年后，我读到诗人辰水写下的那首《在乡下》，并被它打动。我愿把它抄录下来，以省略我的重复之言：

> 在乡下我常常为了割到更多的草
>
> 会尾随着那些茂盛的草来到河边
>
> 河的众多分汊向四下里流去
>
> 通常我会知道它们流向哪儿
>
> 或者是在哪儿因干涸而死掉
>
> 在这些河滩上还有那么多的坟墓
>
> 我至今都没弄清楚哪些是属于我们这个家族的
>
> 平时我为了尽快地赶回家去
>
> 就会抄近道穿过这大片的坟墓
>
> 这时我会比平常走得更快些

这首诗简直就是白描，白描我们共有的童年。它将一个孩子对于死亡的隔膜和惧怕拿捏得那样精准、体贴，让我每每读起，就陷入那些与割草有关，与牲畜有关的回忆里。就像是一种摄影术，一个场景一旦被记忆摄取，除了色彩会渐渐消褪之外，它本性不改分毫。但真实的日子却不同，它逝者如斯夫，它不舍昼夜，它若无其事地流过去，这说不清道不明的尘世就已地覆天翻。

就像是野草在我乡的地位，牛羊遍地、鸡犬相闻的六畜繁盛时代，作为庇佑六畜安康的草木，它们是一种怎样高贵的存在啊。而如今，六畜不保，草木已彻底沦为碍手碍脚碍眼的无用之物，人们就这样任它们于百无聊赖中一岁一枯荣，春风吹又生。

四

长久以来，我都不知道六畜为何物，问长辈们，他们众说纷纭，出入颇大。当地的剪纸也喜欢剪制一些题为"六畜兴旺"的作品，这些师承不同的手艺人，对六畜也没有统一的划分，牛马羊、猪猫狗、鸡鸭鹅，随意搭配，图的就是喜庆。画面上，满脸堆笑的农人占据着中间位置，肥硕、康健的牲畜环绕其间，或立或伏或卧，或奔或鸣或寐，若以某处为起点绕一圈，查一查，不多不少，正好是六种牲畜。然而，名正言顺的六畜究竟是什么呢？

查了查关于"六畜"的资料，杜预为《左传》的注解是：为六畜，马、牛、羊、鸡、犬、豕；王应麟的《三字经》与之一致：马牛羊，鸡犬豕，此六畜，人所饲。有此二位为六畜注解，应该是没有疑问了。在今日的我们看来，这些简单的字眼，这字眼包裹之下的家常所饲之物，实在不足为奇，然而，若我们能借助一匹时光之马，驰骋于原始时代，我们或许会为自己的浅薄低下头来。

想一想我们的祖先吧。在篝火盛行的时代，他们伏在大地的脊背之上，沿着一成不变的路径，如野草般朝生夕死。朝夕之间，为了填饱自己的胃，他们启石为箭，磨岩成斧，将这天赐的利器执于手中，与世间的野兽相互追逐、游斗。有时候，他们被它们扑倒在地，成为它们的腹中之食；也有时候，他们将它们击倒在侧，延续着自己的身躯。在那么漫长的时光里，没有永远的胜利者，也没有永恒的温饱。诅咒饥饿，它蚕食着祖先们的身躯，把他们献给了死神；感谢饥饿，它启动了祖先们的智慧之光，让他们窥到了光明的门径。在饥饿的攻伐和佑护下，有一个祖先直起了弯曲的腰身，有一个祖先打磨出了石质的工具，有一个祖先发现了火焰的奥秘，有一个祖先从口中碰触到了文字的闪电……那么多人被时光淘汰了，他们却成为了淘汰掉时光的人。我在想，在他们的照耀下，又是哪一位祖先率先将第一只野兽驱入了用石头和木头垒起的圈养之地？

想一想我们的六畜吧。在与我们祖先的竞争中，它们渐入劣势，逃无可逃。这些带着野性的生灵，爱山爱水，爱着自由和自由的碰撞。不幸的是，它们在众多的生灵中被我们的祖先选中，为它们安上了一具叫作名字的文明之枷。牛善耕，马能负，羊备祭，鸡司晨，犬防患，猪飨宾，当祖先们发现这些生灵的所长之后，便在那幽暗时代伸出早已脱离了野性的手，灭掉了它们的野性，让它们臣服于我们的生活。人类的文明史就是六畜的进化史，我们借助天地和众神赋予牲畜的所长，逃离荒蛮之境，抵达文明之地，随着文明标志物不断地衍变，它们像被我们劫掠的奴隶一样，被我们铭于青铜之上，绘在瓷器之身，纳入生肖之内，以此标榜我们自己高贵的胜利者的身份。

如此说来，五谷和六畜，应是祖先从原始时代跨越到文明时代的一对翅膀。这一对翅膀加持着我们于颠沛流离中始终维系着的那一丝希望，它们存在的意义，并不逊色于火种。

作为以农业立本的国度，我们似乎对五谷更为偏爱。神农氏教民植五谷，被视为中华文明正统的肇始。逐水草而居、牧牛羊于野的北方民族，则被视为夷人的行径。但事实上，我们的祖先驯服那些野生动物的难度和它们对于我们生计的影响，一点儿也不逊色于从草木之中完成脱胎换骨、凤凰涅槃的粮食。即便如此，我们还是缺乏对那些牲畜的敬重。常见二人相骂，脱口而出的，往往是"畜生"二字。每每听到这恶毒之言，我都会在心底替这些牲畜不平。然而让我更为不平的是，于文明的进程中，在榨尽六畜的利用价值之后，权衡利弊，我们果断选择了把它们遗弃。现而今，在我乡，"六畜凋敝"已经不再是一个疑问句。作为既定的事实，这四个字的尾巴尖上，不是该挂上一个表现陈述口气的句号，而是应郑重地挂上一个让我们感到沉重且惊恐的感叹号。

这绝非危言耸听。请看如今的我乡：在这除旧迎新之际，究竟还有多少人手拿一幅上书"六畜兴旺"的条幅，却无处可贴？

原载《山东文学》（2019 年第 7 期）

入选《散文海外版》（2019 年第 11 期）

入选《散文选刊》（2019 年第 12 期）

获 2019 年度山东文学奖

手握苍耳

一

两年前，我去野地里溜达了一圈儿，带回来几枚苍耳子。这是野地里一种极为普通的植物果实，躯体呈枣核状，枣核上密密麻麻长着一层尖锐的钩刺，就像是缩小了无数倍的刺猬。其实不是刻意要把它们带回来的，这些小东西，比那些调皮的小孩子更黏人，在你不经意间，它们就悄悄爬上了你的裤腿，牢牢抓住了你的步伐，你向哪儿去，它们就跟着你去向哪儿。

蹲在阳台上，一枚一枚，小心择净。这时候千万不能与它们置气，发起火来，它们也是暴脾气，你恶狠狠地对它们一捏，它们就会同样恶狠狠地咬上你一口。但它们实在是抓得太牢了，以至于你摘取它们的时候，会不小心把裤子上的线条拉出来。与那些与世无争的植物种子相比，这些小东西也太能折腾了。

原本是想留下它们的。采采卷耳，不盈顷筐；嗟我怀人，置彼周行。卷耳者，苍耳也，这《诗经》里反复吟诵的东西，对于一个附庸风雅的人来说，真是再好不过了。试想一下，在某座鲁南小县城的某个角落，左手携一部《诗经》，右手握几枚《诗经》里反复吟唱的植物种子，并于此中设想自己就是那被人怀念的远行之人，看春风拂过那个采摘卷耳的女子，拂过她的发、她的衫

尘与光 |

以及她因思念而渐渐消瘦的倩影——这是一次多么美妙的隔着三千年时光的相遇。但我最终放弃了这种想法。尽管《诗经》以卷耳之名留下了这种植物的美好，尽管读这首诗的时候，我能感受到汉字里面所散发出的乡野气息，但是恕我直言，我感受不到那两个字之于一种植物的贴切度。对我而言，它呈现出的是一种发迹之后的隔膜。

苍耳子在本地方言中却给我带来了截然不同的感受，这感受让我得以与它们呈现出一种贴心贴肺的状态，呈现出一种尊重它们自己的命运的状态。我发现，有时候，方言的准确性，书面语永远都无法抵达。譬如此刻，我在纸上写下的是"苍耳子"，而在心中，它的名字却是"粘枪子"。"粘枪子"，多贴切的名字。"卷耳"或"苍耳"之名可以附加到任何草木之上，但"粘枪子"之名，唯有这一种植物才有资格独享。那小小的颗粒，像原野在暗处射向你的一枚温柔的子弹，您未经生命灭顶之厄，却已受衣衫微恙之伤。

在我们的世界里，识人不淑总归是大忌。如果苍耳也有一种种类世界的独特感应，那么它们应该能觉察到，它们恐怕也未能选对被托付者——我手握着苍耳子走下楼去，想在小区周围找一处有泥土的地方抛下，却怎么也找不到。它们将自己以及它们子孙的繁盛交付与我，而我却只能把它们带到这座小县城，让它们在绝育中，在与时光的拉锯中，慢慢干瘪，慢慢老去，最终为尘为土。

奇妙的是，人和物有时候会发生一丁点儿绝妙的说不清道不明的牵连，不知道苍耳界把这种心思称作什么，而在我——一个混迹于县城里的乡下人，我隐隐感受到，这或许就是"感同身受"。想到这里，我竟有些舍不得这些苍耳子了，舍不得让这些无辜的小生灵毙命于水泥之上车轮的碾压或自然的碳化。握着它们，握着它们那些尖利的钩刺，我转身又回到了钢筋混凝土的房子里，把它们放进了一个玻璃瓶子里。

书案上，阳光下，我日日与那些苍耳子对视。我们在漫长的时光中用钩刺和锐角打磨着彼此，我们开始越来越圆滑，像这个世界给我们呈现出的某种现实状态。

二

倘若时光倒退二十年，倒退到我还只是一个十来岁的孩子的年纪，我绝不会为这些苍耳的归宿发愁。那时候，苍耳是有翅膀的，很多很多的翅膀，每一种翅膀都能带着它们到达想要到达之处。

野风是它们的翅膀。这世间的很多事情都是躲着我们完成的，世间万物，对人类有着莫名的警惕。就像风一遍遍吹过原野，在我们看来，它其实并没有改变什么，实际上，它已完成了许多重要的事情，而把苍耳子从一个地方搬运到另一个地方，只是它众多伟大使命中，极微不足道的一件。苍耳虽轻，但风也不强，风一吹，它们就从苍耳母亲的枝叶间滚了下来，滚到了泥土之上、草丛之中，风再吹，它们就再滚动几下。因为钩刺的缘故，苍耳子的脚其实是不适合行走的，但就是这么一天走一点儿，时间长了，竟然也能爬过了坡，越过了沟，直到有一天，它们不想走了，告诉风，风就让它们停下，用尘土将它们温柔地覆盖，等待春天的降临。有的时候，这一株苍耳母亲和那一株苍耳母亲之间有着更为深思熟虑的考量，明面上，就像一种礼节，它们会借助风，相互交换自己的子嗣：让你的儿女来我这里，让我的儿女去你那里。暗地里，这或许是一种不动声色的攻伐，它们要借用自己的子嗣，占领这辽阔的野地。

尘与光　｜

动物是它们的翅膀。黄鼠狼、野兔、獾……这些平日里难得一见的小兽，躲在田野里的某处洞穴，觅食一些生灵，也被另一些生灵觅食。它们熟悉野地里的任何一种植物，而苍耳和苍耳子，也只是其中既不高贵也不卑贱的一种。它们在野地里穿梭的时候，总会有几枚苍耳子开口请求带上它们赶路。所谓的"人面兽心"或"兽性大发"，更多的是我们站在自己的角度对世界偏颇的评判，在野生动物和植物的世界里，或许未必如此。以苍耳子为例，有多少苍耳子是借助这些为我们所不齿的小兽，到达了自己作为一枚种子的归宿和作为一名母亲的最初？面对同类相伐的我们，它们的异类相濡，难道不值得我们敬畏和羞愧？

人也是它们的翅膀。那些苍耳子的机灵，说到底，只是单纯的机灵，它们不晓得人心的凶险，看见可以捎带它们一程的人，就放松了警惕，从枝头上一跳，就跳到了人的衣服上。还有一些，它们还没有准备好向自己的母亲和姐妹道个别，就被我们一把揪了下来。我们手握苍耳，向着自己的玩伴身上投，向着家畜的身上撒。最缺德的一次，我将苍耳子撒到了班长赵晓丽的头发上。起因是赵晓丽向老师打小报告，说我没完成家庭作业，害得我被老师罚站了两节课。苍耳子粘上赵晓丽的头发，赵晓丽用手慌乱地去扯，苍耳子和她，两种力量相互掣肘，苍耳子牢牢抓住她的头发，她的手也用力扯着扒在头发上的苍耳子，结果越扯越乱，直至把头发扯成了鸟窝。忍受不了疼痛和羞辱的赵晓丽边哭边顶着"鸟窝"又去找老师打小报告了，那一次，我又被罚站了两节课，屁股还光荣地享受到了老师的大鞋底。

然而，我以上所述的这些苍耳子飞得都还不算远，顶多是从这个地方移动到那个地方。我们常说五里不同风、十里不同俗，如果苍耳界也用这个尺度来划分，那么，它们的行程，远未到达风俗以外。除了那一枚心怀大志的苍耳子。

那是一枚粘在杨田江身上的苍耳子。在我们村，杨田江是个能人，他曾在外面晃荡过几年，见过我们村其他人没有见过的大世面。他还是我们村第一个买摩托车的人，那些年，常能看见杨田江骑着他的摩托车从村里唯一一条通往外界的泥土路上飞驰而来又飞驰而去。每次远远看见他和他的宝贝摩托车，我们就在路边一字儿排开，等他过去之后，就使劲儿吸着鼻子，闻他摩托车上卸下的好闻的汽油味儿。摩托车排出的烟雾与被扰动起来的尘埃一起舞蹈，真让人爱恨交织。这种感觉让我想到了卢丽丽：我只是没来由地想送给坐在我前排的卢丽丽一根红头绳儿，却最终变成狠狠地揪了一把她发黄的小辫儿。这种感觉也让我想到了徐莹丽：我只是没来由地想把一只彩蝴蝶放在我的同桌徐莹丽的文具盒里，却最终变成了一只吓得她哭了一下午的癞蛤蟆。

还是接着说杨田江吧。有了摩托车的杨田江，做起了走街串巷收购古物的活计儿。倒也说不上什么买卖，都是乡里乡亲的，况且也都不知道那些旧物的价值，看中了就拿走。杨田江骑着他的摩托车到处转悠，看到谢满仓老宅墙根下那些不起眼的瓶瓶罐罐，递上一支过滤嘴，拿走；看上邱季安大伯家猪圈里的那块有人有兽的石碑，搭上几句软和话儿，拿走；看上王永福舅老爷家一件烧火用的铜炉子，割上两斤肥油油的猪肉，拿走。至于那些铜钱、铁匕、像章、旧书，更是不在话下。那两年，杨田江硬是靠着这些村里人眼中不中用的东西，成了气候儿。等村里人咂摸出味儿来时，家中古物已几无所剩。

也是在那几年，杨田江开始往返于县城和我乡。他把从我乡拿走的古物在县城换了钱，又用那些钱买些县城里的稀罕物，再回我乡出售。有一次，杨田江挣了钱，索性就在县城的商城里给自己换了一身新行头，从我们村穿走的那一套衣服，就这样永远地留在了县城的小旅馆里，而那枚与众不同的苍耳子，就是那一次他去县城的时候粘到身上的。那枚苍耳子和它的另外几枚姐妹，随着杨田江身体的颠簸，过巷过街过村过镇；随着大地的起伏，过河过岭过林过野。肯定有一些抓不住自己命运的苍耳子提前掉落于地上：掉在路上的苍耳子，将会被人踩车碾，与泥土混为一体；掉在路旁的苍耳子，则会落地生根，孤独生长。但我知道，总有那么一枚苍耳子，它借助杨田江这对翅膀冲破了种种艰辛磨难，比我早十多年到达了县城。

在人间，拥有太多悲剧式的英雄了，他们曾取得过常人无法取得的成就，活在史书上、戏剧里、民间故事中。然而，作为被"悲剧"二字围困的人物，他们又是那么的可怜、可叹。作为第一个来往穿梭于我村和县城的人，杨田江就是这么一个悲剧人物，就在事业如日中天的时候，他却在县城被一辆吉普车撞倒了。你知道的，那时候能够坐上汽车的人物和杨田江根本就不在一个层面，这样的差距注定要让这件事不了了之。那场没说法的车祸生硬地掰折了杨田江命运的走向，他瘫痪了，家境从此一蹶不振。

倘若苍耳的世界和人世有什么共同之处，我是不是可以这样想——被杨田江带去县城的苍耳子和其他苍耳子注定不同，它见识了大世面，领略了其他苍耳子没能领略到的风景。但它最终是和杨田江一样的，它是苍耳界的悲剧英雄，它被杨田江遗弃在了县城，遗弃在了钢筋水泥间，心怀繁衍子嗣的使命，却无力开枝散叶。或许，苍耳界至今还在流传着关于它的故事，风吹过我乡的原野，那么多的苍耳子在植被上醒来，它们一代代口耳相传的仍是那枚了不起的苍耳子，传说里，它利用一具叫作杨田江的翅膀，攻进了一片了不起的遥远国度，在那里自立为王。在我乡，那些刚刚果实饱满、钩刺尖锐的苍耳子，它们怀揣着这个美好的故事，希望有一天，也能有一具这样的翅膀，带着它们去往比地平线更为遥远的远方，并在那里落地生根，枝繁叶茂，子嗣庞大。它们希望自己最终也能活成故事，活成一位被后世的苍耳子津津乐道了多少辈的英雄。

三

一入秋，祖父的鼻炎就复发了。鼻子不通气，流鼻涕，闻不得味儿重的食物，有时候，正吃着饭，来不及转身，没有先兆地打了个喷嚏，一桌子饭就都废了。因为鼻腔呼吸不畅，他只好借助嘴巴呼吸，嘴巴呼吸起来，就像一架破风箱在那里咻咻作响。

为了治这病，祖父从本地一位老中医那里请来了一服偏方：香油滚苍耳。方子的原料很简单：香油和苍耳。煎制过程也简单：将香油倒入铜勺内，加热至滚烫，然后将晾干的苍耳子撒入勺子内的香油里，滚油攻入苍耳子体内，将药性逼出来，然后撤火即可。熬药的时候，药香和油香交织在一起，从小屋蔓延到小院，从小院蔓延到街道，从街道蔓延到高空，引得麻雀在那香风里来回穿梭，急得叽叽喳喳，却终无所获。我却是有所获的，每次煎药前，祖母都会从小油瓶里取一点儿香油，用筷子蘸一点儿，放在我的舌头上，我立马就吧嗒起了嘴巴。舌头滑，香油却比舌头更滑，两种滑在一起溜达，那种满足和舒适感，就像是谁把我抛向了软绵绵的草垛，抛上了轻飘飘的云朵。

我喜欢蹲在祖母背后，看着她给祖父煎制这味药。苍耳子在滚油的熬煎中炸裂开来，祖母将柴火抽走，等锅冷却，然后将香油倒入玻璃小药瓶内，瓶与盖之间，是一层隔绝空气的塑料薄膜。隔着玻璃，那些已经焦了头烂了额的苍耳子缓慢地沉下去，上清下浊，清与浊之间，那些更为细碎的颗粒静止不动，仿佛困在瓶中的一缕烟儿，飘着飘着就没有劲儿了，为了保存体力，它们选择像动物一样休眠。召唤它们的春天当然是我，我手欠，趁着祖父和祖母不注意，就手握玻璃药瓶，使劲儿摇上几摇，玻璃瓶中的世界便立刻地覆天翻，混沌一片，犹如我们这个瓶外世界的最初。

我也喜欢看祖父用这味药医治鼻炎的样子。没有医用棉棒，祖父就用草梗。祖父把草梗折成两寸长短，在梗头上缠一点儿晒在院里的棉花，擦一点儿酒消毒，然后将棉棒探入苍耳香油中，轻软的棉花，立刻就滋润了起来，像个潦倒已久的人忽然发迹了。祖父手执棉棒，向着鼻孔探去，像草台班子唱的吃多了败仗的司马懿一样，不敢冒进，探一探就退一退，再探一探就再退一退。他已经够小心翼翼了，可还是会不时拧一拧眉头，龇一龇牙齿，咧一咧嘴巴。因为疼痛和疼痛带来的慌乱，他的手开始不由自主地颤抖，他的手一颤，眉头就再拧一下，牙齿就再龇一下，嘴巴就再咧一下。等将药汁涂抹完毕，我总能看到他的眼角纹间，有一滴晶莹的与他的年纪不相符的液体含而未流。后来，我曾观看过许多表现疼痛的电影桥段，但都没有祖父的表情更为细微、贴切、生动。

祖母交给了我一项任务：捡苍耳子。这算得上什么任务呢？在我们这儿，苍耳子哪里还用刻意去野地里寻找。从我就读的小学到我家，从我最好的同学吴超超家到我家，从我们家的金银花地里到我家，沿途所过之处，哪处没有生长得旺盛、恣肆的苍耳呢。都是半大的孩子，一心一意地只想着玩，直到玩野了，玩疯了，玩够了，这才想起祖母的"重托"，想起了也不慌张，就将手探到路边绿色植物的枝丫间一捋，看都不看，一准儿是一大把苍耳子。想不起来也没有关系，快到家门前，将粘在衣服上的苍耳子摘下来，一摘也是一小把儿。

祖母在窗台上放置了一件陶瓶。陶是红陶，陶身抹了一层薄薄的黑釉，显得既古怪又古气，既普通又沉稳。陶身之上是陶盖，它用自己的身体诠释着一件器物守口如瓶的奥妙。无数个黄昏，我们来到窗台下方，踮起脚尖，一只手将陶盖移开，另一只手将握着的苍耳子抛下。那些带着密密麻麻的钩刺的苍耳子顶多在瓶底蹦跳两下，就静止不动了。我太矮，当然看不见，但我能从它们的脚步与陶器身体摩擦的声音中，感受到它们的绝望。它们被困在一个小小的与大地截然不同的世界里，以一味药物的身份提前预知了自己的死亡。

所谓的人不畏死，往往指的是那些突如其来的灾祸，在这样的灾祸面前，我们除了脑中一片空白，什么都没有。但是人对自己能预知到的死亡，确实充满着恐惧。我曾见过一些预知了死亡的人——在医院里，他们拿着化验单，拿着自己的判决书，他们的世界已经崩塌，已经没有了疼痛、悲伤，有的只是绝望。那些人当然不会对你说出"绝望"二字来，但你依然能从他们的神态中体会到，除了这个词，你找不到更贴切的词来包裹那些人传递给整个世界的信息。如果苍耳子也有意识，它们也会作此感想吧。幸好我不是苍耳子，幸好我那时候也不懂得如何解读苍耳子。

就这样，我们依然捡拾着苍耳子，希望用苍耳子排兵布阵，打得祖父的疾病落花流水。捡着捡着我们就长大了，祖父和祖母也更老了，新的病痛攀上了他们的身体，像海誓山盟的恋人，对他们不离不弃。

如果还有什么值得欣慰的事儿，那也只能是祖父的鼻炎了。可能是偏方的缘故，祖父的鼻炎不再作祟了，我们也不用再去捡拾苍耳子了。但随着我们的脚步，仍会有苍耳子来到小院。被我们无意之中带来的苍耳子，潜伏在墙角边、屋檐下，似乎是想用植物的繁茂，来淡化时光的垂垂老矣；又似乎是想用植物的蔓延，来吞噬祖父和祖母的气息。

四

后来，我在本县一所偏远的农村小学开始了教书生涯。二年级上学期的时候，某个上午，我带着学生学习语文课本上的一首歌谣。其中有一节：

苍耳妈妈有个好办法
她给孩子穿上带刺的铠甲
只要挂住动物的皮毛
孩子们就能去田野、山洼

课本上的插图里，一只毛茸茸的兔子从一株硕大的苍耳下跑过，身上零零散散挂着几枚苍耳子。这几句话和这一张图，一下子就击中了我的记忆闸门，那些关于苍耳子的旧事就喷涌而出了。

虽然我所任教的地方是农村学校，但我依然感受到了这些野地上的生灵与孩子们之间的隔阂。现在的孩子已经不是我们那时候的孩子了，他们不认识什么是苍耳，不认识在他们生活的轨迹里那些随处可见的植物。课本上的苍耳子是儿童画，太抽象了，不能给孩子们以帮助，我只能从网络上下载苍耳和苍耳子清晰的图片给孩子们看。那节课，我临时改变了主意，把一节语文课，上成了植物知识课，每个孩子都踊跃地举手说着自己认识或听说过的植物，于是，鬼圪针、蒌蒌菜、扫帚草、猪耳朵、狗奶子、剪子股、水牛瓢、婆婆丁、刺刺秧、鸡毛翎子、马不蛋儿……这些方言中带着泥土气息的名字就在教室里蔓延开来了。

故事还远未结束。第二天刚走进教室，有个坐在后排的女生胆怯地走到我面前，她在我面前站定，缓慢地打开了自己紧紧攥住的拳头。她说：老师，你看。

是一枚苍耳子。小小的苍耳子身体上那些原本坚硬的钩刺，已经被汗水浸湿浸软了。小女孩被尖刺摩擦过的红红的小手可以证明，就在不久之前，那枚苍耳子还是坚硬的，锐利的，霸道的。一枚苍耳子将自己坚硬的躯体交给了一具柔弱的躯体，这也是一种托付吧。它躺在她的手心，自己坚硬的外表和内心被她微微出汗的手掌逐渐软化。站在讲台上，我愣了好久。回过神来，我小心翼翼地从女孩手里拿过那枚苍耳子，绕着教室给学生们看。回到讲台，我给他们表演苍耳子是如何粘人粘物的。我把苍耳按在自己的衣服上，手一抽，苍耳子就掉了。再按，再掉。我有些害臊，孩子们却异口同声地为我不成功的表演辩解。他们说：老师，一定是这枚苍耳子软了，等下午我拿一枚来，一定可以的。

下午上课之前，学生们像一个个小特务，神秘兮兮地走进了我的办公室。他们把一只只小手摊开，一枚枚精致的、独一无二的苍耳子就跳了出来，大的小的，圆的尖的，灰的绿的，加上先前的那名小女孩拿来的那枚，数了数，一共是四十四枚。四十四，是我们班孩子的人数。哦，这些被我认认真真收集在粉笔盒里的苍耳子，每一枚都代表了一个可爱的小孩子，每一枚都代表了一个春天。四十四个孩子和四十四个春天，让我真真切切地体会到了富裕的含义。

有一次与一位作家聊起这件事，他用羡慕且诚恳的目光看着我说，你应该将这个故事写下来，这是一个多么美好的故事，你要是不打算写，我可要越俎代庖、据为己有了。此刻，当我写下这个故事的时候，春天已经降临到小小的校园，窗外的小道两旁，那些肥头大耳的油菜花正在风中摇头摆尾、蹦蹦跳跳，简直快把自己跳成一只只轻盈的蝴蝶了。至于我的学生，他们正沿着油菜花奔跑、追逐，他们的目光被一只在花丛深处蹁跹而舞的蝴蝶牵引着，越过冬青丛，越过杨柳枝，越过低矮的院墙，播撒到田野里去了。

哦，这群玩耍的孩子一定不知道，就在他们的脚下，就在学校的矮墙下，就在那一片被翻动过的空地里，我为他们藏下了一个怎样的秘密——我多希望那些学生们送给我的和我之前没处抛撒的苍耳子，与我的学生们一样，从小芽尖尖，直至枝繁叶茂、郁郁葱葱。

原载《鸭绿江》（2019 年第 5 期）

入选《散文选刊》（2019 年第 11 期）

入选《2019 年中国散文佳作选》

无法平视的草垛

　　我无法平视那些草垛。在深秋，甚至比深秋更为深邃的季节，它们三三两两地割据一方，如一个村子中不同姓氏的家族分布一般，看似杂乱无章，实则井然有序。它们像伟岸的兵勇一样拱卫着人间的部落，拱卫着人们的柴米油盐、婚丧嫁娶。

　　在人间的秩序里，人们凭借自己的血液和姓氏分庭立户，散布于村庄的不同方位，作为人类的附属之物，那些草垛必然跟随着人的安居乐业而落地生根，又必然跟随着人的腾转挪移而改变自己占据的那一片土地。人走到哪里，它们就会跟随到哪里。而这里所指的人，往往是母亲。

　　只有具备母亲身份的人，才更有资格行使对草垛的所有权。那些被割去头颅的麦子，那些被挖去心脏的玉米，那些被砍掉腿脚的地瓜，以丰收的名义回到夜晚的村庄，我们把它们的一部分送入我们的身体，让它们的一部分成为我们的一部分，而余下的部分，我们以草垛的名义，献给了母亲。那一堆堆的草垛里藏着永不消逝的火，这些可敬的母亲，把那些火从草中取出来，献给人世的胃，献给人世的光，献给人世的繁衍。所以，在我乡，当我们敬畏母亲的时候，往往是从完成对一堆草垛的堆砌开始的。

　　无数个深秋，我们心存敬畏，驾着丰收的马车，驾着载着粮食和柴火的马车，小心翼翼地从已经分娩的土地上穿过，并且告诫自己，决不让任何一束柴草留在风中。那些满载柴草的马车又高又大，每一辆都是一座向着村庄缓缓移动的山丘，山丘之上，位于最高处的那一束柴草在夜空中往往篡夺着神的权威。这样说绝对没错——唯当此时，它就是神，是我们全部的丰收和幸福。在神的庇护之下行走，我们何其丰盈富足，用尽力气的我们都带着甜蜜的疲惫，顺从地低下了头。而这些堆在马车上的柴火，转移到村庄周围，就是我们称之为草垛需要仰视的山峦。

日暮时分，每当用草垛里的柴火撑起的炊烟升到空中，每一家的母亲都会用乳名呼喊着自家的孩子回家吃饭。而我们却总是那么贪玩，跑得越来越远，直至听不到母亲的呼喊，直至看不到故乡的炊烟。

多年之后读到曹子建的《七步诗》：煮豆持作羹，漉菽以为汁。萁在釜下燃，豆在釜中泣。本自同根生，相煎何太急？那些文学批评家，一手揪住历史典故，另一手揪住思想感情，赤裸裸地为古诗代言，他们的解读很精彩，诗中弥漫出的悲恸气息也很感人，可在文字俨然有序的排列之中，我总是朦朦胧胧看到那些以从草垛里抱来的柴火为脚的炊烟，在诗中自由自在、天马行空、无拘无束地行走。我没敢顺着炊烟往下看，因为我知道，炊烟之下，就是我的母亲，她和任意一位我乡的母亲一样，面对生活，从来都是低着头，不看高处。

那么，炊烟之上是什么呢？

我想起多年前的深秋，我们——我和姐姐躺在草垛之上望向天空的情景。在我们看来，草垛那么高，高过了村庄里的任意一间屋子，高过了卧在远处的任意一座山，高过了我们能攀爬的任意一种高。可是与高处的天空相比，它依然不够高，甚至不能用不够高来表述，只能说低，甚至更低。

那时候，我们手握着五颜六色的糖纸，隔着那些花花绿绿的糖纸看天，我的糖纸是什么颜色的，天空就是什么颜色的。多富有呀——我的口袋里就躲藏着那么多五颜六色的天空，那些云朵就是一大块一大块五颜六色的棉花糖，它们勾起了我们心里的甜，那些甜像温润的牛奶一样铺满了我们的童年。无数个黄昏，我们就是以这样一种最接近天空的方式，小心翼翼地展览着我们自己的天空。那时候的天空才叫天空，那时候的云朵才叫云朵。它们的美和好，让我多少年都念念不忘。

现在回过头来再想想，我觉得和草垛相比，需要借助高高的草垛才能抵达幸福的我们，何其低矮呀。野火烧不尽，春风吹又生，那些草，活了死，死了活，生生死死，不绝不灭。那些以草为骨，以草作肉的草垛，高了低，低了高，高低之间，赓续有道。而我们却不过是一粒尘埃，起了伏，伏了起，起伏不定，身不由己。

幸好我们还有草垛相依为命。或者说，幸好还有草垛为我们续命。在村庄，只要还有一座草垛高高耸立，就能燃起我们心中的火焰，就能支撑起我们，托举起我们。

我们常说，草民。是啊，草民，草野之民，如草之民。我们的祖先何其智慧，他们老早就已洞察出我们与草木之间不同寻常的联系，他们把草和民连在一起，一起生，一起死，一起摇曳，一起繁衍。最重要的是，我们还要与草一起卑微。愿意和草一起卑微，我想祖先们一定不是自轻自贱，而是对每一棵草都心存感激和敬畏，他们甚至或许觉得，与草木为伍都是一种高攀，草在民上，敬重草木至少也该是在敬重自身。草木为柴，草种为粮，一棵草就是我们活着的依据。

在我乡，谁家的草垛堆得最高，就足以引起村人的敬重。谁家的草垛堆得越高，谁家的粮食就越足；谁家的草垛堆得越高，谁家的炊烟就越粗；谁家的草垛堆得越高，谁家的牲畜就越肥。

因此，谁家的草垛堆得最高，谁家的家底也最厚实。

　　小时候，家里还养过牛。隆冬，大雪天气，那头小牛犊被祖父从九里外的集市上牵回来，瘦瘦弱弱的，像野地里一窝不经风吹的草，摇摇欲坠，一吹就倒。祖父却说，不怕，有的是草。是啊，我们有的是草，村庄外面，我家的草垛堆积如山。草垛被一车一车地拉回家，牛棚是草，饲料是草，给牛整理出的软绵绵的铺盖也是草。在昏暗的马灯下，牛铺它的草，牛盖它的草，牛吃它的草。祖父像座石头墩子一样蹲在牛的对面，心里美滋滋的。棚外是风，是雪，是风卷着雪在落，是雪缠着风在飞。一枚雪花飞进来，落在牛鼻子上，牛鼻子顿时折射出圆润温暖的光泽。祖父就笑，他一笑，就抖落了自己帽子上众多的雪花。那些雪花还未来得及落地，我就已将目光收了回来。于是在记忆里，那些雪花一直未曾落地，那头小牛犊一直未曾长大，我的祖父一直未曾老去，而我们家堆积如山的草垛呀，也一直堆积在村左庄右、房前屋后，从来都没有消失。

　　消失的应该是我吧？那个提着马灯独自踏着大雪返回草房子的野孩子，被一场铺天盖地的大雪留了下来，留在"未曾"的时光里，一任开心自在。另一个和他同名同姓的孩子却不信自己有着和草木一样的宿命，跑到了村庄之外，草垛之外，从此杳无音信。

　　我真的无法平视那些草垛。我心里的草越来越少，心里的火也越来越少，心外的火却已开始燃起来，此起彼伏，遮天蔽日。田野之上，再也没有人愿意驾着马车送那些大批大批的禾木回到村庄，以草垛的形态继续活着。越来越多的禾木被机器推到庄稼地边的废沟里，一把火后，燃成一团灰，那些灰，甚至都不能与土地混在一起，它们与天地各据一方，泾渭分明。我真的无法平视那些草垛，即便我想去平视甚至仰视，也无法再从口袋里抽出那些五颜六色的天空了。天空一任空着，天空之下，草垛全无；天空一任空着，天空之上，再无炊烟行走。

没有草垛拱卫着的村庄多么孤单。我转回头，走进屋里，母亲刚刚关掉煤气灶的阀门，她漫不经心地说：吃饭了。

萁在釜下燃，豆在釜中泣。无论是作为悲剧还是悲剧之外我在上面文字里的阐述，我们乡以后大概都不会再有萁豆相煎的景象了。那些被煮熟、煮透的粮食，它们已经和自己的秸秆骨肉分离得太久了，而且还会更久下去。然而，萁豆不再相煎之后，这骨肉分离的景象又该称之为什么剧呢？

原载《散文》（2018 年第 3 期）

入选《山东作家作品年选》（2018 卷）

乡村客车

如果把县城北郊的汽车站视作一座巨大的蚁巢，那么那些从它体内进进出出的客车就是为食物和繁衍不断奔波的蚂蚁。同样，如果把客车视作在大地上奔跑的蚂蚁，那我们就是在蚂蚁体内肆意传播的细菌。

一辆从我所居住的县城出发的乡村客车，如果想要到达收容父母和祖先的北邱庄，沿途需要经过一截水泥路、一截沙土路和一截黄泥路。路与路之间，坐落着二十一座破败的石桥和三十三个安静的村庄；村与村之间，是矮山，是高岭，是河流，是土沟，是一片片荒草滩和庄稼地。

实际上，这只是我的一厢情愿。在现实里，一辆从县城出发的乡村客车，永远也无法到达我的村庄。它的终点站以口头约定的形式矗立在一座名叫流井的村庄，这座村庄是一个被撤去乡镇资格的没落贵族，没有资格与沿途各个乡镇驻地比试门阀高低，也不甘心与普通村庄称兄道弟，它以比普通村庄略显繁华的街道以及街道两侧的初级中学、卫生院、乡村银行来标榜它曾经的辉煌。终点站坐落于村子里没有建筑物也没有标志牌的主干道旁边，显得轻率而随意。那地方是沙土路和黄泥路的交会处，预示着一种稍微高贵的身份的结束，也标志着另一种稍微低下的地位的开始，在客车未到达这里之前，终点站的位置由风和尘埃共同看守。如果想要到达北邱庄，我需在这里下车，并借助一辆路过的三轮车完成最后的一段路途。最后一段八里之遥的路，由本地土生土长的黄泥构成，它将越过两条河，跨过一座山，穿过五座村庄的羊肠道，沿着越来越细致的方言指向县域的边界。因此，对我而言，那一辆向着北邱庄跋涉的乡村客车，仅仅意味着方向和半途而废，而非到达。

我喜欢坐在客车靠窗的位置上。推开玻璃窗，那原野上拂过草木和山川河流的风就不由分说地跑进了车厢。那些风有时干烈烈的，有时湿漉漉的，它们带着一股子野性的气息拂过我的脸，经由口鼻一路向前，把我体内挤压已久的野性也勾引了出来，搅得体内翻江倒海，以致与这片土地有关的往事在肚子里叛变、起义。微微侧脸，向远处望去，庄稼们或高或矮，野草们或青或黄，虽然割据一方，却又在更为广阔的天地间彼此勾连成一体。客车在坎坷不平的道路上行驶，客车跑着，就是我们跑着，我们一跑，庄稼和野草仿佛也跟着跑了起来，与我们背道而驰；客车在坎坷不平的道路上行驶，客车跳着，就是我们跳着，我们一跳，山川和河流似乎也跟着跳了起来，与我们反向而行。

在行驶到某处时，客车会稍微减缓一点速度，似乎是对旁边的斜坡致敬。那一处斜坡上，是一座家族墓葬群，最为挺拔的那堆泥土里，住着一位前清的举人。我从本地的博物馆里看到过他晚年的画像，如果画像是准确的，他就是一株身体颀长而消瘦的野草。画像的旁边，摆着一篇他认为可以定国安邦教化生民的八股文章，纸张受到雨水的浸透和虫蚁的蛀蚀，致使本就陈腐的汉字散发出一股无法描述的臭气，那些缺胳膊断腿的汉字残留于故纸之上，像是一幅抽象派的经典画作，直击社会的空洞、杂乱和不安。那是他一生引以为傲的作品，它为晚年的他在"唯有读书高"的时代换回了一项功名，尽管他耗尽家中的七十亩良田也未求得一个实缺，尽管几年之后的改朝换代让他被官方所认证的荣耀烟消云散，他却仍将"之乎者也"拴在陪伴自己一生的辫子上，以忠臣和遗老的身份盼望帝王的卷土重来。而在今日，作为地方名人，他的坟墓被修葺一新，不时有人慕名而来瞻仰。前来瞻仰的人从他的坟堆上小心翼翼地捧下一抔土，装在绸布里，宝贝似的带回家供在案上，希望它能够佑护家中的学生名登金榜，折桂蟾宫。

在行驶到某处时，客车会稍微增加一点速度，似乎是要逃离旁边的荒滩。越过一条本地著名河流的某条支流，就是那处荒滩，荒滩上的小土坡上，睡着一位土生土长的土匪。他原本是个铁匠，为马蹄敲打过月光，为庄稼敲打过刑具，为大地敲打过痒痒挠儿。敲着敲着就敲出了一点儿名气，这一点儿名气让更有名气的朱红灯得知，朱红灯屈尊百里来访，请他敲打刀枪剑戟、斧钺钩叉。跟着朱红灯，他的名字曾经回荡在义和拳，回荡在天津卫，回荡在北京城，回荡在西洋人因惊慌失措而打颤的话语里，最后他的名字被御笔一挥，在大清国的历史上断了踪迹。被销了名断了姓的他潜回本地山中，从此占山为王。晚年的他人老力衰，被后继者赶回山下，因为拒不纳粮，最后倒在东洋人的刀下。东洋人只晓得他是个固执的糟老头，不知道他曾是本地的风云人物。并非出于对他的怜悯，而是深恨东洋人的残暴，乡党们草草埋葬了他。他的坟前，无名可刻，也无碑可立，只有不屈不挠的野草荣了又枯，枯了又荣。

更多的时候，客车是不快也不慢的。它懒洋洋地行驶着，不去想目的地，也不在意窗外的风景，仿佛周而复始的跋涉已经使它厌倦。在它的躯体内，男人和女人，老人和孩子，都固守着自己的座位。偶尔会有旅途疲乏的人微闭双眼，打着盹儿，但他不敢深睡，一辆乡村客车，再远的距离也不过只是几十里路，一场好梦之后，他可能就会像一个陌生人一样路过自己的村庄继续前行，最终在别人的村庄醒来。实际上，在乡村汽车之上，很少有人真正陷入一场梦里——客车的路途那么颠簸，车内的乘客那么嘈杂，回乡的心情那么迫切，疲惫被周围的事物层层裹住，难以挥发。

沿途，有时会迎面与另一辆乡村客车相遇。一样的外观，一样的内置，一样的乘客，走在同一条路上。只不过，他们的指向是我的出发地，而我的指向是他们的出发地。我们擦肩而过，背向而行，像被命运一分两半的人生在此不经意地合体，又像是一个完整的个体被残忍地一分两半。我们沿着同一条道路驶向不同的终点，续写不同的履历和生活，并被履历和生活依次淹没在人流之中。而我们相遇或者分离的终极意义，要不然就是本来就没有什么意义，要不然就是我们想通过到达对方的最初来参透彼此，从而认识自身以及自身的来龙去脉。

每一位乘客都知道客车的终点站在哪里，但并非每一位乘客都能到达终点站。沿途，不断有人上车，也不断有人下车。你身边刚刚还坐着一位老妇人，下一刻，在同样的位置上，已经占据着一位少女的身体，似乎那已经下车的老妇人并未离开，她在客车的行驶中冲破了岁月的拦截和生活的磨难，返回到了自己的年少时光。有时候，你的另一边原本坐着一位时髦的少年，转眼间，一位老伯就代替了他的存在，就像是少年在行驶的客车上闯入了"王质烂柯"的奇遇，为了观看一场对弈，从而迅速衰老，以致荒废了大半辈子的时光。也有的时候，是男人换作了女人或女人换作了男人，这时候我常会想起清人李汝珍的小说《镜花缘》里的女儿国，想到其中所谓的男和女只不过是一个汉字与另一个汉字的置换，他们作为生物的属性和欲望，始终未能颠覆彼此，而以汉字论汉字，把男人视作女人或把女人视作男人，他们何尝不是同一个人。在客车上，一个人如此轻易地就被另一个人置换，而在同一个座位上与我们一路而行的那么多人，最终让我们记住的，始终是最后的那个人。其他人千姿百态的特征相互纠缠、纷争，最终在和解之后以一种贴切的气息依附于最后那个人的身上，伴随着我们到达终点站。

总是这样，越往终点行进，乘客的数量就越来越少，原本挨挨挤挤的车厢，在最后的一段旅途中变得空空荡荡。空空荡荡的车厢里，只零星点缀着几个沉默下来的乘客。越来越多的座位被空了出来，就像水落后凸起的岩石，静静地躺在那里，不言也不语。飘荡于空中的尘埃像胆小的猫儿，试探着落了一下，身体刚沾了一下座位，就借助风慌乱地浮起来，如是再三，感觉再无危险，这才安心飘下来，飘到了没有人的空座上，像一大群冬眠的生灵，自顾自地睡起了大觉。尘埃不停地落，不停地落，待你发现它们的时候，大部分座位已是它们的领地。它们如此微弱，你只需轻吹一口气，它们就不得不慌不择路地逃离，然而，它们的耐力又是那样的持久，持久到没有谁可以一直阻止它们落下，阻止它们到达功德圆满。

在行驶于旅途中的乡村客车上，与尘埃相比，我们只不过是过客，它们才是最终的主人。最后的最后，是攀附在座位上的尘埃到达并拥有了终点站，而我们，只不过是一些在客车或时光的旅途中半路下车的人。

原载《散文》（2019 年第 7 期）

入选《2019 年中国精短美文精选》

秘密正被器物泄露

灯 下

一

我提着灯的时候，灯也正把我提起。

在我没有提起灯、灯也没有提起我之前，黑暗是天地间的主旋律。我在黑夜里行走，一步比一步黑，那些漫无边际的黑，它们于沉默中心怀不轨，它们要覆盖我、入侵我、吞噬我，它们要把我纳入黑暗，让我成为黑暗的一部分。

一盏灯出现之后，世界就变了。灯把我提起，黑夜就向后退了一步。一盏小灯，永远也无法打破黑暗组构的层层矩阵，但它并未因此放弃自己的使命，它依然在燃，在烧，在发光，在与比它广阔一万倍一亿倍的黑暗的对峙中，坚守并庇护着一方小小的空间，让这空间暂时摆脱了黑夜的摆布。

小学二年级，我从本村的教学点转到了三里外的馆里小学就读，那时候需要早读，天不亮就要起床，黎明前的黑暗像军团的最后一次反扑，集聚了气势磅礴的力量，是黑夜最为浓重的精华。刚开始，是父亲送我上学，他与我一起起床、一起出门，他左手拉着我的手，右手提着一盏灯，一直把我送到学校，才一个人返回来，等他到了家，天也就亮了。后来农事渐多，他分身乏术，常常顾此失彼，只好把手里的那盏灯交给我，让我自己去上学。代替父亲的灯，是一盏用玻璃药瓶改造的煤油小灯，立在白纸糊成的灯笼里，我提着它，风一次次地刮过去，纸微微作响，灯芯被风的流向修剪着，一会儿向着这边低头，一会儿向着那边低头。我知道，风是黑夜的帮凶，因为灯知道了太多黑夜的秘密，黑夜便委派风前来剿灭它。

从我所居住的村庄到学校，必经之道上坐落着三处草垛、两座墓地，在黑暗之中，它们构成了我恐惧的来源。

遇见草垛的时候，我想到了狼。我在黑白电视上看见过一个镜头，镜头里，一匹狼从草垛之后探出身来，目露凶光地盯着我，把我吓了一跳。这个画面曾多次挤进我的梦境，在挤进我的梦境之后鸠占鹊巢，它又把我从梦里挤出来，我醒来，全身大汗淋漓。草垛三三两两地坐落在道路两旁，像大地隐藏不住的秘密，于沉默中言说着黑夜的阴谋，每次走过草垛，我都疑心有一匹狼正躲在草垛背后，它要袭击我，让我不由自主地放轻脚步又加快脚步。风声那么小，小到软软地刮过皮肤都要让我的心怦怦直跳。直到我小学毕业，那匹狼始终没有出现，但我仍然相信它一直就藏在草垛后面，伺机蹿出来。

遇见坟墓的时候，我想起了祖父的故事。都是无主的坟墓，没有人知道是谁睡在里面，也没有人在逢年过节时赶来悼念。祖父的故事里，也有一条小路，小路的两旁也散碎地坐落着几座坟茔，故事里有个吸烟的老汉，黑夜里，他常蹲在某一座固定的坟头上向过路人借火。如果说躲在草垛后面的狼让我在恐惧中慌张，那么蹲在坟头上向人借火的老头就让我在恐惧中战栗了。我撑着灯笼一路小跑，跑动带起了风，风有时会吹灭灯，这时候，我只能拼命跑、拼命跑、拼命跑……直到跑出坟墓老远，才战战兢兢地把灯重新点起。

噼噼啪啪，一路小跑，终于看到了学校。那时候，天依然黑着，铁锈斑斑的大门挡住了我的去路，我用手砰砰砸门，不一会儿，住在学校的黄老师就披着皱巴巴的军大衣推开了门，他手里也拎着一盏煤油灯，与我的那盏灯相遇之后，光一下子就升腾了起来，我跟着黄老师和他的光迈进门内，黑夜和黑夜带来的恐惧就被拦在了门外。

时至今日，我仍固执地相信，父亲和黄老师一样，他们都是我生命里的灯盏，一个用护送的方式庇护我一路的平安，另一个用迎接的方式抚慰我一路的恐惧。

二

我拎在手里的另一盏灯，是外祖母做的。

外祖母给我的是一盏萝卜灯。她将萝卜剁成圆柱状的小段，用勺子在中间挖了个圆坑，把豆油倒进坑里，再用棉团缠着谷子秆儿捻成灯芯子，把灯放在高粱秆儿扎制、纸糊的灯罩里，用一根小棍挑着，把小棍交到我手里。

从外祖母所在的邻村到我们村，不足两里路，但是黑夜拉长了空间的距离。每次，外祖母都是把我送到她们村村口，目送我回家。

无数个静谧的傍晚，我在从邻村回家的路上遭遇了黑夜的来袭。有时候，黑夜的来袭会惊扰树上的叶子，一枚从树上滑落的叶子，就在空中漫无边际地漂泊，如果它恰好遇见了另一片叶子，就贴在另一枚叶子的背上，两片叶子就会沿着风的脚步慢慢滑下来；有时候，黑夜的来袭会惊扰到沿途的木质电线杆，受到惊扰的电线杆会把笔直的腰身再挺一挺，向着渐灰的天空伸一伸脑袋，一粒若有若无的星子，就会划过它微微跳动的肩膀。就这样，我在来袭的黑夜的追赶中，挑着外祖母扎制的小灯笼，沿着纤细的小路，从邻村一路小跑着回家。

到了自己的村庄，回头望去，我的背后，夜色已经席卷了尘世。我知道外祖母依然还站在原处，只不过因为她手里没有灯，所以被黑暗隐藏了。

有一年冬天，毫无预兆地，我接到了父亲打来的电话。父亲告诉我，我外祖母去世了。当时住的是集体宿舍，人多眼杂，我不想在别人面前暴露自己的悲伤，便一个人默默走出来，走到操场，靠着一盏路灯的灯杆，想了好多事。

那天夜里，雪已经落了很久。雪还在继续落着，它还将会落更久。大雪下，路灯下，我抽着烟想着外祖母，沉默不语。一包烟抽完，雪早已把我来时的足迹抹得无影无踪。我抬头看了看天空，源源不断的雪花飘落下来。天空在上，我在下，我们中间隔着一盏沉默地亮着的灯。我望向天空的时候，头顶的灯像一面放大镜，夸大了雪花，似乎也夸大了我的悲伤。那些大片大片的雪花，有的落在我身上，有的落在地上，还有一些在我的身上稍微停顿了一下，便继续向更低处下落。如果那些从我身上转移的雪花只是为了向着低处跋涉，那么它们肯定不知道，它们其实是在避低就高——它们不知道，此刻的我，就处于情感的最低处，比雪层要低，比地面要低，比这人间的任何沟壑还要低。

无论雪花如何飘舞，怎样覆盖这人世，它们终究会融化，终究会无迹可循。就像我的外祖母，与以往不同，她这次与融化的雪花一样，是决绝、永久地隐入黑暗之中了。

幸运的是，隐入黑暗之中的外祖母，她把灯留了下来，留给了我。我是说，她许多年前站在村口的大地上、站在黑夜里的样子，就是一盏钉在人间的灯。现在，她钉在了我的心里，发着微弱却永不熄灭的光。

三

一盏路灯自顾自地灭了。

那盏路灯灭掉的时候，喝醉了的我正在灯下练习捉影子。

那时候，我刚从一所职业技术学校毕业半年。说是技术学校，却没有半点技术可以教授我们，于是，半年时间里，一无所长的我一直在求职和辞职之间循环往复，成为社会底层中一枚不安定的棋子。与我同样境遇的棋子还有几个，他们都是我在不同的工作岗位上结识的，因为同病相怜，大家便成了朋友。晚上的时候，我们就凑到一起，在城中村找了个大排档，点上两个便宜的小菜，灌上一桶劣质的散装啤酒，就互相吹着牛皮喝起来了。从晚上六七点一直喝到深夜乃至凌晨，喝着喝着就高了，喝高了还要继续喝，直到大排档的老板过来轰我们，我们才互相搀扶着晃晃悠悠地离开。

在街口，我们各自散去。我一个人沿着街道向着出租屋的方向走去，就是在这时候，我在一盏路灯下发现了自己的影子，它铺在我的前面，总是比我走得远一点儿，我不服气，就停下来蹲在那里，影子也立刻缩为小小的一团。我们就这样脚贴着脚、面对着面蹲着，谁都不说话，仿佛武侠剧里宗师与泰斗的对峙，谁先出招，谁就会先露出破绽。

我讨厌影子在路灯下晃晃悠悠的样子，讨厌它时而拉长时而缩短的反复无常，讨厌它对我默然甚至讥讽的态度。是的，我把沉默视为讥讽。那时候，在所遇的压迫下，我胆怯，惊恐，警惕，把很多表情和动作曲解。我没资格恼怒别人，只能把无名之火发在影子身上。我要捉住它，将它暴揍一顿；我要捉住我，将我暴揍一顿。

多少个夜晚，醉醺醺的我就这样一个人在路灯下练习捉影

　　　　　　　　　　　　　　　　尘与光　|

子，影子里有一对薄薄的羽翼，它们久藏于我的体内，像某种病原，掐准时间的劫数，等待着突然出击。我亲爱的影子，它展开自己的羽翼，无比轻盈地从我的脚下飞出来，随着我脚步的移动，它紧贴着水泥地面，沿着路灯的领地巡逻，它伸缩有度，衬托着我的呆板。那些被我们踩踏了无数遍的大地，它们以天空的面目出现，影子沿着地面飞翔，从一盏路灯奔向另一盏路灯，因为光线的交错，影子中又分出了影子，那分出的影子与影子相撞，痛感太慢，无法迅速传递到我的尘世之躯。我尝试扼住它的喉咙，结果它丝毫无恙，我自己却已渐次接近窒息，我跪地求饶，像负罪的臣子面对他的君王，我于此刻完成了一次对于影子的亲吻。那时我在想，只要我还在这尘世，就永远无法让这该死的幽灵消失。我算什么呢？你要知道，光明和黑暗并存的意义，不为留下我，只为让影子从身体中蹿出来与我对视。

　　然而那一夜，在我捉影子的时候，一盏路灯却自顾自地灭了。它为什么要自行灭掉，是累了，是倦了，是衰老了，还是因为别的什么原因？其他路灯都亮着，只有它那么不合群，就像是合唱团里的其他人都在那么卖力地歌颂、赞美着，它却停了下来，对集体的行为产生了疑问，率先对自己进行了拒绝。那盏自顾自地灭掉的路灯，难道它不愿意被整齐划一的队列遮蔽、埋没吗？难道它要在一片光明中以黑暗的身份出现，成为唯一吗？

　　我又一次辞了职。我决定离开那座城市。离开那座城市的时候，那盏灯就一直这样黑着，以背离自己使命的方式黑着，没有人在意，更没有人过问。夜晚，我又路过那盏不是灯的灯，我们并排站立着，看着街道向着更为灯火通明的地方延伸，我们的背后，则是更为黑暗的地方，因为黑暗，它显得神秘，充满未知，明天一早，我就要转身奔向那里。对于我的以后，我一无所知。

我知道，那盏自行熄灭的路灯，早晚都会被市政公司的人发现，无论它愿不愿意，经过修理，它都会重新亮起来。此去之后，它可能还会遇见我这样愚蠢的捉影子的人，但它和我或许都不应忘记，我是唯一一个在它决定熄灭时与它相遇的人，因为从此之后，我在别的城市捉影子的时候，再不会有一盏这么不合时宜的路灯自顾自地熄灭了，也再不会有一盏这么善解人意的路灯自顾自地熄灭了。

四

我们所谓的真理是永恒的、一成不变的吗？

无论是个人的经验，还是书籍的谕旨，它们都告诉我，灯驱逐了黑暗，光照亮了生活，我们要向往它，我们要赞美它，我们要膜拜它，守着一盏灯，就是守住了光明；它们告诉我，书籍是灯，知识是烛，再微弱的火，也能给我们带来温暖，再微弱的灯，也能为我们构建起小小的光天化日，再微弱的光，也能把我们从生活的泥沼里捞出来。似乎这一切都是不容置疑的，如果谁对灯的理解有所偏差，谁就心中黑暗、邪恶。

然而有一段时间，因为两件事，我对灯产生了怀疑乃至恐惧。

第一件事是报纸上的新闻。受害人举着手电走夜路，三名匪徒从暗处蹿出来，拦住他的去路，逼迫他交出身上的钱款，他做了个掏钱的假动作，转头就跑，却忘了关闭握着的手电筒，于是手电筒成为了匪徒们最为醒目的导航仪，几分钟之后，匪徒追上了他，将他一脚踹翻，暴揍了一顿之后，搜走了他身上的财物。深夜里，受伤的他躺在地上呻吟着，只有摔瘪了的手电筒横在他身边，兀自发着刺目的光。报纸说，是灯光暴露了他。

另一件事则是我的亲历。那一晚，因为有急事，原本打算在老家过夜的我，不得不驱车返回六十里外的县城。在路过一个乡镇驻地时，迎面开来一辆大货车，大货车上安装了氙气灯，它的光芒像利剑一样向我直击而来，让我瞬间致盲。那一刻，所有的事物都被光掠走了，我的眼前白茫茫一片，我知道，它们除了光还是光。氙气灯引着大货车才刚刚跑过去，我的眼睛才稍微从尖利的光芒中抽出身，就发现正前方四五米远的路上站着一个行人，他站在路中间，呆若木鸡地看着我的车逼近了他，脸上堆积着惊愕、恐惧的表情——如果当时我的脸上也堆积着什么，一定也是这样的表情吧。潜意识下，我踩着刹车急打方向盘，车子在快要撞到他的时候一扭身，就擦着他的身体飞了出去。我的冷汗一下子就冒了出来。车子稍微平稳之后，我打开右转向灯，将车慢慢靠右停下，缓了很久，心仍然怦怦跳个不停。我明白，就在刚才，我差点儿成为交通肇事者，成为杀人凶手。我知道，是灯光遮蔽了我。

现在，当我想起这两则旧事的时候，我是不是该暂且把将经验灌输给我的真理抛在一旁，然后弱弱地说，不是所有的光都是好的，有些光也有可能会成为黑夜的帮凶？没错，我们只顾着赞美光明，而光明却在我们毫无防备的时候，充当了黑夜的爪牙。

我们往往以万物的转述或解读者自居，动辄便想为万物立言。作为万物中不高贵也不卑微的一分子，不知道我们对于万物的理解是否得当，万物是否愿意我们这样用人类的尺度解读它们。或许这个问题是无解的，也或许，我的这种想法，本身就是一种对万事万物的曲解。它们本身就不需要别人赋予意义，任何别人附加在它们身上的意义都是无意义的，我们妄图还原它们本真的想法，在它们看来，就是曲解之词、狂妄之言。

原本是引导人走出困境的灯，这次却一改秉性，偏偏将我引入歧途。然而，一盏灯，它真的存在所谓的秉性吗？

　　现在，我不知道该赋予灯什么意义。

原载《天津文学》（2020 年第 10 期）

第三辑

这场戏短暂又漫长

驿马与梦境

老驿卒

一匹健步如飞的良驹由什么构成？三十年前那位收留我的老驿长曾经问过我这个问题，我告诉他，我会先把他问题里的那匹虚构之马复原到一匹实实在在的马匹身上，然后再像一名屠夫，按照血液、腱肉、骨骼、毛发、杂碎……把它分门别类地肢解，将这匹意念中的速度之马，用死亡的静态呈现到面前。老驿长对这个回答并不满意，但他还是收留了我，替我隐瞒了过往，让我替代了不久前那个从马上摔落而死的驿卒，以他的身份继续活在这尘世。

现在我老了，三十年前的那个问题也老了。然而，从问题里飞奔而出的那匹马仍然健在，仍然还在这世间狂奔。这么多年了，我不知道它已经越过了哪条河，跨过了哪座山，奔向了哪个府哪个州哪个县，但我知道，它一直还在时光的深处流浪，从未停下四蹄。我曾无数次想象它现在的样子：它蒙尘而飞，尘像天空中的流水一般沿着它搅动起来的风，滑过它更为顺滑的身躯，它继续向前奔驰，尘却已纷纷向后退去……哦，那匹我用意念与情感豢养、呵护了半生的马，它从时光的藩篱中飞奔，为时光描绘出更具美学意义的曲线，让时光这一不苟言笑、不容商量的判官暂时遗忘了自身的存在以及存在的价值。

或许，我应在心中默默地向已故的驿长重述我的答案。三十年了，时间悄无声息地修改了我对这个世界的诸多认知，倘若能在梦里梦到我初次与驿长在驿站相逢的那个暮晚，倘若在梦中驿长再一次喊住了我将要离去的身影，倘若驿长重新提出他的那个问题，我再不会把一个美好的概念实物化，我会用自己历经三十年后实物化的残躯作证，再来回答那最初的问题。我会说，一匹健步如飞的良驹由风、时光以及诸多我无法言说的东西构成。

这一生，我颠簸的命运是在马背上度过的。如果把一生视为一程，那我前半程与后半程的分野并不是用时间这个刻度界定的。我的刻度是遇见老驿长这件事——遇见老驿长前，我身在战场，骑着马；遇见老驿长后，我身在驿路，也骑着马。

在战场上，我是骑兵。作为骑兵，我出生入死，最后又死里逃生。三十年前，那场戈壁滩上的大战，让我所效忠的帝国陷入了穷途末路，我却侥幸从死人堆里爬了出来。是我胯下中箭累累的坐骑把同样中箭累累的我压在了身下，让我躲过了胜者打扫战场时的再次杀戮。我在风与沙的拍打中醒来，从马腹下艰难地爬到了马背上，在死寂而苍茫的战场上，我经历了此生最为漫长的一个夜晚，从暮晚到黎明，缺口的兵刃、残缺的肢体、枯凝的血液……它们横七竖八地散布于我的周围、我周围的周围。我坐在死去的坐骑上，月光坐在我身上，坐在我身上的月光有一副好心肠，它在舔舐我的伤口、拍打我麻木的面颊，而我却没法唤醒自己的马匹。

在驿路上，我是驿卒。作为一名资深驿卒，作为这庞大帝国的通信线上一颗移动的棋子，我与我的马背负着王朝的荣辱兴衰，穿行于这庞大帝国的土地上。我曾运送过边关的八百里加急，也曾为皇帝的妃子送去过美味的果品；我曾迎着朝阳出发，也曾追赶着夕阳向着虚无前行。夜间赶路的时候，万籁俱寂，只有我哒哒的马蹄，响彻在这空寂的夜色之中。我也曾遭遇过暗杀，他们在我的必行之路上设下埋伏，被我侥幸逃脱之后，他们便一路狂追了数十里，直到彻底被我甩到脑后。我运送的消息，往往是一件惊天动地的大事件的萌芽，那些大事件，会在时光的流转中发酵，它们都被镌刻于史书中代代流传，而作为隐藏于其中的一个小角色，我将是被史书率先剔除的杂质，不值得言说。不只是我，我胯下的驿马也很难在历史的轰鸣声中留下飞奔的身影与悠长的嘶鸣。作为微不足道者，我们都被选择性遗忘了。

使命使然，驿路之上，我换了一匹又一批马，它们与我临时搭档一程，最后又全部被我遗弃于沿途的驿站，就如时光把我遗弃于衰老之列。现在，我老了，新驿长如换掉老马一样也把我从飞奔的驿马身上换了下来，把我遗弃于驿站的沿途。去年的时候，收留我的老驿长暴毙，不久之后，新驿长就到任了。与前任驿长不同，新驿长是当地的富户，家里做着药铺生意。某一日，笑眯眯的他破天荒请我喝酒，一杯酒举起来，我就丧失了驿卒的身份。我想起从前的一位皇帝，据说他只用一杯酒，就轻松卸去了将军们的战袍。然而与将军们不同的是，我并没有得到养老的礼遇——我从驿长手里牵过一匹老马，在驿路上去为他运送货物。

是怎样的一匹马呢？据说是从战场上退下来的，不知为何辗转流落到这里充当了驿马，被驿长公器私用。马名黄骠，它的尾巴只剩下半截，垂垂奄奄的；它的左后腿处有疾，一瘸一拐的。我曾经历过属于我的战场，它也曾经历过属于它的战场，现在，我们相依为命。

我走的还是老路，用的还是驿马，身份却已不再是驿卒。驿长怕上面深究，再不让我以驿卒的身份出现在驿路之上。驿长太过谨慎了——国家已经开始动乱，各级官吏面对大厦将倾时未知的命运自顾不暇，已经再无精力去监督驿站这一可有可无的行当了。

不管怎么说，现在，我只是一个运送药材的老奴仆。一路上，时不时有快马与我擦身而过，它们超越了我，向着我的前方或者背后疾驰而去。快马之上，都是年轻的驿卒，我知道他们背后的包裹里，肯定背着火漆密封的忠言或废语。帝国已经病入膏肓，即便是忠言，也不过是延缓它断头的时间；就算是废语，也只不过是让它的死亡提前一点儿来临——从本质上讲，这些加急信件是无足轻重的，它们既构不成良药，也构不成剧毒。

有时候，我和我的黄骠老马来不及避开，那些我不认识的骑在驿马之上的后生就将马鞭狠狠抽下来，叫了声老东西，便扬长而去。我不怪他们，因为我也曾年轻，我也曾是他们。他们就是另一个我，而我就是另一个他们——年轻的他们现在还不知道，无论是与我相向而行还是背道而驰，在时光的戏弄下，他们注定会在许多年后重新到达我。

我以衰老的名义，等待着他们自投罗网。

饲马者

我也曾有过这样的一匹黄骠马，它是我在广袤的草原腹地驯服的唯一一匹马，作为北方部落众多王子中的一员，我刚学会这种技艺，就以人质的身份被派遣到了中原。其实我明白，我只是一个鸡肋，只是一个象征之物，无论是在我的母地还是中原，都是一种微不足道的存在。在充斥着野性呼吸的草原，我亲眼看到过自己的兄弟互相残杀；在标榜文明的中原，我也曾以猴子的身份观看颤抖如鸡雏般的异族皇子被屠戮。在街坊林立、铺肆繁盛的中原都城，我为笼中鸟，为安乐公，并时刻担忧因父兄的反叛

　　　　　　　　　　　　尘与光　|

招致的杀身之祸。我常常做梦，梦中，只有那匹被我遗弃于草原的黄骠马在与我对视，并把我看穿。几年后，王朝倾覆，我乘乱逃了出来，隐姓埋名，充当了这偏远之地的驿站里，一个邋遢的饲马人。

从我委身于这家驿站担任饲马者，已经十年了，十年间，我接待过数不清的驿卒、客商、官员，饲养过数不清的马匹，我自信对于马的理解超越众人，然而，我仍看不清、看不透马的眼窝。我坚信，一匹马的眼睛里，始终藏着一个湖，在它面前，我是心甘情愿的沉溺者；我坚信，一匹马的眼睛里，始终藏着一团雾，在它面前，我是自愿沉沦的迷失者。

今夜与我对视的这匹马，是在傍晚的时候到来的。当那位风尘仆仆的老人将这匹马交到我手上时，夜色彻底暗了下来。我疑心，夜色这最后的质的变化，正是来自这匹马。它把夜色背在背上，藏在身体里，只为沿途配送它们。因为我发现，今晚的夜色比往日更为浓厚、纯粹。

我认识这匹马的主人好多年了。他是个老驿卒，是驿路上的传奇人物，他曾在烈日下、在寒风中、在倾盆大雨或皑皑白雪里，身背文书袋，匆匆奔驰在驿路上。他背在背上的文书袋里，藏着帝国的隐疾，他背着文书袋，快马背着他，他们像巨大的肌体上急速运动的细胞，给帝国输送着紧要或不紧要的信息。与以往不同，这一次他穿着粗布便装，他的马也是一匹老而病的马。或许他这种抛弃身份和速度的做法只是一种伪装，只为了便于更安全地将使命送达。

必须承认，我被那匹马吸引住了。与其他马匹一样，这匹马的眼睛也致幻，然而我发现，这匹马的眼睛里，除了通常所见的镜湖和迷雾，还存在着更为丰富而神秘的镜像。更为重要的是，这匹马，无论是它的外观还是神韵，都与我当年驯服的那匹马一模一样。像老朋友一样，我用手摸了摸它杂乱的鬃毛，它便顺从地低下了头。

我从它的左眼里看到了另一团火。原本是我燃起的一团篝火，但现在，它躲进了它的眼窝里。在篝火的反衬下，夜色显得更加浓密、深邃，老马显得更加神秘、沉稳。我从它的右眼里看到了另一个我。居住在眼窝里的那个我，他还是少年模样，被水墨般似有若无的草原托举着，在一匹急于摆脱他的马背上翻滚腾挪，渐占上风。

有人说，一匹马只有跑起来，才能分辨优劣。而我则认为，只有在夜晚的马槽间，才能分辨出马的资质。据我所见，夜食之时，越是驽马往往越不安分，它们拒食、甩蹄，与其他马匹争斗，与街头的混混儿一个德行。而真正的千里马，它只是在那里安静地、优雅地、一心一意地吃草，倘若夜空给它一轮圆月亮，它一定不会辜负这样的好意，它会像美人一样借着月光，用唇、用齿、用微风，默默梳理自己的毛发。然而，我却很难评判眼前的这匹黄骠马。与我少年时驯服的那匹马一样，就奔跑的资质来看，它不过是众马中普通的一员，然而它却勾起了我尘封了十多年的回忆。这匹马，它如一面时光之镜，让我与多年前的自己再度相遇。

遗憾的是，这么多年，我已被这凶险的尘世打磨得越来越圆润光滑了，好多不规矩的念头，已在我的血液里凭空蒸发。老驿卒，请原谅我头脑里的不道德：多希望我草原人的野性还在，如果那样，我就可以解下眼前这匹黄骠马的缰绳，让它逐风而去；或者我骑上它的背远走他乡，从此后我们一起相依为命，一起浪迹天涯。

你知道的，在这个帝国的黄昏，在这样一处小小的驿站，一匹马的走失根本就不值一提。

病书生

　　一场大病把我拦在了驿站。其实更准确地说，是我自己把自己拦在了驿站，拦在了自己用多少年的时光钩织的执念之中。几个月前的秋闱，我落第了。在从省城回乡的途中，没有春风得意马蹄疾，只有秋风秋雨愁煞人，只有近乡情更怯，无言对父老。我因此而病倒并羁留于这处驿站。本朝规制，驿站乃飞檄来往、官宦暂借之所，平民不得入住，然而如今帝国根基动荡，这些规制也便形同虚设了，很多驿站开始半官半私，明里依然按照规制行事，暗地里却早已做起了老百姓的生意，而我，就是他们私下里招待的顾客。

　　我在痛恨这场病的同时，又在感激这场病。它是一个准允我可以晚一点回乡的借口，这样在道德上，我的良心可以稍微轻松一点儿。然而我知道，噩梦终究会到来，我也势必将会回到父母的跟前，到那时，我便是世俗的屠刀下引颈待宰的牲畜。

　　在驿站，日复一日，我把自己关在小小的斗室之中，如一具行尸走肉。偶尔也出来走走，只是，我通常会选择暮晚，尽管我不认识这里的任何人，这里的任何人也不认识我，但我仍羞于与他们相见。

　　那一天暮晚，在驿站门口，出门散心的无意识的我差点儿与那匹马迎面相撞。幸运的是，那马的主人，一个看似也病恹恹的老人及时勒住了缰绳，让马从无意识中猛然醒来，它打了个响鼻，一阵雨就从它的口鼻中喷到了我的身上。我很懊恼，但我还是大度地拍了拍手，表示没事。就是这么一段小插曲，恰好被一个同样住在这里的房客看到，正是在那一刻，他把我错认为另一个人了。房客是个告老官员，他错认的那个人则是个诗人，我知道那个诗人，我的包裹里就有一本一位同年赠与的这位诗人的诗集，但我从未读过。这位诗人因诗而贵，被皇帝赏识，充当了御用文人，为帝国和君主歌功颂德，粉刷门面。然而不知为何，他最后却选择了针砭时弊，讽讥圣上。圣上大怒，却也不愿意承担昏君的骂名，找了个借口，将他送出了京城，任他浪迹天涯去了。我对那个诗人是反感的，我承认他的才华，但我厌恶他的潇洒——他明明得到了天下读书人想要得到的东西，为何还甘愿轻而易举地失去？对我而言，这简直是在侮辱我。尽管如此，在这小小的驿站，我的虚荣却还是逼迫着我做了一个痛苦的选择：在官员希冀的目光中，我默认了他的指认。

我只是一个来自偏远之地的穷酸书生，读圣人言，也希望能代圣人立言；可怜驿站后院那些被豢养的马匹，却又总是希望自己也会被朝廷豢养。多少年了，我一直在读书，读书是为了与天下书生竞争，竞争一场被豢养的梦，在梦中，我相信自己就是一匹马，春风骑马，我骑春风，春风得意马蹄疾，一日看尽长安花。然而此刻，在驿站，这场由竞争失利诱发的削骨抽髓的病，让我第一次认真地去审视自己。我问自己，如果我真的是一匹马，那么这匹马的归宿究竟在哪里呢？

午夜，灯如豆。我翻开那位诗人的诗集，里面的文字在跳动。我看到白衣翩翩的诗人在向我招手，迟疑了一下，我向他走去，走进了他的身体里，与他合而为一。不知道从何处奔出了一匹马，就是那匹差点儿与我相撞的马，在它与我擦肩的那一刻，我飞身跃上了马背。我们向着月光的深处奔去。没错，是月光，但不是十年寒窗下的冷月光，而是诗人的句子里出现的圆而大、明而亮的月亮，它卧于前方的夜空中，指引着我们的道路。一路上，我看见了古往今来那么多的圣人、那么多的君子、那么多的帝王、那么多的将相，他们与我们迎面相遇，又擦肩而过，面对我们，他们默然，他们错愕，他们愤怒。我不管他们，我只管逆行而去，向着月亮而去，向着未知的远方而去。这匹马会带我去向哪里？我不知道，但我好像并不担心。那一刻，我隐隐约约体会到一个词，那是一个在这个世界上还不存在的词，但我相信，千百年后，会有人把它创造出来，创造出这个词的人，定是我隔世的知音，或许，他会把这个词叫作：自由。

跑着跑着，马身上的鞍鞯和缰绳就凭空消失了；跑着跑着，我身上的衣物和发簪就随风飘走了。天地之间，只有一匹干净的马和一个裸体的我在狂奔，我们之外，世界空无一物。

终于终于，我们闯入了一个光的世界。在光的惊扰或庇护中，我醒来，唯有诗集在灯侧在燃。窗外，天光已经大亮。

我又一次想起了那个诗人，如果说，之前我只是将错就错地默认是他，那么现在，我多么希望自己真的就是他。我又一次想起了那匹差点儿与我相撞的马，如果它也会做梦，如果它的梦中恰好也与我同行，它是否也希望自己就是梦中的样子呢？

我不知道自己抛出的问题的答案。但我知道，我将与那匹马在此作别，分道扬镳；但我知道，作别之后，我还会继续梦见它，在梦中，我们将会抛却那些有形和无形的枷锁，一起走属于我们自己的路。

梦游人

梦境是被挖掘机的轰鸣打碎的。毗邻我窗外的工地上，大型机器正在连夜推倒那些和城市发展不相匹配的建筑，深夜里，喧嚣之声穿过夜空钻进了我的耳道，我知道，又将有一批存放众人记忆的建筑成为废墟。

倘若梦境也是建筑的一种，时代的"挖掘机"岂不一样在摧毁它？

这是个连做梦都奢侈的时代。我们低头看路，我们疾冲搏食，我们忙忙碌碌，我们被生活这一潭泥沼吞陷，我们被时代无形的链条和齿牙驱赶，对于事物，我们越来越喜欢物质化，越来越注重实用性。对于我们这个时代而言，梦这种东西，不但无形无质又无用，而且还耗费着脑力，让我们在睡去之后仍不得安息。秉承物竞天择的真理，我们中的很多人已经在基因里把梦悄悄地篡改或删除了。是的，对越来越多的我们而言，梦成了空想的代名词、失落的孪生子，与许多美好或不美好的事物的命运轨迹一样，它将渐渐无立锥之地。

　　幸运的是，我依然还在做梦。也可能是一种不幸，它或许是以再现的方式正在我的躯体上抽离——我是说，这一场声势浩大、情景离奇、色彩斑斓的梦境，之所以能如此浓墨重彩地出场，可能别有深意；我是说，如果可以喻指，这场深邃的梦境，它可能意味着，是将要燃尽的火苗的最后一次跳跃，是一个人走到穷途末路时的回光返照。

　　最后一次，在梦中，我远离了本该身处的尘世，远离了尘埃的层层覆压，远离了负重累累的躯体。最后一次，在梦中，我时而为老驿卒，时而为饲马者，时而为病书生……

　　为老驿卒时，我用胯下的一匹匹马为时间加速。在时间飞速的运转中，我如此轻易地触摸到了衰老的面门。在梦里，我提前预知并且体会了自己的衰老；在梦里，衰老之后的我终于学会了缓慢，蹒跚行于人生的道途，等着构建出我的那个我，等着他以皱纹、白发以及诸多疾病的名义与我会合。

　　为饲马者时，我在寻找一匹从时光深处穿行而来的梦境之马，我在这尘世已经积重难返，因此更希望能借助一匹虚幻之马带我跨过这即将没落的繁华，越过这刀光剑影的人性，抵达它的来处以及我的归途。

　　　　　　　　　　　　　　　　　　　　　　　　　尘与光　|

为病书生时，我与梦境中的那匹马同病相怜。我的病来自世俗的价值取向，来自我自身的虚荣和浅薄；而那匹马的病，来自它身上狗皮膏药般的缰绳、鞍鞯以及蹄铁。以月光的名义，我要在梦里与那匹马一起反叛，抛弃别人交与我们的枷锁和轨迹，向着自由的方向飞奔。

　　其实，我最想把自己置换为那匹马——那匹与老驿卒、饲马者、病书生结缘的马，那匹被老驿卒、饲马者、病书生解读的马；那匹与无数人结缘的马，那匹被无数人解读的马。在梦里，我还没有与老驿卒、饲马者、病书生以及其他我将会遭遇的人相遇；在梦中，我还未被任何人驯服。作为一匹尚未被驯服的马，我曾经追逐过白云。那是在我出生的广袤的草原之上，我随着白云爬上高坡，又向着坡下的草花繁茂处冲去，最终消失于无形。只有风在吹，永不间断，当它们在草上跳跃的时候，任何与它们相遇的事物都会低头。天空之中，一只懂得我的隼会对万物说：列位请看，那匹马被草与花接纳，最终成为了它们的一部分；草原之上，一头懂得我的羊则会对万物说：诸位，请抬头看看这亘古的蓝天吧，在这广袤的大野之中，那匹马正在以云的名义飞翔。

　　在梦中，我还将继续做梦。梦境是从与一匹马的对视中抵达的。那匹马，它把自己的身躯隐藏于自己的眼睛里。在由它泛着水纹、散着迷雾的眼睛幻化出的秘境里，它从一面沉寂了千万年的镜湖中毫无征兆地破水而出，以清晨的名义，踏着流质的更似月光的晨曦，穿过树林中随心所欲聚散的迷雾，向着偷窥者藏身的位置飞奔而来，一直奔入我的体内。

　　哦，这一匹梦中的虚构之马，它像磁铁，深深地吸附着我，让我在醒来之后仍无法确定，归来的我是清醒的还是沉睡的。假设此刻我是清醒的，当我与它对视，它会留给我怎样的嘶鸣呢？

　　它可能会说：梦也是会苍老的，如你所见，现在，我也已经衰老到要回顾一生的时候了，所以，请在梦境中抛弃我、放开我、成全我，让我在余生找一处人迹罕至的地方，咀嚼这一生的冷与暖，回味这一世的快与慢。

它可能会说：梦是虚幻的，所以，我将永远年轻，你看到的我的衰老，只是你孤单时想找个陪衬，不至于形单影只而已，当你衰老得再也无力做梦，你将会从梦境里黯然退出，而我将会在梦境里永生。你离去后，作为梦境里唯一的事物，我就是梦境，梦境就是我。

它可能会说：在梦中，你已经借他们之口，把你眼中的我说完了，我已无话可说，然而，这并不代表我对你这些话的认同。

当然，这些"可能"只是可能。我知道，任何妄图用自己的见解去为另一种生灵代言的做法，往往都是可笑的，即便这生灵是虚构出来的。事实上，与一匹梦中的虚构之马对视，我们越是觉得体会到了一点儿什么，我们便越是无知。

原载《滇池》（2021年第3期）

尘与光

水中的村庄

一

我一次次陷入梦境，陷入与一座叫作小徐庄的村庄的对视中。我们之间隔着一座水库的水。无风，水就成了镜面，我看见那座躺在水中的村子里，也有一个我，和我一样，他在水底用疑惑的表情向我眺望时，用的也是俯视的姿态。

依然记得这个梦境的源头，只是需要借助记忆去回溯。那时，我是馆里小学五年级一班的学生，同学孟庆国邀请我去他家里玩儿。孟庆国家住在我们这里最大的水库旁边，忙时伺候庄稼，闲时到水中打鱼，算是半个水上人家。他家中有船，说是船，其实只是因为它具备了船的功能，实际上，那只是一架竹排。粗壮且笔直的竹子平铺起来，用麻绳、钉子和铁丝固定住，就像是一张简朴的席子。竹排的四周，零零散散拴着几个塑料桶，用来增加浮力。

之所以接受孟庆国的邀请，多半和这竹排有关。我们已经无数次听到孟庆国炫耀自己的水上生涯了。对于我们这个山脉相连的地方而言，一片水域，无异于大海对于我们的诱惑，甚至，它比大海更具有迷惑力，毕竟"大海"只是一个空洞的词，对当时的我们而言，它只存在于课本之中和远方之外，而我们心中所谓的"远方"，也不过是几里之外的镇子的代名词。但是那座水库，却是一种真真切切的存在。

我们趁着大人们不注意，偷偷解开系在老柳树身上的绳索，竹竿一点，就离开了河岸。那是秋日的午后，芦苇滩上的芦苇已经枯了身子白了头，大片大片的芦苇在风中摇摆，把阳光切碎在空中，洒落于水面。我们不理会这些，路上的风景在当时的我们眼中，是一种障碍，我们只想要冲破它。竹筏向前，一层层芦苇为我们让开道路；竹筏继续向前，我们背后的芦苇已经合拢。穿过芦苇滩，就是真正的湖面了。那是我第一次站在那座本地首屈一指的水库之上，第一次和水库里的水构成一种垂直的关系。虽然，我们之间隔了一架竹筏。

我就是在那个时候发现那座村庄的。

是一条鱼穿针引线，连接了我和它的距离。那条鱼在不远处的水面一跃而起，于隔水一尺的空中翻了个身，扭头俯冲，撕裂水面。水面迅速施展出自己的修复功能，晃了几下，就归于平静了，就像是一张大口，于慌乱中饥不择食，迅速嚼了嚼食物，就吞咽而下，继而迅速恢复平静。我的目光被它吸引，跟着它的身躯一路追踪，在它失踪的地方，停顿了下来。

我在搜索那条鱼踪迹的时候，将视线不断扩大。如果那条鱼消失的地方是一个中心点，我的目光就是它激起的涟漪。在目光不断裂变、繁衍的过程中，我无意间窥见了一座村落的进化史，它由点依次放射，延伸，直至成为一座陈列着三十余个院落的村庄。更准确地说，那应该是一座村庄的遗址。或者也可以说，那是一座沉睡的村庄。隔着厚厚的一层水，我隐约看到了村庄的全貌。村子有两条稍微有些弯曲的主干线，它们相交在某处，构成了简单的十字街。以中心点为出发地，十字街像四条葫芦的藤蔓向着四个方位攀爬，街道两侧的房屋和院落，则像藤蔓上结出的葫芦，不规则地分列于街道的两侧。每一条藤蔓都是在结出七八个院落之后，走到了尽头。

这是一座完全石质的村庄。石头的地面，石头的墙壁，石头的房顶，石头沿着石头生长，严丝合缝。许多年后，我在本地博物馆的民俗区又见到了这种房子的样式，博物馆里的标注告诉我，在我们当地，这种房子被叫作石屋子，是本地几十年前普遍的民居形式。与后来在博物馆里见到的微型复原模型不同的是，博物馆里的模型太干净、太明亮了，而躺在水中的那些房屋，它们的身上被泥土覆盖着，我只能触摸到它们的大致轮廓。

和一座沉在水中的村庄隔水而望，我有些惊恐不安。在我十几年的人生阅历中，从未听闻水库之下还藏匿着一座村庄，它和我的村庄如此之近，如此相似，就像是一座村庄的两副面孔、一尊神灵的正反两面，我只识其一，不识其二。那一刻，我浅薄的人生经验，被一座来自水中的陌生村庄撞击，好耍贪玩的思想被疑惑和不安完全占据。

与我的不安形成对比的是那座村庄。在水中，它比水还要沉静，沉静得像是陷入一场悠长的梦境。偶尔会出现一两串断断续续的气泡，气泡从它的躯体里沿着水路奔向水面，在我的附近开出小小的花纹，我疑心，那是它微弱的呼吸。它安静地躺在那里。它躺着的时候，泥土像是风一样吹过，风没有吹过去，就停在了那里，停成了永恒；它躺着的时候，时间轻轻地绕过，时间绕过它，抽身而去。村子里，院墙还在，房屋还在，石磨还在，石槽还在，人都到了哪里？

或许，它只欠一个人将它唤醒。可是，人都到了哪里？

这场戏短暂又漫长

二

其实，很久之前我就知道，这里曾存在着一座村庄，但我一直不知道它的名字。祖父说，这座村庄，后来被水库淹没。盘点本地，只有一座村庄经历了这样的运数。于是我在祖父故事里的这座村庄和小徐庄中间悄悄加了一个等号。

据我祖父讲述，我的一个老姑奶奶曾嫁到这里，祖父的记忆也只是在此短暂停顿了两次，一次是为他的姑姑押送嫁妆，另一次只是路过。祖父关于这座村庄的叙述，大多来自他的父亲，我的曾祖父。

我的老姑奶奶，嫁给的是那座村的地主。说是地主，其实也只能算是富农。他们家祖先闯过关东，用在冰天雪地里伐木获得的积蓄，回乡买下了几十亩田产，庄小人贫，他们家借此成为了村子里首屈一指的大户。老姑奶奶并非老姑姥爷的第一任妻子，他的第一任妻子早年间死于难产。老姑姥爷比老姑奶奶大上将近二十岁，本地长久以来传言，老姑奶奶之所以嫁给老姑姥爷，不是看上了他家的钱财就是受到了他的胁迫。其实不是。为正本清源，我将事实转述如下：有一年，老姑姥爷骑着毛驴儿去我们村请本地有名的刘木匠打制农具和家具，在木匠家低矮、破落的小院里，木匠的女儿正低着头在那里晒玉米。木匠的女儿把装在陶罐子里的玉米一罐一罐地搬出来，在一片事先打扫干净的平地上倒出来，玉米起伏如山丘，她用手将那些玉米依次抚平，像摊一块煎饼。金黄的玉米粒子从她的手中滑来滑去，她不言不语，但眼神凝重、肃穆，折射出一种虔诚之美。就这样，老姑姥爷看上了刘木匠的女儿，看上了我的老姑奶奶。老姑姥爷找来媒人一说，老姑奶奶点头同意了，于是就挑了个好日子，简简单单入了门，成了后来为时代所诟病的"地主婆"。当然，沦为千夫所指

　　　　　　　　　　　　　　　尘与光　|

的"地主婆"是以后的事，我的高祖父和高祖母倘若能未卜先知，并从中窥见老姑奶奶的遭遇，是决不会同意让自己的女儿嫁到这座村庄的。

本地人安土重迁，轻易不会背井离乡，除非万不得已。但有一个人例外。在修建水库之前的好多年，这个人就已经踏上了逃亡之路。最早离开这座村庄的，是我老姑姥爷和老姑奶奶的儿子。老姑奶奶的儿子，也就是祖父的表兄，大祖父十多岁，和老姑奶奶年纪相仿。也就是说，他并非我老姑奶奶的亲生之子，而是老姑姥爷与亡妻生的儿子。因为相交不多，祖父对他的这位表兄所知甚少，只知道这位小祖宗上过省城的学校，崇拜过政治领袖，学生时代就在政党之间左右逢源、如鱼得水，东洋人踏入我乡的时候，作为政党成员，他就开始逃亡。后来，他偷偷回来了一次，连自己的家门都未踏进，就带走了对门张家的二闺女张云香。这件事在本地可谓是炸了天了，于情于理，老姑姥爷家都亏欠张家，为了平息众怒，老姑姥爷和老姑奶奶亲自到张家请罪，把二十亩土地赠与张家，并允诺，一旦私奔的二人回来，就立刻为他们置办婚礼，八抬大轿迎娶张云香入门。

事与愿违，半年之后，蓬头垢面的张云香回来了，带她出去的那个人却始终没有音信。回来是回来了，却是回的张家，并未成为老姑姥爷和老姑奶奶的儿媳。至于这私奔的中间发生了什么事，张云香死活不说。有些事情就是这样，只要一五一十说明白，很多流言就都无风可吹了。坏的是，一段故事缺胳膊短腿，只有前因后果，却无细枝末节。一些人向来都喜欢揭开别人的伤疤，再撒上一把盐巴，以此来取悦自己，并以关切者的口吻安慰当事人，名曰消毒养病，实为锥心刺骨。既然张云香不愿再提起她的经历，那好，他们有的是办法，他们添油加醋，他们捕风捉影，他们把一个人的清白一涂再涂，一抹再抹，以便让谈资更为滋润一些。从这一点上来说，张云香先是毁于老姑姥爷的儿子，继而毁于众人的流言。这世间，有几样东西能够和一个人的毁誉相提并论？从这个意义上讲，张家和老姑姥爷家结为世仇也就理所当然了。

至于这件事的始作俑者，老姑姥爷的独生儿子，除了一些以讹传讹的传闻，几乎是在本地彻底消失了。后来有人说，在徐州的某个钱庄见过他，他正在钱庄门头乞讨。还有人说，在上海滩的码头上看见过他，他比自己的父亲混得强多了，做了帮派的头目，老乡见老乡之后，他请从家乡来的人在上海滩有名的大酒楼吃了一回满汉全席。最后一个关于他的传闻说，他从了军，不是在延安就是在重庆，不是个营长就是个连长，不是成了功臣就是当了炮灰，不是打进了北平就是逃过了海峡……

最后一个传言还未被传入村子里，我的老姑姥爷就已病故了。我的老姑奶奶，她的丈夫已经去世，他的儿子去向不明，偌大一个家，她独自支撑，她无力支撑。运动越来越多，在运动中，作为村子里田产最多的人，她失去了田产；运动越来越多，在运动中，作为村子里最富有的人，饥饿和疾病开始进攻她的身体；运动越来越多，在此后的历次运动中，作为"地主婆"，她无一幸免。我只拣取其中一段运动来说说她的经历。五十年代批斗"地富反坏右"，地主首当其冲。其实本地并没有真正的地主，但一场运动既然已经开始，人心既然已经被煽动起来，就必须要找到一个靶心，要不然，不啻于无的放矢，运动的意义也就变成了无意义。运动的发起人盘点来盘点去，最后把靶心和我的老姑奶奶捆绑在了一起。老姑奶奶被五花大绑押上戏台子上接受批斗，第一个批斗人是后来担任村里生产队长的徐友富。徐友富是张云香的丈夫，他上台来控诉地主的恶行，对着我老姑奶奶吐唾沫、揪头发、扇嘴巴，说到激烈处，还把自己的媳妇张云香拉上台，让她接着控诉。大家都知道地主家对不住张云香，满以为她会借题发挥，将"地主婆"踹进泥里，而让众人大失所望的是，站在台上的张云香不但一句话都没说，还用衣襟揩掉了我老姑奶奶脸上的唾沫。是夜，憋了一肚子气的徐友富提着鞭子推开房门，打算将媳妇狠狠抽打一顿，却发现张云香已经把自己吊死在了房梁上，她的脖子上，缠着一条大红色绸带，鲜艳、顺滑，上面绣着雍容华贵的牡丹。大家都说，那应该是我老姑姥爷的儿子送给她的定情信物。

又过了几年，在水库修建前夕，老姑奶奶饿死在院子里。村里通知我的曾祖父兄弟几个去照料后事。那时候，和地主家沾亲带故都是一种罪，况且她还有一个下落不明的非亲生的儿子，保不齐以后还会翻出什么样的事端来，家里人思量来思量去，始终没敢去。于是，村里人草席一卷，就将老姑奶奶草草埋掉了。她的坟茔在低洼处，不久之后，随着水库的扩建，坟茔跟着村庄一起，被席卷而来的大水吞噬。

几十年过去了，老姑奶奶的那个毫无血缘关系的儿子依然音信全无。倘若他还活着，和任意一个人都不同，他和故土的距离，并不仅仅是隔着一座水库。

三

刨除长辈们的语证，我有更为直接的证据，来摸索这座村庄的存在。现在，我必须要用到考古学家或风水先生的方法了。

那道山岭可以为证。岭不高，不长，也不宽，低处的那端藏在水库里。岭从水库的深处爬出来，沿着土地一路向上奔去，像是水库舞出的水袖迟迟没有收回。杂草丛生是常态，有柔柔弱弱的狗尾草，有藤蔓缠枝的拉拉缨，也有负剑背戟的蒺藜和圪针。

作为远离村庄的一处所在，这里野得瘆人，很少有人光顾，就连牧羊人赶着羊群捡拾原野上的草木的时候，也尽量避开它。小时候听故事，长辈们似乎无一例外地将那些吃骨吸髓的鬼怪精灵的巢穴，安排在了此处。我没见过鬼怪精灵，不知道它们是否真的和我们生活在同一个世界，但本乡一些濒临绝种的动物，如果还有一处负隅顽抗之地，则非此地莫属。某一年黄昏，我偷了家里五元钱，被父亲狠抽了一顿，于是负气出走，鬼使神差溜达到岭前。我不敢再往前走了，但也不甘心就此回去，俯首于对我拳脚相加的父亲。就在我专心权衡前进和后退的利弊之时，一只獾和我迎头相遇。是一只褐色的獾，身肥、腿壮、尾短，面孔上憨厚中带着几分狡黠，呆滞中存有几分警觉。它从岭上的乱草丛中跳出来，摇动了几下小脑袋，显然没发觉有人。说实话，我也没料到会遭遇这东西，这种动物已经绝迹多年了，认出它也只是我通过它的形态而对长辈们很久之前的一些描述进行了某种联系。当我们的目光相交的那一刻，两颗毫无防备的心顿时陷入无意识中，以至于我们彼此在原地愣了几秒钟。当我终于想起自己在对峙中占据上风的时候，它也已恢复意识，忽然发力，扭头逃回到那一片杂草之中。黄昏里，我用目光追捕它的逃亡，沿着它逃亡的路线，那些野鸟纷纷向着天空逃窜，寂静的黄昏顿时乱作一团。许久之后，尘埃落定，四周又恢复了寂然，暮色开始向着我笼罩过来。那是我第一次见到獾，也是最后一次。那次奇遇成为我日后的一项重要谈资，每次说起，我都会把它占据着的徐家岭再细细描摹一番。多少年了，那道岭依然被称之为徐家岭，它的姓氏，来源于一个已经不存在的村庄。

那些陶片可以为证。那些陶片有些年头了，散落在水库周边的一小片区域，碎得到处都是，碎得各式各样。随手捡拾一片仔细端详，却终究瞧不出来个子丑寅卯，只能从与本地泥土的对比

　　　　　　　　　　　　　　尘与光　│

中发觉它们一脉相承，俱为彼此，只是一个由水火加持，一个一直固守着自己的本色。制陶的原料就取自水库附近的黄泥土，那地方的土细腻、黏润、无杂质，是其他地方的土没法比的。我领略过本地的烧陶技艺，工匠们先是将泥土反复踩踏、搓揉成韧泥，继而把韧泥放在转动的盘上，用拢、按、捏、扣的手法塑成陶坯，然后将陶坯放置在通风的地方去晒，最后入窑烧制。我曾在南方某处瓷厂遗址里见到过随地散落的瓷片，作为更为尊贵的器皿，那些精美的瓷片，在阳光的折射下光芒迭起。说实话，那些瓷片太亮了，亮得刺眼，反不如那些陶片显得平和、温暖。作为本地历史上最为普遍的器皿，陶罐粗糙、丑陋，但它的腹中之物——那些粮食、食盐以及水，却是衡量一个家族兴衰的重要标志。不信，就去问问我们村里的那眼老井吧。某一年村里淘洗那眼老井，或大或小的碎陶片被人源源不断地捞上来，让每一个围观者都感到亲切，继而萌生出敬畏之心，似乎每一枚陶片都是一位远去的祖先。和我们村不同，作为一座躺在水下的村庄，小徐庄的水井已被更为广阔的水覆盖，我们无法探知，那眼井中还有多少陶片收容着一座村庄曾有的辉煌。作为本地某个历史阶段唯一的烧窑之地，小徐庄的窑厂也已随村庄退出我们的视线和生活，唯有它辐射范围内这俯拾皆是的陶片，还在世间经受着时光荏苒、岁月沧桑。陶片尚在，烧制和使用它们的人，却已去向不明。

那座庙宇可以为证。是座土地庙，不过一米多高，青石质地，表面被时光侵扰得缺檐断角、坑洼不平。土地庙坐落在徐家岭的下端，从岭上蔓延下来的草木围拢着它，吞噬着它，也拱卫着它。在本地，一座村庄里可以没有佛祖菩萨、三清四帝、文昌武圣、家祠族堂的领地，但必须要有土地爷的庇护。土地爷才是最高的神灵，消灾祛病找他，祈盼子嗣找他，丢了东西找他，问卜吉凶也要找他。土地爷事无巨细，只要是大地上的事，他都管得着，他都愿意管。还有什么是独立于土地之外而被土地爷遗漏的呢？你看那些河流，它们滋润万物，它们大浪淘沙，不也是在依附着土地的躯体爬行吗？你看那些草木，它们招蜂引蝶，它们攀入云端，不也是倚仗土地站稳了身躯吗？你看那些飞鸟，它们逐风穿云，它们遨游四方，不也是要收拢臂膀在尘世停下来歇歇脚吗？在本地人眼中，万事万物，没有一样不向处于最低处的土地俯首，没有一样不向处于最低处的土地神称臣。因此，在本地，没有一个村庄会让一座土地庙荒废，会让一尊土地神失去供奉，如果有，那也只能说明，这座村庄已经提前荒废了，已经不复存在了。

那些坟茔可以为证。低矮的坟茔像一个个蘑菇，三三两两地隆起于水库周边。坟墓依村而建，这是共识，然而那些坟茔的所处之地，却前不着村后不着店。长辈们的话语证实了我的猜想，没错，那是小徐庄的先人们留在这世间的最后一点印记。本地敬祖宗、重祭祀，在清明、重阳、春节这些重要的日子里，都要召集家族的全体男性成员，到祖坟燃香、烧纸、放鞭、祈告，祈求祖先们佑护子孙昌盛、家族兴旺。和我们这几座村庄附近的坟茔不同，我很少见到徐家岭那边的坟茔能够享受这样的待遇。当然，偶尔也会有陌生的老者来到那里，简简单单地烧一卷黄纸，就不见了踪影。我也曾见过有老者把黄纸烧在距离水库最近的那一块岩石上，祖父告诉我，那个人的祖坟一定是被水库淹没了，人间的香火，只能到达此地，他只能以这样的方式尽量拉近与祖坟间的距离，期盼祖先能够感受到他的虔诚，享用到他的香火。这都是早些年的事了，这几年，那些坟茔已经彻底落魄了，坟茔之上，唯有荒草子孙繁盛，生生不息。

我又想到，即便抓到了证明一座消失了的村庄曾经存在的证据，又能如何呢？说到底，它终究是不复存在了。作为一个局外人，我和它的关系也不过是比邻而居，一旦说过多的话语，发过多的感慨，都会流于矫揉造作、无病呻吟的境地。况且，我的文字因为摄入了长辈们语焉不详的叙述和我的拼凑，使之失之事实甚远，根本就无力证明什么。说到底，我对那座陌生的村庄依然陌生。

山岭终会改姓，甚至归于无名；陶片终会更加散碎，最终化身为土；庙宇终会坍塌，神灵也将远遁；坟茔终会被时光抹平，并被所有的人遗忘。而我的文章更是粗制劣造，不足以传世。

四

从县城西郊的旧物市场里淘来一本薄薄的旧书，是本地水利部门六十年代编印的内部资料。旧书里，我查找到以下信息：五十年代末至六十年代初，在野生水库的基础上，本地先后扩建了六座水库，其中大型水库一座，中型水库五座，我在前文中反复提到的那座水库，就是这五座中型水库中的一座。

从书中可以窥探到，之所以大规模扩建水库，一方面与高层大力发展农业水利工程的指示有关，而另一方面则与本地特殊的地质有关。我们这个地方土地贫瘠，基本是一半碎石块，一半黄沙土，庄稼地里，再大的雨都留不住。修建水库可以广蓄水源，灌溉庄稼，可谓是利国利民利千秋的好事。然而那是五六十年代，在偏远的山区，没有大型机械，只能仰仗人力挖掘，依靠牛驴拉送。我淘来的那本旧书上，有几幅插图，留住我目光的是其中一幅。黑白的相片上人影攒动，推车的，拉车的，挖土的，装土的，还有摇旗呐喊的——越往远处看，人越多。照片的下方，是一段简短的说明：干部和人民群众在工地现场战天斗地，确保我县水库建设提前完工。至于那是扩建哪座水库的场景，书上没有明确说明。从统计数字上看，修建这六座水库，几乎动用了全县的人力，全县以公社为单位，抽调了一大批劳动力。那时全县人口是五十万，修建水库的劳动力竟接近十万。

另一组数据则和迁徙有关：为给六座水库的扩建让路，五十年代末至六十年代初，先后有十三个村庄的七百多户人家迁出库区。这组数字里没有出现一个被迁徙的村庄的名称，更没有出现一个迁徙者的名字，作为工作总结，它的特性是删繁就简，去除细枝末节，只留下数据。在这些或庞大或重要的数据面前，一座村庄、一个家庭乃至一个人的地位太微不足道了，它们和他们只能沦为被省略的那一部分。或许，照片上，那乌压压的人群之中，就有那些因为水库扩建，即将背离故土的人。或许，这一刻，他们还在热火朝天地奋战在工地上，下一刻，他们就会收到迁徙的通知；也或许，收到通知是在他们完成这项重大的工程之后，那时候，房屋还来不及拆掉，祖坟还来不及迁走，他们就不得不功成身退，不得不隐姓埋名，不得不散落到自己的村庄之外的任意一个地方。

长久以来，我都在追问，那些躺在水库下面的村庄的后裔，他们都到了哪里？直到我遇见了赵远亮。我们是在酒桌上认识的，请客的是我的同学，做客的都是同学的朋友。很多人相互之间不认识，于是自亮身份，自报家门。其中一人刚说完自己详细到村的籍贯，赵远亮眼睛就亮了，他插嘴说，他家和那人的家是邻村，叫赵家峪。看着那人用疑惑的眼神看着他，他随即补充，是老家，躺进水库里了，他也从来没回去过。赵远亮的老家和我叙述的小徐庄的遭遇差不多。但让我惊喜的是，我从这个迁徙者后人的口中得到的知识，恰好弥补了我的长辈叙述的不足和史料上的残缺。他的说法是，按照所属水库的地理方位划分，迁

尘与光 |

移村庄的村民被划分成数个部分，依次被安置到县城东南方位的四座村庄里，当时也有不愿远迁的家庭，他们选择了就近投亲靠友——迁徙是大势所趋，他们无法选择，但他们可以选择离迁不走的故土近一点儿。

相比而言，我对那些就近投亲靠友的家庭更感兴趣。以小徐庄为例，透过赵远亮的叙述，我似乎可以看见那些人目送同村同族的亲友携老扶幼离开故土时的落寞，看见他们沿着水库的水位线上升的速度一步步后退时的悲伤，看见整个村庄彻底被水库吞噬后的平静，看见他们悄无声息地转过身来时那四顾茫然的眼睛……从此之后，他们就要像原野间的野草一样杂乱地分布于自己村庄之外的其他村庄了；从此之后，小徐庄就已在世界上消失，他们就是孟庄人、刘庄人、黄庄人、张庄人、李庄人、邱庄人了；从此之后，他们将会以看似坚守实则又不约而同地逃避的方式，忘掉自己的村庄了。

时光总是无情的，它摧毁的东西太多了。忘记一座村庄，也不过是用短短的几十年，短短一两代人。再过些年，当那些迁徙者都已在别人的土地上入土为安之后，以本乡为界线，那些远迁和近迁的小徐庄的后人，他们是否还记得祖先的来处，能否还记得一座躺在水中的村庄？

不要问我答案。这不是浅薄的我所能回答的。

原载《广西文学》（2018 年第 6 期）

这场戏短暂又漫长

身后之事

一

世间至大的事，也无非就是一个人的生，一个人的死。其余之事，不过都是生与死的奴仆，跟着它们依附于一个人的身上，见证他的喜怒哀乐、悲欢离合，直到他烟消，直到他云散。面对生死，任何文字都是浅薄的。当我明白了这一点，却还要执意用文字堆砌或拆解一个人与尘世的联系时，内心其实是那么的忐忑不安。但我知道，我终究要写下这些文字，这是我作为一个家族书写者的使命。我要做的是，尽量压制住自己的情感，尽量抛除那些修饰与煽情，尽量冷静下来，尽量以局外人的身份管中窥豹，于不自量力之下去探寻一部家族史。

我讲到的，是一个人的死。准确说，是一个人的身后之事。

丁酉年暮春，我宿疾缠身的大爷爷刚走出屋门，走到自己低矮窄仄的小院，就如一盏小煤油灯，被偶尔经过的一阵风吹灭了。这阵风吹过他，又将吹过他的消息吹向了远方，临沂、济南、徐州、青岛、北京、上海……散落在各地的我们，被这阵风吹着吹着就吹回了故乡。

我走进那座小院时，大爷爷已经像一截朽木一般躺在堂屋正中，躺在那扇门板拼凑的小床上了。他穿着明艳的紫色寿衣，寿衣上缀满了金色的丝线和绿色的繁花。那些花在他的身上开到了极点，似乎只要时间再过一秒，就必然会由盛转衰，依次凋零。事实上，亡者是不朽的：他已经逃离了生死的羁绊，时间再也拿他没有任何办法。时间轻轻地扫过他，他无动于衷；时间重重地推了他，他没有立身而起。他就那么安静地躺在那里，不闻充耳的喧嚣，不视人间的嘈杂。那么多的亲人围着他和他的身后之事忙碌着，而他却只选择沉默。他的脸上，覆盖着一张薄薄的白纸，白纸的质地很劣，草梗和木屑点缀其间，像几只飞累的虫子正享受平静。透过白纸，隐隐约约可以分辨出他的脸部轮廓，与我们家族男性普遍的国字脸不同，他有一张瓜子脸。他的头顶下方，垒起了几块砖头，砖头正中，黑陶长明灯的灯芯上，如草芽一般的火焰正在安静地燃烧着。豆油的香气被火苗从身体里提出来，弥漫在灵堂之中。

灵屋之内跪满了身穿孝衣的人：灵床东边，跪着我的叔伯和兄弟们；灵床西边，跪着我的大娘婶子姑姑和嫂子们。他们像一捆捆干草一般靠在地上那些更为干枯的麦秸上面。大爷爷的几个儿子正商议丧宴及下葬事宜，更多的人则三五成堆，闲聊些别的话题。看见我进来，大家就主动挪了挪身子，给我留出一小块儿勉强能够跪下的位置。我明白，作为孝子，此刻的哭不需要流泪，因为没有人看见；此刻也无需真跪，也因为没有人看见。我将冒犯我的亲人们了：在我们这儿，所谓葬礼，就是一场约定俗成的地方戏，无非是每个人都隐去平日里的不恭不敬不孝，在脸上涂抹出哀痛的假象，唱一出关乎孝子贤孙的大戏，为自己故去的亲人盖棺论定，也让街坊故旧心满意足。为了将这出大戏表演好，他们需养精蓄锐，把悲伤的高潮留给恰好的时间、恰当的情境。

时不时会来一些散客。总管丧事的知客喊一声客至，灵屋里的孝子们便立刻将身子跪端直了，等着给进屋的客人磕头行礼。散客们一律在院子里对着灵屋磕头，磕完头站起来，前倾几步，来到灵屋，再在灵前跪下，在陶盆里烧了黄纸，行完礼，再等着孝子们回礼。之后，客人和主人聊上几句客套话，就匆匆离去了。

这只是前奏，重头戏是白天的泼汤与晚上的辞灵。

二

在我们乡，泼汤这一仪式重要至极。这是一场儿孙展示会：孝子贤孙们解开缠绕在腰间的麻绳，让它像尾巴一样拖在地上，倒执着柳条，在脸上涂抹着浓重的悲伤，带着哭腔，依次低着头从灵屋里缓慢地走出来。从灵屋出发，这支哭泣的队伍悲悲戚戚地向着村头的土地庙走去。队伍的最前头，两个年龄相仿的远房族孙用木棒担着一个陶罐，罐子里盛放着稀薄的小米糊糊，在阳光的照耀下，泛出流动的人影。长孙挑着灵幡跟在后面，再后面依次是几个儿子、几个孙子，几个近支侄子、几个近支孙子，几个远房侄子、几个远房孙子，再往后，根据亲疏远近，依次跟着儿媳、女儿、孙媳、孙女，近支侄媳、近支侄女，近支孙媳、近支孙女，远房侄媳、远房侄女……

一个家族因为一场仪式而全体出动，每个人所占据的位置都是确定的、不容僭越的，倘若谁站错了位置，立刻便会引起族人的不满和沿途看热闹的街坊的戏谑，因此，队伍里的每个人都很小心。他们躬身的弯度、他们哭泣的力度、他们悲戚的强度，都是感性中带着几分理智的，无不折射出他们与亡者的亲疏。倘若一个走在队伍后部的人号啕大哭，以至盖过了直系儿孙，必会成为众矢之的。人死万事空，人们已不在乎你作为亲属待生时的亡者如何了，只在乎你最后向亡者道别时的表演是否合乎规矩。

尘与光

队伍穿过街坊们的目光，在土地庙前跪了下来。知事手握瓢柄，绕着土地庙一次次把小米糊糊倒在地上。跪了一地的孝子贤孙，像一大片还未融化的雪，在天气渐暖的日子里痛哭。知事泼汤已毕，喊一声回头，那片雪便立刻立了起来，迅速幻化成一条移动的绳索，沿着原路走回。回到灵屋之后，像约定俗成似的，大家立刻就止住了哭声，脸上的悲恸之色也顿时消失无踪。对子嗣繁盛的大家族而言，不能不说，这一仪式从里到外都透露出一种炫耀。有时候，我觉得这是一种绝妙的讽刺：这家死了人，却还要借死者来昭示家族的延绵不息，把脸上的悲伤篡改为内心的暗喜。

一天之内，来来回回，这样的仪式要重复举行多次，直到夜深人静之时，最后一次仪式完成。最后的仪式，我们这儿称之为：送盘缠。顾名思义，就是为即将上路的亡者送去路途中的食粮和细软。土地庙前，知事每泼下一瓢汤，孝子贤孙们就悲戚戚地喊上一声，哭上一阵。每喊一声，那被刻意拖长的尾音就随着哭声绕起来，随着微风绕起来，随着四周的树木绕起来。那些袅袅的尾音，在天地之间盘旋，像刚刚故去的人，在离开自己的村庄与亲人之际，不断驻足回顾。

三

辞灵仪式在晚上进行。这是出殡前亲友向灵柩行礼告别的仪式。

傍晚的时候，知事命人在院子里靠近灵屋的位置设了一张桌子，桌子上摆放了生整鸡、生整鱼、香火及各类果品。一切准备妥当，直待天黑，亲友们从十里八村依次赶来。

这次村主任却先来了，他刚从镇里开完会回来，带回了会议内容：婚丧嫁娶招待饭菜标准每桌不超过 100 元、酒每瓶不超过10 元、烟每盒不超过 7 元，不请喇叭班子助兴，不请重客抬棺，免去泼汤和辞灵等繁文缛节……

　　经过商议，大爷爷的几个儿子部分接受了村主任的建议，他们打电话给早已订好的喇叭班子，告诉他们晚上不必再过来，只租借了一个大音响，摆放在院门外播放哀乐。其实也说不上什么哀乐，都是些流行的曲子，把声音调至最大，就是图个热闹，至于那曲子道的是什么情、诉的是什么事，没人在意。

　　我倒是很怀念喇叭班子。喇叭匠人围在一张桌子四周，或吹或打或念或唱，谁的技艺高不高，谁的唱腔美不美，搭耳便知。我乡的喇叭班子里出过几个能人，传下来几段被人津津乐道的故事。李庄的徐三是个唢呐高手，他可以一嘴吹俩腔，两鼻开双花。他最精彩的表演是在十多年前自己舅父的葬礼，本是亡者亲属的他跪在天地之间，用一支唢呐，吹出了男人的悲伤、女人的饮泣、老人的哀叹、孩童的大哭……越来越多的悲恸之音被他从唢呐里掏了出来，被掏出来的声音你牵着我，我连着你，彼此混合在一起，让听客的眼睛里不由自主地多了一分湿润。可惜的是，徐三吹出的这一曲，最终成为了绝唱——他年少失怙失恃，由舅父养大成人，舅父于他恩同父母，这一曲，除了舅父，没人能够有资格消受。

　　跪在灵屋里，忽然想到，从今以后，我乡喇叭班子就要失业了，唢呐技艺也将持续没落。对于他们而言，这自然是不幸的。

　　该来的客人都已经来了，辞灵仪式就这样开始了。知事在喊他们的名字，被喊到名字的人带着他的男性亲属们走到案桌前站定，按照辈分，向着分列东西两边跪棚的族人该磕头的磕头，该作揖的作揖。族人回礼已毕，客人就在案桌前跪下了。为首的年长之人带着亲属们先跪三次，然后移到案桌近前，跪在用蛇皮袋子制成的简易垫子上，蛇皮口袋里装了柔软的麦秸。他从东首的知事手中依次接过酒肉、菜蔬、果品等物，在案桌下画一个弧线，自然而然地将东西又交到了站在案桌西首的另一名知事手中，西首的知事将物品在案桌上重新摆定。我喜欢看他们画的那条弧线：那条虚拟的弧线就像是一座倒置的桥，正是通过这座桥，人们源源不断地把尘世的物品交到了亡者手中。其实我更为真实的想法是，一条虚拟的可笑的弧线，如何才能连接生死和阴阳？接着，画弧线的人站了起来，向后退了一步，带领着亲属们依次又磕了六个头，边磕边哭。没错，之前即便你有悲伤，也一定要压制住自己的眼泪；之后你再无意于悲痛，也要假装号啕。院墙上扒着那么多熟悉或不熟悉的看客，他们就是要以苛刻的眼光挑剔你的礼节。你要知道，在我们所处的时代，大多数时候，真性情和严苛的礼节都是不相容的——这不仅仅是辞灵的弊病和悲哀。辞灵仪式依然没有结束——叩拜已毕的人还将站起身、低着头，哭泣着鱼贯地走进灵屋，再跪下。灵屋里的孝子贤孙们向着客人回礼，并顿时大声哭泣了起来。片刻后，客人和主人几乎是在同时收住了哭声，他们彼此交谈了几句，说些宽慰之词、感谢之语，客人就告别而去了。

一拨拨的客人去了来，来了去。主人跪在灵屋里目送最后一位客人出门，外客的辞灵才算结束。大家趁着这空闲，走到院子里，活动了一下筋骨。

接下来，是本族人辞灵。跪拜的礼数是一样的，只是不需要用画弧线来搭建那虚无缥缈的阴阳桥。辞灵的顺序有讲究：先是女人，女人中以本家外嫁的姑娘为先，最后轮到亡者的侄媳和儿媳；后是男人，男人以小字辈为先，最后压轴的是亡者的侄子和儿子。亡者的儿子辞灵已毕，于号啕中鼻涕一把泪一把地低着头走进灵屋，然后止住哭声，辞灵仪式才算结束。而此时，已经是晚上十点多了。

四

夜里，在灵堂里，大爷爷的几个儿子和儿媳起了争执。

矛盾的火苗来自刚刚结束的辞灵。当知事高声喊叫亡者的儿媳和侄媳上前辞灵时，大伯母和三婶推说自己信奉基督，不行人间之礼。大伯母和三婶不起身辞灵，同样作为亡者儿媳的二婶不干了，她一屁股坐在地上，不起来了。众人没办法，只好跳过她们，由其他族人接着辞灵行礼，但妯娌和兄弟们的嫌隙却因此结下了。

辞灵事件的不合充当了家庭矛盾的起始点，由这个起始点出发，矛盾开始迅速升温，裂变。紧接着，第二个矛盾也出现了。

第二个矛盾涉及到金钱。大爷爷葬礼所需的费用，是由各家分摊的。三个儿子，一人拿一份，天经地义，可对明天就要前来吊唁的客人的礼钱怎么分配，却出了问题。兄弟三人，大伯和三叔是地地道道的农人，闲时打些零工周济生活所需。二叔则不同，他前些年组建了一支建筑队，先是零零散散地在本乡为人盖屋修房，之后一步步站稳了脚跟，建筑队的生意越做越大，盖楼修馆已是司空见惯。二叔手里的积蓄越来越多，结识的人物也越来越大，平时遇见在外结交的朋友有婚丧嫁娶的事情，他出手极为阔绰，明日因他前来随礼的客人出手也一定不会吝啬。相比二叔而言，大伯和三叔那两头的亲戚，礼钱要低很多。

二叔和二婶主张按亲戚分配礼金，谁的亲戚的钱，谁来收。大伯父、大伯母和三叔、三婶不同意，他们认为来客都是因为老爷子的葬礼，除此之外，任何看似合理的理由，都是暗怀鬼胎，他们主张将礼金一分而三，像每家拨出相同数目的钱款举办葬礼

尘与光 |

一样，再公平地分配礼金。兄弟三个互不相让，相互指责，陈谷子烂芝麻的事不断地被翻出来。大家劝了又劝，劝来劝去皆是徒劳，只气得坐在里屋的老太太偷偷抹泪。

葫芦还没有按下，瓢又起来了。紧接着的矛盾是，谁来为大爷爷"顶老盆"。所谓"顶老盆"，不过是死者上路之时，由长子将受了香火的陶盆举过头顶，再用力摔向地面，以示亡者有后，也宣示亡者有个孝敬的儿子。

长子顶盆，合情合理，天经地义。可问题是，他们家另有隐情。要想弄清这隐情的来龙去脉，就不得不回溯到家族的旧事了。

五

大爷爷是带着入赘的身份进入我们家族的。他姓赵，不姓刘。

曾祖父那一辈，兄弟四人。大老爷爷生了五个女儿。老二生了三个儿子，其中两个早早就夭折了。老三就是我曾祖父，曾祖父生了我爷爷、二爷爷和姑奶奶。老四四女无子，过继了我二爷爷为子。

早先，我们这里有过继的传统，最好是在本家找合适的侄子过继，没有合适的人选，才将范围扩大到亲戚乡邻。本地传统，兄弟间过继，大的过大的，小的过小的，也就是说，兄长过继弟弟家的孩子，就要过继长子，以此确保家族的长支绵延不绝；而弟弟想要过继兄长家的儿子，只能选择除了长子之外的孩子，否则就是"灭长支"，会被乡人们尖刻地唾骂为"大逆不道"。

我曾祖母就是这样一个"大逆不道"的人。大老爷爷要过继我爷爷，碍于传统和家族的颜面，曾祖父点了头，但我曾祖母却不同意。母亲总是比父亲更为感性一些，儿子是娘身上割下来的肉，心疼都还来不及，怎么舍得拱手让予他人呢？一向温顺随和的曾祖母为这事和我曾祖父吵了一宿,一宿里,她骂完这个骂那个,哭完这一轮再哭另一轮,搞得全村人都没能睡个安稳觉。她抱定得罪整个家族的执拗,势要把数百年的老传统打破。她知道,只要她一泄气、一松手,自己的儿子就会成为别人的儿子,再遇见她,只能喊她一声婶子。她拼出了力气拼出了命,拼出了整个村庄最为蛮不讲理的女人,拼出了整个乡最为可歌可泣的母亲。因为她的排斥和反抗,过继我爷爷的事情就这样不了了之了。

这事发生后的第二年,一个弹棉花的年轻人跟着老师傅走进了我们村。

据我的爷爷回忆,那是一个暮春的中午,阳光安静地贴在他和我五姑奶奶身上,他们却浑然不觉。姐弟俩在玩泥巴的游戏,他们捏出了锅碗瓢盆,捏出了鸡鸭猪羊,捏出了桌椅板凳……眼瞅着一顿美味大餐就要完成,两人正在那里全神贯注地做着收尾工作呢,"扑哧"一声笑把他们从美梦里拉了出来。姐弟俩抬头看,一个皮肤黝黑的精干小伙儿正冲着他们的作品发笑。姐弟俩有些懊恼,更多的则是羞涩,他们狠狠地剜了年轻人一眼,就红着脸跑了。村里极少来陌生人,姐弟俩跑到院子里,又扒在院门后面,透过门板上的缝隙好奇地往年轻人和他的师傅这边偷看,他们看见那两个人身上都背着一张一人多高的弓。

那是我五姑奶奶和年轻人的第一次相遇。后来,五姑奶奶知道了他们是来我们村弹棉花的工匠;再后来,五姑奶奶就经常跑到村前的那座废院子里,看年轻人和他的师傅弹棉花。

遗憾的是,我没亲眼见过棉花是怎么弹的,但长辈们的口述也应该是可信的吧,我试着写下这项手艺的步骤:棉花去籽以后,再用弦弓来弹,直至棉花渐趋疏松,然后再将棉絮的两面用纱布纵横布成网状,以固定棉絮。主人家将固定好的棉絮套入本地的蓝印花布里,用针线密密地缝上,一床暖暖和和的被子就完

　　　　　　　　　　　　　　尘与光 ｜

工了。

我能够体会到五姑奶奶为何那么喜欢看弹棉花。弦弓之下，那些发僵发硬的棉花，渐次幻化为轻柔无比的白云、漫天飞舞的雪花，这样神奇的手艺，不能不让你陶醉其中。更重要的是，弹棉花的年轻人，他比我们村所有的年轻人都更好看。他的眉毛是笔直的，他的眼睛是油亮的，他的声音是文雅的，他的手指是修长的；他走起路来不急不缓，他闭上眼来安静恬淡，他擦起汗来干净利落，他哼起曲儿来九转回肠……

此后的几年，年轻人都会来我们村弹棉花。家里缝制被子的人家不少，他每次都要住上一段时间。每次来的时候，他口袋里都装着头绳、手帕、胭脂这些零散的小物件。那是留给我五姑奶奶的。五姑奶奶一年一个样儿，已经出落成我们这儿少有的美人了。

我忘了告诉你们了，我五姑奶奶就是大老爷爷的女儿，而那个弹棉花的年轻人，就是我大爷爷。后来，他入赘到我们家。入赘我们家的大爷爷，他依然姓着自己的姓氏，叫着自己的名字，然而到了下一代，他的儿子和女儿们，就都开始循着母亲姓刘了。

大爷爷葬礼上最大的争执，坏就坏在没有更名改姓上。大老爷爷和大老奶奶逝世后，族中的长辈认为大爷爷不随本族姓氏，不具备儿子的身份，就武断地决定让年幼的大伯给他的爷爷奶奶顶了老盆，并且定下大爷爷和五姑奶奶百年之后由第二子和第三子分别顶老盆的事宜。而今大爷爷已经故去，身体就躺在那里，却无人愿意为他承担儿子应有的礼节。像烫手山芋一样，责任被大伯推给二叔，又被二叔推给三叔，推来推去，始终没人接在手中。

后来我才知道，大家之所以推诿责任，还有一个更为功利性的原因：近来，我乡对于顶老盆有了新的说法，我乡流传，老盆聚集了太多的阴气，于子孙不宜，谁顶了老盆，谁的子孙就会凋零。

六

深夜，远支的族人陆续回家了，只有近支族人留了下来。整整一夜，我们都要守在灵屋里，为大爷爷守灵。

我爷爷已经八十岁了，他蹲在灵屋里的一处小角落里，像一截朽木一般沉默着，大家劝了他几次，让他回家休息，生性随和、老实巴交的爷爷竟忽然拧了起来，谁也劝不动。

我们这一支人，爷爷这一辈，除去早夭的，一共兄弟四人。前年冬天，二支的三爷爷前脚刚走，四支的二爷爷就跟了过去。现在，长支的大爷爷也走了。兄弟四人去其三，只剩下爷爷一人。孤单的爷爷，一定也感受到了死亡的威胁。死神一袭黑衣，手中紧握着的弯弯的镰刀发着幽幽的蓝光，在一步步向他逼近。他并不挣扎，也不哀叹——我知道，他一定是已经老迈得无力去思考生和死了。

伯父他们正在商议明天的事宜。火化车已经联系好了，明天九点县火葬场来车接，派了两个远房叔叔跟着去。丧宴的菜品也好办，明天一大早派人去县城里的农贸市场采购就行。唯有棺材难办些，村主任临走之前千叮咛万嘱咐，说镇上有明文规定，一律不准使用棺材，众人便商议，明天将棺材先偷偷运到祖坟，等送葬的队伍带着骨灰盒到达坟地，就马上下葬，这样官家也查不出来，就算查出来了，棺材已经入土，镇上也不会给再扒出来。商议来商议去，大家都累了困了，一个个靠在墙壁上，打起了鼾声。鼾声此起彼伏，如一个人杂乱的脉象。

我睡不着。睡不着的时候，人就容易胡思乱想。靠着墙根席

尘与光 |

地而坐，并与一米之外的亡者形成生与死的对峙，这是我从未有过的经历。在死亡面前，生者总是会因敬畏而心生恐惧。死亡那么近，它那么安静地占据着一个人凉下来的身体，占据着人间一方窄小的位置，不高于谁，也不低于谁。它的神秘摊在你面前，像一幅远古的壁画或岩刻。它一览无余地托出了自己，就呈送给你看，但你却永远无法参透其中的玄机。

想起本乡流传的那些传奇的守灵故事。说的是，放在灵前的那盏黑陶长明灯无故熄灭了，守灵人刚要去点火，灯就自己亮了起来，如是再三。说的是，为父亲守灵的儿子实在困倦极了，就小睡了一会儿，竟梦见父亲来到面前，对他说腰被硌得疼，醒来查看父亲的身体，果然发现位于腰间的苫子上凸出来两根高粱秆。说的是，起风了，守灵的人起身关门，躺在一边的亡者忽然开口：别关，我好走出去……

在大爷爷的灵前，那么多从长辈们那里听来的故事，从记忆深处浮了上来，像走马灯一样在脑袋里巡游了一圈，不想都不行。我心里是忐忑的：既希望都是些无稽之谈，又希望故事是真实存在的；既盼望一夜无事，天色快点儿亮起来，又盼望今夜发生点儿什么，只让我自己看见。

一夜无事。凌晨四点，大家依次醒来。

只有一阵风吹了进来，是很轻很轻的一阵风，它什么都没能吹动，只是吹过了大爷爷身上覆盖着的白纸。像睡梦中一个不经意的转身，薄薄的白纸飘了一飘，就落了下来，重新覆到了大爷爷的身上。

七

第三日是出殡的日子，也是这三天里最为紧要的日子。这一天，行完了大礼，答谢完宾客，我们就要送大爷爷入土了。

带着大爷爷去县城火化的人回来了。他双手捧着一个用黑布包裹起来的四四方方的盒子，站在村头。盒子里面安放着一个人的一生一世。大伯带着我们去村头迎接，队伍面对这小小的盒子，跪下来后又站起身，站起身后再跪下去。也不知道跪了多少次，大伯才将那小方盒子接到手里，捧着它，一步一步缓慢地走回家去，将它放在了灵床上，放在了大爷爷曾经躺着的位置。

临出殡前，大伯他们最终确定，按照祖辈们的决定，由二叔顶老盆。

日暮时分，正是亡者上路的时候。知事一声吆喝，头戴孝帽、身穿孝服、脚蹬孝鞋的孝子贤孙就像一群白色山羊一般接二连三地走出灵屋。在院门外的街道上，二叔将让兄弟之间吵得不可开交的老盆高高举起，又重重投下。陶制老盆的碎片以及黄纸的灰烬满地都是。灰烬被风一吹，漫天飘扬，在漫天飘扬着灰烬的黄昏，我们扯着嗓子，抱着大爷爷的骨灰盒出发了。

> 无非是地瓜在扯它的秧
>
> 无非是核桃在结它的果
>
> 无非是桃花红它的红
>
> 无非是梨花白它的白
>
> 无非是草还在长
>
> 无非是尘还在落
>
> 无非是随着一位过世的亲人
>
> 最后一次穿过春天
>
> 无非是代替他把尘世里他所有爱过的
>
> 又细细地爱了一遍

　　　　　　　尘与光　|

我曾多次用诗歌的形式来书写亲人们的生老病死，这既不是最轻巧的一次，也不是最沉重的一次，但是，这却是最动情的一次。

暮春的田野，万物都活成了自己的样子，每一种样子都代表着一种春天。我的大爷爷，他被自己的儿子捧在怀里，和春天形成了对峙。这是他在尘世里拥有的最后一个春天。这一生啊，他穿过了那么多的春天，哪一个春天是喧嚣的春天？哪一个春天是安静的春天？哪一个春天是快乐的春天？哪一个春天是悲伤的春天？这一生啊，他穿过了那么多的春天，哪一个春天让他遇见了谁？哪一个春天让谁遇见了他？哪一个春天让他离开了谁？哪一个春天让谁离开了他？无数的问题和无数的答案像尘埃一样，飘在天上，停在草间，落于土中，而我不过是作为他微不足道的后人，代替他把尘世里所有爱过的和来不及爱的春天，又潦草地爱了一遍。

祖坟里，偷偷运来的棺材已经在深坑里等待多时。大爷爷的三个儿子，按照知事的吩咐，将盛放他骨灰的盒子慢慢地放了进去，然后带领我们跪下，目送棺材在乡邻们一铁锨一铁锨的黄土中慢慢消失。我们已经停止了哭喊，没有哭喊的填充，天和地似乎一下子就空了，整个西岭、整个北邱庄的西岭，被漫无边际的空遗忘于尘世之外。

一位远房长辈正在忙着烧纸。祖坟里的每一个坟头，都能享用到尘世的香火。我看见，远房长辈在他父亲的坟前点燃的黄纸更多一些，停在那里的时间也更久一些。一小卷一小卷的黄纸，在每个坟头前只燃烧了几秒，就成了灰烬，被风卷向远方。就像是有人在祖先们的院子前叩了一下门，等他们听见声响打开院门的时候，什么都没有了。

我们从坟地一步步向回走。走在我前面的族人有说有笑，走

这场戏短暂又漫长

在我后面的大伯三兄弟却互不言语，他们的纷争还远未结束。大爷爷已经入土，他再不能像生前一样，以家族黏合剂的作用活在子孙们中间，这世上的一切，都已与他无关。唯一能替他活在子孙们眼睛里的，不过是人间又多出的那个土堆。

原载《山东文学》（2018 年第 9 期）

入选《2018 中国年度散文》

为名所困

一

与依附于我们身上的其他事物相比，名字或许更具备恒久性。它是我们如胎记般存在的精美或劣质的标签，是这个人区分于那个人最显著的标志。尽管，在庞大的人口基数中，这份标签并不一定能够做到独一无二——更多的人在与别人共同享用同一个名字。一个名字一对多，就像一位生育旺盛的母亲同时照料她的众多儿女，会不会顾此失彼，让其中一个本该享用母爱的孩子被忽略？

不管怎么说，必须得承认，更多的时候，是名字代替我们在世间辗转腾挪。作为符号，名字是冰冷的，它需要一个活生生的人加以支撑，用自己的身躯把这个符号带入生活的洪流之中，就像是曹翁笔下那块被遗漏下来的补天之石，寻找自己的宿主，因此在人间经历几世几劫，让它更为丰富、圆润，富有秉性。

说实话，我并不反感别人喊我的名字。既然名字的功用很大程度上在于区别和确认，那么任何用名字的方式将我从一群人之中区别和确认出来的方法都是理所应当的。他们可以趾高气扬地喊，和颜悦色地喊，怒气冲冲地喊，高高兴兴地喊；也可以带着称谓有礼节地喊，去掉称谓亲切地喊。

当他们把一个名字与我自身进行某种方式的一对一确认的时候，我的名字披金挂彩，躯体像橡皮泥一样被扭来扭去，挥洒自如。人们按照与我的人际关系以及感情色彩为我的名字或添砖加瓦，或去伪存真，我的名字在他们的口中呈现怎样的色彩，那么我在他们的世界里往往就呈现出怎样的重量。我的名字，在社会功用中，无论放在哪里都显得那么贴切，无论出自谁的口中，都显得那么自然。无论是在我还是在他们看来，我与我的名字都是密不可分的整体。

但我反感的是自己喊出自己的名字。曾尝试着面对镜面，面对另一个我轻轻地喊出我的名字。刘星元——像是一个陌生人口中吐出的没有名分的异域之词，生硬，隔膜，刺耳。时间稍微停顿了两秒，脑子转了三万两千圈，思绪飘飞了十万八千里，我最后迟疑地，没有把握地回答：……嗯。

这一个字的回应中气不足。虽然努力作了肯定的确认，实际上，内心却是半信半疑，充满疑惑的。我真的是这个声音这个名字的所有者吗？那陌生的声音传达给我的陌生字符，让我疑惑。仿佛是我一直以来都在窃取别人的名字，作为一名深藏不露的小偷或伪装者，别人从未察觉我与众人的不同之处，唯有独处出卖了我。那些镜面、月光、深夜，让我暴露了自己刻意隐瞒的真相，就像是一种劣质小食品，适合果腹，但不适合细品，一旦细品，其中的色泽、味道、工序之错乱，就一股脑地被揪了出来。

这让我觉得自己好像是在顶着谁的名字兴风作案。作为一名作案者，我用眼角装作漫不经心地搜索四周，四周空无一人，唯有背后一片沉默。沉默弥漫开，包裹着我，让我既坐立不安，又无所适从。

　　　　　　　　　　　　　　　　　　尘与光 |

二

《礼记》载：幼名，冠字。孔颖达注疏：始生三月而加名……年二十，有为人父之道，朋友等类不可复呼其名，故冠而加字。

时至今日，祖先命名的大体流程和功用还未被完全抹去，我们引经据典，只为让孩子有个被好名字衬托起的好前程。好名字无异于一种荣誉加衔。一个好名字消融于我们的皮囊和周围的空气中，不常显露，一旦现身，必然会为自己加分不少。我们因名识人，还未见到真实的那个人，便在名字的效应下预先偷偷给他的性情以及志向下了一个荒谬的定义。更荒谬的事是，我们将会受到这自身构建出的定义的影响和波及，并借此指点着人际关系的发展趋势。

纵使不深究，我们这些普通人也应该能体会到名字之于我们的重大意义。这些年，随着同龄人结婚生子，为新出生的孩子起名俨然成了大事，天地、阴阳、八卦、五行、干支、籍贯、家源……这么多的参考系数，最好做到雨露均沾。这其中的根由，恐怕不是简单的一句"可怜天下父母心"和"望子成龙望女成凤"可以概括的。

花名册、高考榜、会议单、家谱、功德碑……我浏览过的名字不计其数，但真正记住的，其实并不多。在我所了解的本地历史上，名字起得最为用心的是兰陵王氏的王思璞、王思玷、王思瑕三兄弟——璞、玷、瑕，俱是有瑕疵的美玉，既是自谦，更是自励。诚如其名，三位乡贤后来在本地办新式学校，倡新文化之风，哺育后昆，成为推动本地历史进程的重要人物和重要力量。兰陵王氏是本地首屈一指的名门望族，数百年间，乡贤辈出，见微知著，我们或许可以从名字中窥见一个诗书之家繁盛不绝的因由。但我们家是小门小户，因此，长辈们给我起的名字则要随意得多了。

三

老屋阴暗的房梁上，三十多年前修订的家谱不见风日已久，却仍未能避免时光对它的蚕食。积年累月的尘埃附着于它的表面，借助时间的挪动玷污了它。从另一种意义上讲，厚厚的尘埃也为它涂抹上了一层保护层，尽最大的可能替它抵御住了外来事物的侵扰，比方锅灶里升腾的油烟，墙缝间袭来的寒风，以及低矮处人间的喧嚣。

在我十八岁那年的某个夜晚，祖父命父亲在房中搭起梯子，把那一团灰乎乎、散发着霉味的家谱取了下来。围坐火塘，祖父用袖子小心翼翼地拭去书皮表层的尘埃，我看到大部分受到惊扰的尘埃纷纷下落，小部分尘埃则或腾于虚空之中，或沿着我们的口鼻长驱直入，攻进了我们的肺腑。祖父郑重地翻开书页，他在向我一一指认我们的祖先，并希望我在成年之际将他们的名字以及他们的生平牢牢记住。他并不认识家谱里的那些汉字，但他却用记忆与我的眼睛完成了某种对接，家谱之上，我们一起搜寻着家族的秘密。然而，那些圆润的蝇头小楷，总是勾不住我的目光——我的目光在它们顺滑的身上溜来溜去，如浮光掠影。

我想起了河流。那些伟大的河流，从不同的节点上出发，越奔越长，越流越广，途中的支流不断汇聚、交合、重生，最终拧成了一股长龙，挟裹着泥沙、生灵以及前尘旧事，最终与海洋融为一体，阻隔着大陆延伸的触角。反观家谱，我看到家谱之上，无数个名字从一个共有的源头开始，按照自然的繁衍，它们迅速扩张，它们不断延伸，它们像血脉一样流淌成不同的支流，构成一幅庞大的倒流河的图腾，潜藏进大地的躯体之中。

尘与光

在这部厚厚的家谱的最后一页，在父亲名字的下方，我找到了自己的位置，但我不确定那是不是我——那个位置上，分明标注着另一个名字。

按照父亲的说话，全族最后一次续添这部家谱的时候，我尚在母腹，甚至还未知是男是女，族中长辈姑且就把还未出生的我当作了男丁，沿着辈分，给我随意起了一个名字。若我并非男丁也不要紧，在我之后，我必然还会有弟弟，那么这个名字将会属于他。转折来源于我的父亲，等我出生之后，父亲因为终于得到了自己梦寐以求的儿子而高兴，又不满于儿子之名的随意，在与别人聊天时，偶听别人说起名字中带"元"的人，比一般人活得都要自在、滋润、无病无疾，便在给我上户口时起下了现在的名字。如此，那写入家谱里的名字便成为了一个尴尬的符号，严谨的家谱就这样成为了记载谬误的档案，而那名字的存在，总让我难以说清是我在替它活着还是它在替我活着。

又过了几年，我的一位族弟出生，他的父亲觉得我弃之不用的名字简直无与伦比，因此为他取下了那个本该属于我的名字。于是，家谱和现实中的名字以及名字所涵盖的具体的人物便产生了混乱。以家族上的名字为参照，在家谱中它成了我，在现实中我却又成了别人，我就像一个被家族这张巨大的棋盘剔除的弃子，孤独地滚落到这红尘之中。

少年时代，夜深之时，我躺在曾祖父和曾祖母躺过的床上，我的躯体在不动声色地急速生长，我的梦境在真与幻的二维空间中不时切换，时醒时寐中，我听见放置在房梁之上的家谱里，有人在私语，有人在咳嗽，有人在嬉笑，有人在痛哭，有人在与老鼠搏斗——他的名字即将被一只饥饿的老鼠吞入腹中。哦，那只老鼠在撕咬他的名字的时候，被扰动的尘埃纷纷下落，落到了我的身上，而当我忍不住起身拍打的时候，我似乎能感觉到，其中的一部分尘埃在接着下落，而另一部分尘埃则在借助着我的拍打之力，重新飘荡于空中，继而回到房梁之上，回到一本厚厚家谱的封皮之上，好像它们本来就是一个整体。

尘埃升腾，尘埃降落，尘埃究竟在搬运什么？那么多的人挤在一本发霉的书里，他们又会争吵什么？听见我的咳嗽，他们为何忽然沉默了下来？他们沉默下来后，又为何突然从黑夜里伸出了手，揪住了我的姓氏和名字？

四

你的名字是什么？

是同学在问。而我却不知该如何回答。

这里的名字，特指"小名"，也就是乳名。和大名相比，小名具备一定的隐私性和亲昵感，它是亲人辨识你的重要依据。正因为它的属性和我们平时所用的大名不同，因此，我们就把它嫁接为另一种功用。

整个小学期间，我都被笼罩在自己的小名构筑的梦魇之中。每一个学期调换班级，都会遇见这样的困境。一旦觉得某人值得交往，便有同学向其提出这样的问题。这是一种考验，验证的是友谊能不能继续下去，是从普通同学过渡到朋友、哥们儿的必经之路。获得考验的人从此之后可以以小名互称，而那些所谓的大名、学名，则会被暂时搁置一边。然而，大多数时候，我都会狼狈地败在这个考验之下。原因在于，我的乳名就叫"明子"。

汉字里的谐音，往往能使两个词达到一种非凡的审美境地，但"名字"和"明子"这一对谐音词，却成功地构建起了我烦恼的根源。你的名字是什么？当我怀着无比真诚的心回答出"明子"这两个字的时候，我被质疑了。问者从我的回答中触摸到我的无赖行径，他们感觉自己的信任受到了我的轻视和侮辱。我不知道该如何去解释，况且，在他们看来，我的解释是那么蹩脚和拙劣，简直就是在推卸、掩饰自己卑劣的阴谋。

那么遥远而漫长的小学时代，我大多数时间是没有朋友的。我孤单，正是因为我不善于玩这种游戏。

到了初中，当我把名字换成"米豆"，一切迎刃而解。米豆，是朋友在喊我；米豆，是我在喊我。朋友喊我的时候，是那么的自然；我在喊我的时候，也是那么的自然，自然得仿佛我是在喊别人的名字。

米豆，这个虚假的符号，来源于我祖父做过的一个梦——那一天，祖父在别处干完木匠活儿回家的时候，看见门口有一个孩子在哭，他好心询问，才知道那孩子找不到父母的家门了。问他是哪个村的，他摇头；问他父母是谁，他摇头；只有问到他叫什么名字时，他才回答：米豆。祖父有副好心肠，他怕孩子再一次走丢，就陪着他等他的父母来寻找，左等等不来，右等等不到，于是就暂且将他领回了家。是我叔急拍窗门的声音惊醒了祖父，祖父从我叔兴奋的声音中得知了我的降生。祖父觉得这是上天的恩赐，刚才的那场梦境便是一种预示，于是，他执意要把那梦中的名字交付与我，结果全家人都不同意。于是，在此后的岁月里，全家人只有祖父还在固执地喊我的这个名字。我调皮的时候，他生气地喊，米豆；我哭泣的时候，他温和地喊，米豆；我躲起来的时候，他焦急地喊，米豆。

米豆，其实就是芸豆，是一种可以食用的豆科植物，修长而弯曲的嫩荚如珠似玉，可作菜蔬。我父亲喜欢这种蔬菜，每年都会在菜园里种上那么一畦。鲜嫩的散发着清香的清炒米豆摆上桌，祖父却不动筷子。祖父不但不吃，也不让我吃，按他的话说，哪有自己吃自己的道理呢？

你的名字是什么？当我背着全家擅自使用这个名字冒充的时候，当我说出自己这个沾着野花野草气息的名字的时候，一切都在大家的预料之内，他们终于得到了他们想要的答案。而我呢？我则体会到阴谋得逞后微微的快感，继而又隐隐有些不安。我用一个家庭里不被承认的假名，用欺骗，小心翼翼地维护着友谊，看起来效果还不错。

可是，我却不敢确定，那是不是我。

五

我也可能只是一个简单的数字符号。作为社会人，有时候，我们本就单薄、冰冷的名字，不得不向更为单薄、冰冷的数字符号来寻求帮助。

牙疼。是左腮内里的上槽牙牙窝里顶出了一点儿异物，先前只是时隐时现地疼，陆陆续续疼了几个月，也没当回事儿，不想它便愈加放肆，开始无休止地折磨起整个牙部神经，牙龈肿胀，腮部也跟着肿胀，嘴巴无法完全闭合，也无法完全张开，疼得整宿睡不着觉，即便困得抬不起眼睑，也会被疼痛撕开。吃了两天消炎药，但是没有好转。在网上搜索病因，知道是智齿在作祟，网上的医生清一色的回答是：拔掉智齿，永绝后患。

对医院有种天生的畏惧感，若不是疼痛摧毁了毅力，决不去医院走动。到了医院口腔科，已经排了一长串的人，各个捂着腮帮子，像是有什么秘密羞于见人。没想到这么一座小小的县城，竟也有如此多与我同病相怜的人。于是遵从就医流程，从护士那里领取了号牌，7号，也就是说，我的前面还有6位和我一样蒙受牙痛折磨的人。我排在他们之后，坐在门诊室外面的座椅上，由护士喊着牌号鱼贯而入，接受医生的临幸。一个小镊子、一个小镜子、一个小钩子，还有一件喷射消毒水的喷射器，它们在我的口腔内敲敲打打，无异于一场小战争，那些发臭的污垢在口中混合着药味散发出来，便是战争的气氛，让我对自己感到无比恶心。医生程序化地检查之后，告知需要拍片，最好拍个 X 射线片子看看，于是又排队拍片检查，拿着拍摄的片子赶回口腔科，医生扫了一眼，说智齿的根不正，需要拔除，不然的话容易损害前面的牙齿。

一上午，我借用一张硬纸壳做的号码牌接受疼痛的摆布。口腔科的门诊室成了我领取命令的处所，而医生的手则成了指示方位去向的功能牌。医生手一摆，7 号，去办卡；医生手一摆，7 号，去缴费；医生手一摆，7 号，去拍片；医生手一摆，7 号，去拿药；医生手一摆，7 号，去手术室……至于我的名字是什么，医生没必要问，我也没必要说，反正，这个上午，我就是数字 7，只有这个数字与我休戚相关，至于其他看起来和我更为密切的事物，反而成了累赘。我走进了简易的手术室，像一件破碎的机器，等待着检修。那一刻，我意识到，所谓健康就是整齐划一，身体上任何的节外生枝，我都不想再拥有，医生的任何举措，我都不想再去质疑。

在手术室，医生给躺着的我打上了一剂透明的液体，除了针头扎入体内的那一刻有点儿疼，其他倒也没有什么，只觉得点滴进入我的体内，像润滑剂一般悄无声息。我有些昏昏欲睡，我猜想，那应该是麻药。之后，跟随着医生的指令，我努力大张着嘴，接受着各类生猛地塞进我口腔的工具对我的修理。医生的牙钳紧夹牙齿，往返使力，松动牙齿，忽觉一冷，有什么脱离了我的身体，接下来就有液体漫过牙床，沿着嘴角洇了出来。钳子带出的牙齿沾着血迹，被医生顺手丢进了垃圾桶里。从此后，我与它骨肉分离，再不相见。我以为万事大吉，可以逃之夭夭了，但是医生对我说，这枚阻生性智齿顶在与它相邻的另一颗牙齿腰间，已经顶出了一个黑洞，这枚倒霉的牙齿，依然需要被拔除。于是，刚才的程序又在我的口腔内演练了一遍，另一枚牙齿也被冰冷的钳子拔出了牙床……

一番又一番的波折之后，"7"这个数字符号终于完成了它的使命。领着一大堆药品和冷冰冰的医嘱从医院里逃了出来，只把牙齿那个罪魁祸首丢在了医院。麻药的药性在缓慢地散去，试着翘了翘嘴角做一个微笑的表情，伤口处就又开始疼了起来，于是急忙把完成到一半的笑脸拉下来，恢复到木然、冷漠的表情，果然疼痛便立刻减缓了一些。虽然还在疼，但却在疼中有了死里逃生的体会。新生的我将手中的号牌一扔，向前走去，阳光打在脸上十分舒服，在此之前，我从未发觉这些免费的阳光如此明媚。

此刻，我重又想起了拔牙的那一幕，想起了数字7与我合而为一的那段经历。以此类推，我依次想到了工厂里的工牌号、柜台前的服务号、身份证上的身份号码……它们岂不都是一个个规定了我们某个生活侧面的符号？这是一个符号无处不在的时代，在这些抽简为阿拉伯数字的符号面前，单一的个体可以被抹去，活生生的性格也可以被抹去。

数字时代，数据支撑着我们的生活，我们深陷于数字符号的汪洋大海中，无法自拔。在庞大的数字组合里，我们只是一种可以被忽略不计的存在。

六

临时起意，请一位在某部门就职的朋友查询了一下全省与我同名同姓者的数量，数据显示，共有三十七人。以本省一个亿的人口基数算，大约二百七十万人口里就有一个拥有和我同样名姓的人。以地域划分看，一个地市基本不超过三个人。聚集到一起，这三十七人已经不少了，但在生活中，他们毕竟都是一种隐性的存在，散布在庞大、广阔的土地上，于我的生活无碍，我与他们产生交集的几率微乎其微，大可忽略不计。

　　但有一个人是个例外。那个人是我原单位的同事，他是正儿八经的公务员，而我只是一名地位尴尬的临时工。他和我同名同姓，只是不同字，我们俩中间的那个字呈现在书面上，是结构完全不同的两个字，但是同音。在一个单位里，同事们以大和小来区分我们。这里的大和小是以年龄为基本依据的，但在以后的生活轨迹里，我却无时无刻不在体会其中折射出的由此延伸、变异出的地位、权势，以及众人的感情倾向等因子。身居小城，关系链条简单，从这个人到达那个人，中间的节点少，这也使得我从一个侧面强烈感受到了他对于我的影响。偶尔和朋友相聚，一位朋友向另一位陌生人提起你的名字时，那人便会摆出一副"原来是你"的表情。还是偶尔和朋友相聚，还是一位朋友向另一位陌生人提起你的名字，那人却又摆出一副"怎么会是你"的表情。毫无疑问，这两种表情都把你当成了另外一个人。在这种将错就错的环境里，面对别人的恭维，我心里忐忑不安地答应着，虽然别扭，但还要极力掩饰。我已经懒得去分辩什么了，即使分辩了又能如何呢？要知道，在人际场上，我们认识的很多所谓的朋友，大多数是一次性的，就像是一次性筷子、一次性水杯、一次性餐具，用过之后，便会被抛弃一旁。在这个场上认识的朋友，互换了名姓和职务，酒足饭饱，四散离去，从此散落在小城的各个角落，以后再在另一个地方遇见，谁都不会记起谁。即便在另一个场合重聚，依然是以前的流程，在共同的朋友的主持下，相互认识，互换姓名，觥筹交错之后，又和之前一样，重新隐藏于县城之中。

在这种氛围里生活，我不时会遭遇一些张冠李戴的事情。比方说，那个人获得了成绩，有人向他道贺，却把道贺之辞发到了我的手机上。我很惭愧——他事业节节攀高，家庭和谐美满，简直就是一个理想版的我。而我呢？工作临时，身份临时，理想和爱情都遥不可及，理想以最为具象的方式羞辱了我，它让我活在自己梦寐已久而不得，却被另一个自己捷足先登的灰色阴影里，一点一点地蚕食着我的自尊。有时候，我会疑心自己其实是在为另一个同名同姓的自己而活。我常常觉得我的生活被他打乱，但我不知凭我低微的身份，是否也微微影响到了他的生活。以人为镜，那是大政治家的风范，我做不到，但我却从更为巧易的安排中侥幸窥见了以人为镜的奥秘。

数年之后，我从那个单位逃了出来。抛却掉一些记忆，心里多少有些庆幸，突然觉得，我把丢失的或者说混乱的自己又捡了回来。虽然前路的未知让我心生怯意，但是我终于又可以行使对于这个名字的独立所有权了。可那时候的我绝未料到，在人生的路途中，被自己的名字困住的经历还将不断重演。

七

总有一天，道路会荒芜，祖父的姓氏会抛弃我，父亲的籍贯会抛弃我，儿孙的时光会抛弃我，像抛弃一堆垃圾，它们抽身而去，只留我在某一座没有来得及命名的山上，一心一意地发霉。总有一天，隔着一层土，那些失意的三流诗人和县城里的小政客，将会站在我的躯体之上，讨论爱情、诗篇、权谋、疾病以及偏方和长生之术，谈到痛处，他们就会朝着脚下狠狠地踩上几下，让我离天空和尘世又远了一点儿。总有一天，我经历了死亡，并构成了死亡的一部分，当他们终于讨论起归宿，最有资格发言的我却已没有了发言权。

以上是我在一场梦境中醒来后写下的一段错乱的文字。为了探寻我与名字的关系，我愿沿着这些肤浅的文字，回溯我的梦境。

是在春天，我们几个人相约去踏春，途中下起了小雨，于是各自找地方避雨。我找到的地方是一块残垣断壁，虽然残损了，但也足够容纳我的躯体。有风，雨就被斜斜地吹着，残垣断壁恰好能遮挡住春雨的袭扰。

雨停下来，同行的人却都不见了。我呼喊他们的名字，只有空谷里散碎的鸟鸣回应我几声。鸟声乍停，整个山谷便陷入更为幽深的静谧之中，有些瘆人。觉得背后有什么在动，猛然转头，惊了一跳，原先的残垣断壁竟然变成了一堵墓碑。更让我吃惊的是，那墓碑之上，竟然镌刻着我的名字。那是一堵黝黑的墓碑，茂盛的藤蔓攀援其上，我的名字因风雨的剥蚀，已经很老旧且浅显了，那笔锋的尽头，人世的凿碑之力和自然的恒久之力在拉扯，常年的雨水用水滴石穿之心，划出了一道自然的裂纹。

哦，这个名字以及这堵墓碑现在的持有者，他经历过什么，他是谁的儿子谁的父亲谁的丈夫？这个念头刚一闪，场景就又变了。四周漆黑一片，仿佛陷入世界的最初，不知过了多久，听见外面隐隐有声音传来，声音越来越近，越来越响，竟是同行者寻找我的声音，我大喊，声音刚从嘴里发出，就被什么阻隔回来，尖厉地刺入我的双耳，让我的耳洞嗡嗡作响，就像是站立在悬崖边的一块石头，左晃右晃，摇摇欲坠。即便如此，他们依然没有听见我的呼喊。良久，耳朵恢复听觉，我才听见他们已经轻易地放弃了对我的寻找。现在，他们正分别站在我的头部、我的胸部、我的腹部、我的腿部，在津津有味地谈论一些道听途说，全然忘了我这么一个人。我还听见一段簌簌的水流的声音，声音过后，散发着臊气的液体从上方滴下来，淋了我一脸……

这场戏短暂又漫长

此后的很多年，那堵镌刻着我名字的墓碑一直都潜伏在我的梦境里，不断发酵。它沉默地立在那里，把重量压在我的身上。我提前看到了自己多少年之后的境遇，提前听到了多少年之后这世间的人对着它评头论足，任意曲解着我的生平和意愿。更多的人则对我视若无睹或不屑一顾，他们踏着我的身躯走来，又踏着我的身躯离去。而我的名字，又将会随着谁的一生继续在这尘世辗转漂流，不知所终？我终究还是太年轻了，年轻得还没资格回答这个问题。

原载《山东文学》（2019年第7期）

获2019年度山东文学奖

去县城

我对县城最初的认知，来自一种疾病。

是一种被称为支气管哮喘的疾病。我不明白它为何要单单偏爱我——它像是器官不可或缺的一部分，依附在我身躯之上。如果把童年抽丝剥茧，只允许留下一具空洞的躯壳，我甚至可以说，整个童年就是我和支气管哮喘的斗争史。

从入读小学开始，只要天气一转凉，支气管哮喘就找上门来了。先是咳，咳着咳着就咳出了嘴中的口水和肺里的黏液。然后就开始干咳，已经咳不出什么来了，但又似乎依然还有什么没有咳尽。在一阵阵无休止的咳嗽声音中，我憋得脸庞通红，累得腰直打弯儿。弯腰向下的时候，我看见一道血丝喷了出来，在地面上画下一道紊乱的线团。每当咳出血丝的时候，我总是会想起隔壁的邱家奶奶，她也是像我这样咳出血丝的，咳着咳着，就咳断了气，咳掉了命。看着自己咳出的血，我心里灰蒙蒙一片。那时候，我尚不知"死亡"这个词意味着什么，但我却从邱家奶奶的儿孙悲戚的哭声中体会到了它的可怕。是的，我怕。我真怕和邱家奶奶走的是同一条路，步的是她的后尘。

父亲也怕。他带着我去管理区的卫生室拿药，去乡里的卫生院医诊，去本地几位德高望重的老人那里讨要偏方，西药吃完喝中药，中药喝完再换西药，药盒攒了一堆，偏方存了一沓，我的病却像个老顽固，纹丝不动。也不知道父亲最后是从哪里打听来的消息，说县城有家药铺诊治这种病很拿手，父亲就决定带着我去试试。那是冬天，夜里下了一场大雪，雪覆盖了去往县城的路，但却没能覆盖父亲心里的路。一路上，父亲骑着大金鹿牌的自行车，坐在车子的后座上紧贴着他的那具不规则的球状物体是我。出门之前，我被他和母亲用棉帽、围巾、手套、棉袄和军大衣严严实实地包裹了一番，只留下一双眼睛与冬天接触。

县城，县城，我朝思暮想的县城。我们玩的玻璃球来自那里，我们吃的糖果来自那里，我心心念念的运动鞋也来自那里。是那种很白很白的运动鞋，穿在徐浩的脚上。徐浩向全班同学炫耀说，那是他在县城里做生意的父亲专门给他买的。徐浩穿着他的运动鞋参加了我们学校的运动会，他沿着跑道跑到哪儿，我们就在跑道外的空地上跟着他跑到哪儿，一边跑还一边喊着"加油"，直到咳嗽声从肺中蹿出来，将我孤零零地按在某处。哼，我才不是在为徐浩加油呢，我和徐浩有过节，他带着他的小跟班邱小强揍过我，我怎么可能给他加油。我奔跑，我呼喊，其实都是因为他脚上的那双好看的运动鞋，我是在为那双鞋子加油鼓劲——这么漂亮的鞋子，怎么能输给那些球鞋和布鞋呢。

从那时候起，我给自己订下了去往县城的人生目标。但我对县城的向往是缓慢的，一步一步的，为此，我甚至给自己订下了如何才能接近县城的几段小目标：先从管理区里的小学毕业，再去乡里的中学，最后通过努力学习，考上县里的高中。而现在，真没想到，我小学才刚读到一半，就"因祸得福"，用一种疾病充当了去往县城的车票。

父亲喘息声急促时，我知道我们是在上坡；父亲的胯部安静时，我知道我们是在下坡。我怀中揣着一头叫作"兴奋"的小鹿，它不停地蹦呀蹦、跳呀跳。我不能让它蹦跳得太厉害，它蹦跳得越高，我引发咳嗽的几率就会越大。一路上，我尽量平复着自己的心情，用眼睛在雪地上追踪着那几只无处藏身的飞鸟。飞鸟和我同程，它们飞呀飞，飞着飞着就消失不见了，在我倍感无聊的时候，不知道又从哪个角落飘出了另外几只鸟，代替了之前的那几只接着飞。

是飞鸟一程程的接力，带我们来到了县城。一进县城地界，父亲的车子似乎就变得害羞了，它避开大路，专挑小街小巷走，拐来拐去，拐进一个小胡同，小胡同的尽头，是一家药铺，门前挂着一块牌子，牌子上镌刻着"李家药铺"几个描金大字。来之前，父亲托人打听过，几个被打听的人都说，这家药铺坐诊的老中医是打省城的大医院退休的，什么病都怵他，病人到了他手上，一过目，病就先好了三分。父亲带着我跑遍了乡间的药馆，用遍了乡间的偏方，他对小地方的医疗水平已经失去了信心，听人这么说，他才下定决心带我来到县城。

药铺里抓药的人很多，我们来得晚，就找了个角落等着。透过人群的缝隙，我看到了被人们传得神乎其神的老中医。说实话，我有些失望。我以为，老中医应该是黑白电视里出现的武林泰斗一般的人物，白发飘飘，胡须飘飘，衣袂飘飘，一副仙风道骨的模样。可是我眼前的老中医，就是那种我见一次忘一次的普通人物，和房前屋后、左门右户的长辈并无二致。当我终于站在他的面前时，才发现他也戴着一副和我二爷爷一样的缺腿眼镜，但他却并不透过镜面看我，而是让视线漫过眼镜上端的镜架，眯着眼，斜斜地望向我。抬头、张嘴、"啊"一声，按照他的吩咐，该做的我都做了，可能是我做得尚不符合他的标准，他丢开我，直接向我父亲询问我的病状，边问边用手中的细毛笔，在草纸上画一些像字又不像字的符号，就像是我奶奶从道观里求来的保护符。

趁着他和父亲说话的空当儿，我开始观察他的药铺。

药铺里的画像吸引了我。画像上是一位白发苍苍却精神矍铄的老翁，他坐在山石间，慈眉善目的。他的左手执一把长满疙瘩的手杖，手杖上端系着一根红线，红线的另一端系在一个细腰葫芦上。他俯首望向右手上捏着的两瓣草苗儿，眼神里流露出一丝慈爱。画像的下端写着五个字，前四个老师教过，是"药王孙思……"然而第五个字却长得复杂，我从未见过。

药铺的抓药师傅吸引了我。师傅背后的那面墙上，密密麻麻地罗列着那么多小抽屉，每一个小抽屉里都躺着一味名字好听的草药。当归、芙蓉、辛夷、苍耳……那么多中药躺在他背后，看得人眼花缭乱，他有条不紊地抓着药，这边还与你说着话，那边的一只手已经把它们抽了出来，用镊子或者勺子取出一点，然后头也不回，就让小抽屉各就各位了，就像在排兵布阵。我觉得，这抓药师傅可比老中医厉害多了。

药铺的药香就更吸引我了。那时候，我还没有到一闻药香就反胃的地步，药铺里烧着两个火炉，炉子上各放置着一个砂锅。蒸汽从砂锅的缝隙间钻出来，直往我鼻子里跑，跑着跑着我就辨认出它们来了。带着一丝甜甜的味道的是甘草，带着一丝凉凉的感觉的是薄荷，在香味里夹杂着苦味的是菊花，最让人感到亲切的是香味浅浅的金银花，我家的地里种了好大的一片，初夏时节的早晨，风吹过金银花地，花香就飘到院子里来了，香味把鼻子都搅得痒痒的……

那一天，我竟出奇地没有犯哮喘。父亲很高兴，他说什么病果然都怵老中医。

那一天，父亲带着我在县城的路边摊上吃了一碗打卤面。我们的背后，不时有与我年龄相仿的孩子成群结队叫着、喊着跑过去，但我觉得，他们的开心加在一起，都比不上我更开心，因为吃完面条后，父亲又给我买了一串糖葫芦。从县城到我们村，六十多里路，坎坎坷坷的，很不好走，坐在自行车后座上的我，一只手揽着父亲的腰，另一只手则紧紧攥着那串糖葫芦。糖葫芦被我攥了一路，我丝毫也没觉得累，因为我觉得，我把整个县城都带回了家。

就像是拜访亲戚，以后的日子，每到冬天哮喘发作，我都会随着疾病去往县城。我甚至都开始盼望着冬天快点儿到来，盼望着疾病快点儿发作，这样我就可以早点儿看到我朝思暮想的县城，看到在我的学校看不到的东西了，这样我就可以从县城带回来一两件可以在同学们之间炫耀的小玩具了。一场疾病，给我带来了任何孩子都没有的优越感。

或许那位老中医的确是位不可貌相的人物，一年复一年，我咳喘的次数在减少，咳喘的幅度也在降低，在转入乡里上初中那年，疾病戛然而止。那年冬天，我与支气管哮喘的斗争终于尘埃落定了，胜者是我；那年冬天，我和县城因疾病的牵线带来的缘分也告一段落了，我竟有点儿失落。

又过了三年，我考上了县城的高中。循着儿时的记忆，我特意去拜访了那家药铺。县城拆拆建建，和三年前相比，简直是改头换面了。药铺已经不在了，它曾经占据的位置以及它周边的区域，现在是一所小学。学生们背着沉重的书包，低着头，愁容满面地从里面走出来，他们看起来比当初的我病得更甚。我想，他们肯定无法体会一个曾经身患顽疾的孩子初到这里时，内心的欢悦。

原载《散文》（2019 年第 7 期）

隐秘的河流

有多少人曾把河流视为大地的血脉？

这其实是个蹩脚的比喻。河流就是河流，除此之外，它什么都不像，什么也不是。大地只是借助河流盘活了自己，而河流也只是借助大地在世间休憩或行走。在这个世界上，谁都不是孤立的存在，那些河流，和我们一样在世间活着，醒着。退一步讲，至少可以说，它们的生存状态和我们的生存状态，有着无限接近的共通之处。

无论是以俯视、平视，还是以仰望的姿态，将自以为是的文字与思考强加到河流身上，我们都未免显得太过自信和自大了。然而，我们又不得不以这样愚笨的方式去试图接近河流、走进河流，并把自己想象成河流。至少，我们以一个种族对世界的认知描述了它，把它拉到了符合我们生活秩序的生命体验中。尽管，我们对一条河看似无懈可击的认知里，充满了曲解，但我们已经完成了对一条河的意义构建，它由一条不加修饰的河流衍变到人类的河流。

是的，只是人类的河流——这对我们非常重要。

我相信，如果一个人沿着时光往后退，一步一步地蹚回到这些年你曾蹚过的那些大川和小流，总会重逢你生命中遇见的第一条河流。那条河流，是你见到的任何一条河流的延伸和嬗变，任何一条河流里，都浮动着它的身躯或影子。你对河流最初最原始以及最后最终极的认知，都来源于它。它或许是无名的，沉静的，看似随意流淌着的，就像一条死去的扭曲的蛇，但你不能否认，它恰巧绕在你最熟悉的那片土地上。那片土地，我们往往称之为：故乡。

在故乡，谁没有亲人埋在河流的两岸？那些小的或者更小的土堆子，散布在河流的左岸或者右岸，如大地的躯体上过敏的斑点，以另一种方式标记着家族的繁盛和衰落。那些斑点，让草啃没了本来的样子，让雨淋没了本来的样子，让风吹没了本来的样子，可它们还是卧在那里。它们和河流共用一片大地，你流你的，我睡我的，互不相扰。要说干扰，大概只能是我们干扰了大地，干扰了大地之上的土堆子，干扰了大地之上的河流。我们耕耘大地，我们祭祀土堆，我们搅拌河流，譬如说，我们人为地将一条河流的身躯不断拉宽，给它修筑上水泥的堤岸，让它穿着笨重的铠甲流淌，那条河流能睡得安稳吗？

在故乡，哪个少年不曾有过跟随一条河流溯源而上或顺流而下的梦想？那些温暖的黄昏，那些黄昏里被芦苇丛切割出无数片的柔软的阳光，一次次像神灵一般降临在河流的脊背之上。我们的眼睛也常常在这个时候贴在河流的脊背上，像一片羽毛，每一片羽毛都轻得似乎要飘起来，飘向风执意要去的隐秘之地。但是它并未飘，它身体里一定有一种分辨和平衡各种利弊的力量，它内敛、沉稳地展示着自身的有条不紊，它只是在河面上缓缓地滑着，滑向远方。

对于一个未经沧桑的少年而言，远方的迷惑终究是无法克服的，而一条河流，又总是会篡夺一条乡间土路的地位。相比硬邦邦的道路，河流显得那么轻盈、灵活、顺畅，无疑是沟通一个地方与另一个地方的最佳选择。作为身小力微的少年，这些思绪，我们都只是想一想，想一想也就算了，因为我们知道，懵懂无知的我们还不足以将"远方"这个词收入囊中，毕竟，我们尚无能力将它的内质加以稍微地补充。然而，让我们所有人都没有想到的是，在我们还在口中、还在心里对远方既爱又畏的时候，有一个人已经悄无声息地上路了。

作为我们村最沉默的孩子，与我同龄的少年吴伟，在一个再普通不过的清晨，沿着我们的河流的左岸出发，一直向东，绕过一堆又一堆丘陵，穿过一座又一座村子，一直走到了三十多里之外的镇子上。

眼前虽然还是这条河，但到了镇子上的河流，显然已经是别人的河流了，河两岸，再无熟悉的村庄和伙伴，再无熟悉的桃园、瓜地，再无熟悉的村语、民谣。河流两岸正逢集市，集市上人畜喧哗，那杂乱的声音和凌乱的步伐，让他产生了一丝恐慌和孤独。他坐在别人的河流边抬着头向着更远的远方看了又看，又低下头想了又想，继而又抬起头看了再看。一阵风从远方——河流的下游刮过来，刮过他单薄的身躯之后，又刮向了河流的上游，似乎是这阵风给予了他某种警示，他站了起来，如来时一般，他最终又沿着右岸，回到了村庄，回到了我们的河流，回到了我们面前。

一个少年沿着河流往返六十多里，这足以成为我们的英雄了，我们围着他，这也打听，那也打听，每个少年心里都储满了幸福和骄傲，仿佛我们每一个人都沿着身边的这条河流去了镇子上，和我们朝思暮想的远方来了一次亲密的接触，更仿佛，沿着河流去到镇子上的人是我们村里的每一个人，而非那个名字叫作吴伟的沉默少年。

此后不久的一天下午，我们和吴伟在河流中游泳，七八个光腚猴子，依次从高处跳进水里，在水面撞开一朵朵绚烂的花，等水面稍微静止了之后，再从水底猛然蹿出来，再让它开出另一朵花。排在最后的一个是吴伟。那天下午，趴在河面上的我们清晰地看见，裸露着洁净的身子站在高处石台边上的吴伟向下一冲，黝黑而光滑的身体就像一条鱼一样钻入了水中，连水波都没有惊动多少。只是，在我们的啧啧称赞之声结束良久之后，却始终没见吴伟从水底浮出来。

是的，那次俯冲之后，吴伟就再未上来，尽管后来人们从河流的下游捞出了已经浮肿的他，但是我们每个孩子都执意地认为，人们捞上来的只是他的躯体，当从石台边上向下俯冲的那一刻，他一定是又一次想起了那次孤身一人的旅程，想起了远方，他肯定早已抱定了要化身为鱼的决心，一个人，游向了我们共同的远方。

多少年之后，想到吴伟一个人沿着河流，带着我们村所有少年的梦想上路，一直走到了镇子上，我的心还是那么的激动，直到现在我都觉得，那是我们的梦想去过的最远的地方。尽管此后，我们这群少年相继沿着那条河流走出村庄，走到了很远很远的地方，分散到了不同河流的两岸，并且成家立业。有时候，多年前的伙伴在故乡相遇了，偶尔还会提起吴伟——我们都说，这么多年了，那家伙一定游到大海了；我们都说，这么多年了，那家伙游到大海之后会不会像当年从镇子上返回一样，再游回到我们中间？我们这么说的时候，还是像多年前那么的幸福和自豪，仿佛我们也是一条在大海中尽情游动的鱼。

在故乡，谁没有一条愿意陪你到地老天荒的河流？那一条河流赋予你对于水最为原始的认知，对于镜子最为天然的诠释。很多时候，那条河流就等同于母亲。没有母亲的故乡，是没有温情的故乡；没有河流的故乡，则是毫无恩情的故乡。一条河流百转千回地流着，它就是你绕不过去的故乡。

面对一条河，你可以选择两两相望，也可以选择各行其是。它流它的水，你割你的草；它养它的鱼，你喂你的羊；它浇它的田，你吃你的瓜……你们彼此存在，又都彼此不存在。有时候，它会忘了你在它身边玩耍；也有时候，你会忘了它在你身边安歇。但你知道，无论你忘了它还是没有忘了它，它都在那里，它以静默的面目守住奔流的心，又以奔流的脚步活在静默里。一个人的童年和少年时代多么漫长呀，但它不嫌长，它就是要陪着你慢慢长大。直到某一天，它打了个盹，醒来时，你却已远走他乡。

即使与河流比邻而居，你也无法真正了解一条河流。某一年发了洪水，你知道它是因为欢悦还是因为愤怒？某一年断了流淌，你知道它是因为淘气还是因为悲伤？

与你相比，河岸边的芦苇显然比你更了解河流的隐秘。那些瘦弱的芦苇，咬住河流柔软的脊背赶路，一直把秋日安静的天空铺向了远方——那是我们始终未能到达的远方。而在芦苇的脊背上，又收容了仿佛全天下的鸟儿，芦苇丛成云成幕，在天地之间放肆地铺展开来，无数只鸟儿，衔着好听的鸣叫声，用飞翔的姿态拉线，织网。还有那些阳光——阳光如火般在芦苇丛中跳着，在芦苇与芦苇的耳语声中时隐时现，它似乎是在尝试不断地躲藏自己，又似乎想让每个人看到它的舞姿。芦苇的根系扎进河流之中，如河流的躯体上长出的毛发，河流的一举一动，必然也会带着芦苇一举一动，外界的风吹草动，也必然是经由芦苇传递给了河流。你见到过那些飘飞的芦花吗？深秋，那些成熟的芦花，像无数朵温暖的云，在天空中飘来飘去。倘若你一直以为那只是风的杰作，那我就有些可怜你的浅薄了。显然，你忘了河流的存在。你忘了河流内心里藏着的那片天空了吗？河流的内心里，天空那么深，云朵那么软。面对高高在上却贫瘠可怜的那个天空，河流有些可怜它了，于是，河流将自己内心的云朵挤出来，以芦

尘与光 |

花的形式交给芦苇，让芦苇代它开花，代它放牧，代它填充无聊的虚空，代它接受世人的赞美。

与芦苇相比，河中的游鱼显然又更了解河流的隐秘了。那些在水中穿行的游鱼，它们在河流的腹中生、腹中老、腹中病、腹中死——它们就是河流的心。我们下河捕鱼前，长辈们都会郑重地告诉我们这个道理，这个道理被一辈辈传下来，传到了我们这辈人手中。长辈们肯定也希望，我们能将这个道理继续流传下去。我们在，这些道理就在，这些道理在，那些鱼的生生世世就在。长辈们当然不是不让我们捕鱼，他们只是希望看到，我们是带着对河流无比谦卑的感恩之心，走入这些流动的水中；他们只是希望看到，我们是适可而止地捕获河流的心脏，用来养活我们自己的胃。你要知道，所谓的"竭泽而渔"，关系着的不仅仅是鱼的生死，而且还是河流的生死。鱼类一旦经由我们的手灭绝，那没有心脏的河流也将一一死去，再不醒来。

亿万年间，那些河流，在大地堆砌起来的河床上日夜不休地流淌着，带来了那么多的隐秘，又带走了那么多的隐秘，我们侥幸能够捡拾到的隐秘简直少得可怜，但单就这些少得可怜的隐秘而言，就已经让我们足够富裕了——这些隐秘，像散发着一股温馨之味的汤料，调和着我们与河流的关系。除此之外，面对一条河流，我们无权再篡夺更多。

说到底，河流更多的隐秘，只属于河流自己。

原载《散文百家》（2019 年第 4 期）

入选《散文海外版》（2019 年第 6 期）

这场戏短暂又漫长

大地契约

　　大地若要养活一个人，势必也要吞噬一个人。这是土地和我们的祖先签下的契约。

　　古老的契约，被祖先刻进了骨头里，然后伴随着家族的繁衍、扩散，不断裂变成无数枚小芯片，植入到子孙们的骨头里。这隐藏在体内的永不褪色的胎记，就是一个家族最为高贵的标志。作为签约者的子孙，在大地之上生活，没有人会拒绝这样的契约的存在。放眼三界，我们渺小如微尘。在某种意义上，我们甚至比微尘更加渺小，更加脆弱，更加不堪一击。我们有着比微尘更为繁琐的需求，这是我们作为人类这一生物群体来说活着的依靠，也正是这依靠，成为了直击我们的致命弱点。

　　与大地签订契约，是祖先和大地彼此的信任和妥协。我们有着大智慧的祖先，凭此为我们在大地上生活寻求到了最严丝合缝的理由。我们背负着神圣的契约，像背负着祖宗，虔诚而有序地活着，从来都没有出现差错。当然没有出现差错——祖先在传授给我们契约的同时警告过我们，当签下契约的我们一旦背离了约定，必然会走向覆灭。

　　契约就是我们的信仰，它的光辉甚于太阳。只有在契约的照耀下，我们才有资格梳理自己的生活。

　　我们卸下黑暗，开始在大地上修建房屋，合众人之力，将地基打得足够深，深到似乎能探到大地之心，再从大地上搬来石头、扛来木材和毡草，筑成房屋。然后，我们在房屋构成的村庄里驯养从大地上搜刮来的牲畜和禽类，在房子里安放下自己的灵魂和祖先的牌位，以示扎根的信心和决心。

原野之上，我们借助铁木之器，撕开大地厚重的皮肤，借助它的血肉，豢养自己赖以生存的草木。小麦、大豆、高粱、稻子、花生、谷子……我们按照大地的吩咐，为这些高贵的草木命名，所有的草木都在大地上落地生根，并将延续大地赐予的姓氏。我们由来已久的对草木的虔诚，就是我们对于土地的虔诚。土地从来都不会辜负我们的敬畏，它用最肥沃的肉来培植草木，用最纯粹的血来滋润草木，以恰到好处的力气，抬高这些被我们称之为粮食的草木。草木们每高一截，我们的虔诚也跟着高一截；草木们每壮一分，我们的虔诚也跟着壮一分。

遵照约定，劳作完毕之后，我们将会静静等待大地赐予的丰收，兼带着在村庄生儿育女。

在等待的日子里，有些人还要抽出空闲去一次远方。出发之前，他们将以牛羊之祭献于大地，祈求一路平安。这些去往远方的人，他们中的一些将会成为一方新土地的开拓者，他们随着太阳升起或下落的方向走去，没有路，他们就用脚步试探着，在大地柔软或坚硬的腹地上一步步向前行进。走累了的时候，大地会扶着他们的影子，支撑着不让他们倒下。他们会穿过草地、穿过戈壁滩、穿过众多的河流或跨过众多的山岳。他们中的一些人走到不想再往前走了，就会折回来，返回最初的出发地；也有人会一直向前走，直到把自己走丢。他们中的某个人会走进一座陌生的村庄，爱上村庄里羞涩的少女或奔放的寡妇，让她们为他延续子嗣。他们中还会有几个人"见异思迁"，背弃原生之地，爱上另一片无人耕种的处女地，并与这一片新土地谈判，签下新的大地契约。

这些远行的人啊，有些会滞留远方，永不回来；有些则会惦念着自己在大地上种下的庄稼，风尘仆仆地回到村庄。等他们从远方归来，庄稼们就已经成熟了。

庄稼成熟的季节，空气都是香的，香得土地都柔软了起来，香得河流都缓慢了下来，香得云彩都探出了头来。我们的道路铺了起来，我们的木排车造了起来，我们的牛马也肥了起来。我们驾着车扑向大地深处，又驾着车从大地深处慢吞吞地向着村庄走来。马车之上，是庄稼们构成的缓缓移动的山丘。房屋与房屋之间，村庄的空地上，被高高地垒起来的庄稼们，它们的呼吸此起彼伏，显得生机勃勃。我们多想在此刻深情地感激大地，感谢大地给予我们的慷慨馈赠，但内心的甜蜜已经压得疲惫的我们说不出话来了。但我们始终相信，我们内心的感激，大地一定会一一记录在案。因为，大地有灵。

大地有灵。在世间活着，所有的事情都逃不出大地的耳目。

湖泊是大地的眼睛。湖泊安稳如镜，与天空构成了不朽的对峙。对峙之间，是花鸟鱼虫肆意的存在；对峙之间，大地与天空彼此暗生爱慕。那高傲的天空，沉醉于大地幽深而广阔的眸子里，有时，它会趁着大地不注意，将自己抛到湖泊中沐浴，顺带着梳洗一下被叫作云彩的罗衫。面对钻进自己瞳孔里的女子，面对自己爱慕的女子，大地尽力憋住自己的呼吸，但偶尔仍会颤动一下内心。慌乱的内心一旦牵动湖面，天空必然会迅速转身，蹿回高处。

风是大地的耳朵。在大地那里，没有什么秘密可以称得上是秘密。风无处不在，它们躲在草木之下，躲在天空之上，躲在房梁之间，伺机而动。每个人说过的话、做过的事，大地都将知晓。夜幕降临之后，众生各自归位，大地总是会借助各式各样的风，巡视自己的领地。那些风，有时会挑起一场野火，有时则会掐灭一个履行完契约的人的呼吸。

鸟是大地的嘴巴。鸟翼擦过天空，就是大地对天空的亲吻。鸟儿跳在植物上，就是对植物的抚慰。鸟儿与我们对视，必是大地有什么要紧的话想要告诫我们。自祖先以来，我们总是将鸟的鸣叫视为另一种生物的言语，再抬高一点，我们诗意地称之为"天籁"，其实不是这样的。那些鸟儿唱起歌，其实是大地对世界的一种言语表达，这歌声里，有欢快、有热爱、有警醒、有悲伤……这看似简单的歌声背后，往往关乎着我们尚不能领悟的自然和哲学问题，只是啊，我们很少去认真聆听。

生物学告诉我们，万物源自水。祖先们却告诉我们，人类来自大地。我们的母胎就是大地，我们的颜色就是大地的颜色，因此，人类的每一种宗教，它们信仰的核心，最终都必定指向大地，而巫师，作为宗教的守护者，就是大地在人世间独一无二的代言人。在鲁南，作为大地的代言人，巫师随意地散落在各个村落，行使着没落的部落长老的职责。他们几乎是清一色的老人，每一个都行将就木的样子，但是，他们一旦扣上了具有象征性的面具，整个人就活了。那些戴着神秘面具、身份高贵的巫师，他们在向大地禀告我们的敬畏和感激——播种或丰收之际、灾难或欢悦之际，他们都会在大地上跳起粗犷的祭祀之舞，他们像一支支远古的鼓槌，敲打大地这一面神圣之鼓。他们强壮而有力的步伐，与大地一次次亲密而热烈地接触着，把我们的心肺都快要踏出来了。

大地一定感知到了我们的虔诚。原野之上，把火埋进大地的人已经远去，大地养育的另一场火正在地下向上探头，它将随着鼓声蹿上来，烧红远处的天空，以为回应。在此之前，我们的祖先相信，那代表人类文明的第一把火，就是来自大地，就像我们来自大地一样。

我们终究会成为人世间的一锹土，这将是我们活着的证据。并且，我们还将以土的形式和大地一起继续存活。来自土，又化为土，这是宿命，而走向宿命是一件多么庄重的事，这也正是死亡的仪式远比新生要繁琐而肃穆的理由。那些与大地完成契约的祖先，他们毕生圆满，他们心无挂碍，他们已把吃过的粮食还给大地，已把走过的路还给大地，他们还要把自己还给大地，完成一个诚信的守约人应当完成的约定。那些完成契约的人，他们的一生伴随着棺木，被高高地抬起。在长跪于地的子孙们的仰望里，他们从村庄出发，穿过河流、跨过山岗、途经草木，去往大地的腹心，最终与大地融为一体，抬高大地，并成为大地。活着的人则会从墓地转回到村庄，继续生儿育女，继续恪守着自己的祖先与大地签订的契约。

我们翻耕大地的时候，偶尔会翻出一些骨头的碎屑，再过些年，它们将会腐烂，最终无迹可寻，而新的骨头碎屑，将会在同一个地方出现。我们整理草木的时候，也总是会握到死去的祖先们的呼吸，那些悠长而安稳的呼吸，比他们生前还要和缓，这往往会让我们陷入欣慰和思念中。我们活得丰盈而滋润，这是因为祖先们的庇护。在一场农事收割之后，在下一场农事到来之前，我们总要怀揣着敬畏之心，祭拜与大地长存的祖先。

祭拜祖先，其实就是祭拜大地。当我们虔诚地祭拜祖先的时候，是大地接受了我们的膜拜。

原载《人民日报》（2015 年 10 月 8 日）

入选《散文百家》（2015 年第 12 期）

入选《山东作家作品年选》（2015 卷）

　　　　　　　　　　　　　　尘与光　|

图书在版编目（CIP）数据

尘与光 / 刘星元著 . -- 北京：作家出版社，2021.8
（21 世纪文学之星丛书·2020 年卷）
ISBN 978 – 7 – 5212 – 1488 – 8

Ⅰ . ①尘…　Ⅱ . ①刘…　Ⅲ . ①散文集 – 中国 – 当代
Ⅳ . ①I267

中国版本图书馆 CIP 数据核字（2021）第 132173 号

尘与光

作　　者：刘星元
责任编辑：史佳丽　李亚梓
特约编辑：赵　蓉
装帧设计：守义盛创·段领君
封面摄影：覃　云
出版发行：作家出版社有限公司
社　　址：北京农展馆南里 10 号　　　邮　　编：100125
电话传真：86 – 10 – 65067186（发行中心及邮购部）
　　　　　86 – 10 – 65004079（总编室）
E – mail: zuojia@zuojia. net. cn
http: // www. zuojiachubanshe. com
印　　刷：唐山玺诚印务有限公司
成品尺寸：142 × 210
字　　数：195 千
印　　张：8.125
版　　次：2021 年 9 月第 1 版
印　　次：2021 年 9 月第 1 次印刷
ISBN 978 – 7 – 5212 – 1488 – 8
定　　价：45.00 元